Classici

Dello stesso autore

nella collezione Oscar

Amphitruo - Mercator
Miles gloriosus - Aulularia
Mostellaria - Persa
Pseudolus - Trinummus

Plauto

MENAECHMI
RUDENS

Introduzione di Ettore Paratore
Traduzione e note di Giovanna Faranda

OSCAR MONDADORI

I edizione Oscar classici greci e latini gennaio 2001

ISBN 88-04-48642-2

Questo volume è stato stampato
presso Mondadori Printing S.p.A.
Stabilimento NSM - Cles (TN)
Stampato in Italia - Printed in Italy

Ristampe:

1 2 3 4 5 6 7 8 9 10 11 12

2002 2003 2004 2005 2006

www.mondadori.com/libri

INTRODUZIONE*

Gli studiosi non hanno mai dato credito, per molto tempo, nel secolo del grande sviluppo della scienza filologica, alle testimonianze che gli antichi stessi hanno fornito della loro vita specialmente culturale e letteraria e perciò hanno considerato con una certa *suffisance* quel brano di capitale importanza che è il secondo capitolo del libro VII di Livio, che ci parla dell'istituzione degli spettacoli teatrali a Roma e che afferma che nel 364 a.C., in occasione di una pestilenza, i responsi spinsero le autorità cittadine ad istituire anche spettacoli. Quindi anche a Roma come in Grecia (e forse è questo il punto di contatto più sensibile fra civiltà teatrale greca e civiltà teatrale romana) il teatro sorse in funzione di una cerimonia religiosa. E furono – dice Livio – *ludiones ex Etruria acciti*, in fondo, ballerini, i quali inaugurarono a Roma un tipo di spettacolo che fu soprattutto uno spettacolo mimico e che naturalmente, anche appoggiato dalla musica, si arricchì a poco a poco di forme liriche e quindi dell'uso della parola, sotto aspetto di canti; l'uso della parola dette poi occasione, non a veri e propri istrioni ma a giovani della comunità, di arricchire a poco a poco questo tipo di spettacolo con *inconditis iocularia versibus* – dice Livio –, cioè forme rozze di dialogo scherzoso, da cui sarebbero derivate le forme originarie del teatro latino, i *fescennini* e la *satura*.[1] Livio stesso nel medesimo capitolo ci dice chiaramente

* Il testo qui presentato è tratto da E. Paratore, *Introduzione allo studio della cultura classica*, vol. I, Marzorati, Settimo Milanese 1990, pp. 259-76.

[1] Sul carattere dei *fescennini* come rozze improvvisazioni drammatiche consistenti in danze o battute dialogiche a carattere scommatico, eseguite da contadini in occasione delle loro feste, è illuminante Verg., *Georg.* II, 380-96. Cfr. Paratore, *Storia del teatro latino*, Milano 1957, pp. 12-13 per la notizia secondo cui la legge delle XII tavole contro chi *occentavisset sive carmen condi-*

che il primo scrittore ufficiale di teatro a Roma, l'inauguratore del teatro latino di carattere culturale, riflesso, il tarantino Livio Andronico, *ex saturis ausus est*, proprio da queste forme originarie osò per primo comporre un vero e proprio teatro. E anzi Livio, tracciando questo profilo, trascura quasi di affermare con esattezza che poi Livio Andronico questo teatro regolare lo tracciò attingendo a una forma di teatro che non era certo quella autoctona, ma alla forma appunto del teatro greco, sia nel campo della commedia – che pure è quella che più naturalmente sembra derivare dai balletti etruschi, dagli *iocularia*, dai *fescennini* e dalla *satura*, ma che a Roma finì per adottare gli schemi e i copioni della commedia attica nuova –, sia nel campo della tragedia, dove avvenne veramente una introduzione *ex novo* di forme con cui la mentalità e la civiltà teatrale dell'antica Roma non erano ancora familiarizzate. Questo naturalmente offre anche il destro di affermare come quello che tuttora i critici considerano l'elemento più vivo dell'unico grande teatro di questo periodo che noi conosciamo (il teatro di Plauto), il *canticum*, significa anche la sopravvivenza dei caratteri originari del teatro latino e il segreto del suo successo anche fra le masse popolari; era cioè la persistenza di quegli elementi ritmico-musicali, che il teatro antico si portava in eredità fin dalle sue origini, quelle dei *ludiones* etruschi. È risaputo che, nel grave problema delle scoperte delle origini (soprattutto dal punto di vista metrico, perché soltanto dal punto di vista metrico possiamo trattarlo, non conoscendo la musica del teatro antico) le teorie prevalenti fra i filologi (basti pensare al grande nome di Eduard Fraenkel) sono che il *canticum* plautino sia una derivazione dalla lirica greca del periodo ellenistico, o addirittura dalla tragedia greca ed ellenistica, quindi sia una creazione posteriore al momento in cui *Graecia capta ferum victorem cepit*. In realtà, in un recentissimo saggio,[2] basandomi sul già ricordato capitolo di Livio,

disset, quod infamiam faceret flagitiumve alteri avrebbe determinato la proibizione dei *fescennini*: evidente interpretazione arbitraria di una norma giuridica, fatta dalla nascente filologia latina smaniosa di scoprire un'affinità fra la storia del proprio teatro e quella del teatro attico e di trovare quindi nelle più antiche forme dell'attività comica in Roma le medesime vicende che portarono alla morte per asfissia della commedia attica antica. Livio (VII, 2) e Valerio Massimo (II, 4, 4) ci parlano esplicitamente l'uno di *impletas modis saturas*, l'altro di *saturarum modos*, testimoniandoci che quello era il termine più diffuso per designare l'originaria forma drammatica popolare latina.

[2] *Plaute et la musique*, in «Maske und Cothurn», 1969, p. 131 sgg.

ho creduto di poter dimostrare che invece il *canticum*, che non trova alcuna corrispondenza nella commedia attica nuova, la quale forniva i copioni a Plauto, a Terenzio e a tutti gli altri commediografi latini antichi per le loro *fabulae*, rappresenta invece proprio la persistenza dell'antico elemento autoctono del teatro latino; quindi il pubblico affluiva volentieri alla rappresentazione delle commedie di Plauto anche perché vi ritrovava pienamente sviluppate quelle forme farsesche e musicali a cui esso era abituato ormai da un secolo almeno. Plauto se mai ha portato alla massima espressione, attingendo anche magistralmente ai suggerimenti che poteva fornire la metrica greca sia nella lirica sia nella tragedia, la ricchezza e varietà di questo particolare capitale che è il *canticum*, tant'è vero che le commedie in cui trionfa maggiormente la sua capacità dei *numeri innumeri* – come a caratterizzarlo dice il suo cosiddetto autoepitafio tramandatoci da Varrone – sono quelle della sua gloriosa vecchiaia, le più mature. E ciò meglio si comprende quando si tien presente il passo di Cic. *de leg.* II, 15, 39, che parla di *severitate iucunda Livianis et Naevianis modis*: il che ci fa intendere che dai primi autori della letteratura teatrale riflessa a Plauto c'è stato uno sviluppo proprio nel potenziamento artistico di un elemento come il *canticum*, che pure era il più legato alle origini popolari etrusco-latine della *satura* comica. La riprova è nel fatto che il commediografo del II secolo a.C., Terenzio, che segnò un riavvicinamento deciso al carattere originario della commedia attica nuova è colui che riduce ai minimi termini il *canticum*: una delle ragioni fondamentali dello scarso favore che la commedia terenziana incontrò nel pubblico. Basta ricordare il famoso prologo dell'ultima ripresa dell'*Hecyra*, posto in bocca all'attore Ambivio Turpione (che tanto si batté per il successo del teatro terenziano, come s'era battuto per quello di Cecilio Stazio), in cui egli ricorda la tempestosa storia di questa commedia, che due volte era stata interrotta dalla notizia che arrivavano saltimbanchi, cioè spettacoli più piacevoli per il grosso pubblico. Fra l'altro, l'*Hecyra*, a giudicarla oggi, con la nostra esperienza plurisecolare del teatro, è il modello della commedia intimista, specie se, scavalcando l'intermediario diretto dell'omonima commedia di Apollodoro di Caristo, espressamente testimoniata come modello da Donato (*praef.* 189 W.), ma a noi ignota, risaliamo agli Ἐπιτρέποντες di Menandro, che la didascalia del codice Bembino ci addita come la vera fonte della commedia terenziana, che Sidonio Apollinare (*Ep.* IV, 12, 1) ci dichiara di essere solito leggere a confronto con l'*Hecyra*, e la cui più lunga scena residua era, fino alla scoperta del frammento papiraceo del Δὶς ἐξαπατῶν, l'unico testo della Νέα che trovasse riscontro in una *palliata* latina: innegabile è, a confronto con questa scena, il tono più profondamente serio, pensoso della rielaborazione terenziana. Quindi difficilmente il teatro di Terenzio poteva incontrare successo in un pubblico abituato al teatro plautino, alla tipologia che Plauto aveva imposta per molti decenni. E con Terenzio e con la spiritualità del circolo degli Scipioni, di cui Terenzio era portavoce, avveniva nell'ambito del teatro (cioè del genere letterario più sensibile a contatti fra gli autori e la folla), quel distacco della letteratura dal grosso pubblico, che sotto certi aspetti è un po' la catena al piede di tutta la letteratura latina, divenuta, a confronto di quasi tutte le altre letterature del mondo antico e di buona parte delle letterature del mondo moderno, la letteratura più ristretta ai circoli iniziatici dell'alta società e dell'alta cultura. Sicché molto difficilmente nei secoli successivi noi troveremo autori che interpretino veramente l'anima popolare nell'ambito della letteratura latina, anche se sotto il peso della critica marxista che predomina in questi ultimi decenni si è largamente esagerato al riguardo. Non bisogna infatti dimenticare che per esempio i graffiti pompeiani ci dimostrano la grande diffusione di un poema come l'*Eneide* anche negli ambienti popolari; e proprio oggi a Sulmona, negli scavi del santuario della gente peligna, divenuto tempio di Ercole Curino, si è trovato un graffito interessantissimo in cui vengono citati, con l'attribuzione dell'autore grazie al *cognomen Naso*, versi ovidiani che non trovano riscontro nel *corpus* ovidiano che noi possediamo. Ad ogni modo però con Terenzio incomincia effettivamente il distacco dell'anima popolare dalla letteratura, almeno nell'ambito del teatro, mentre di questo distacco non notiamo traccia alcuna nel teatro di Plauto. Soprattutto i prologhi ci mostrano la perfetta consonanza che doveva avere l'arte di Plauto con lo spirito popolare e ci danno modo anche di ricostruire certi atteggiamenti di natura politica, certa sensibilità dell'arte di Plauto al riguardo.

Naturalmente, parlando dei proemi plautini si solleva un vespaio, in quanto c'è ancora tutta una problematica relativa all'autenticità di essi; una problematica che costituisce uno dei lati più caratteristici della grossa questione dei rapporti fra Plauto e i suoi modelli, della determinazione di ciò che è *Plautinisches im Plautus* (secondo il titolo della classica opera di E. Fraenkel), nonché dell'altra grossa questione della cronologia e delle vicende del suo teatro. Proprio in punti in cui il proemio plautino dialoga col pubblico, gli si avvicina più da presso, i filologi hanno sollevato il quesito dell'autenticità di quei brani; quesito che è avviato ormai ad essere risolto favorevolmente, ma che ad ogni modo costituisce sempre un problema per gli studiosi. Anzi, potremmo senz'altro inaugurare questo brevissimo esame con il prologo di una commedia, la *Casina*. La pagina, almeno in parte, risale indubbiamente alla ripresa postuma della commedia stessa, in quanto proprio nei versi del prologo viene detto che questa commedia è stata rimessa in iscena dopo la morte del poeta: *Nos postquam populi rumore intelleximus / studiose expetere vos Plautinas fabulas, / antiquam eius edimus comoediam, / quam vos probastis qui estis in senioribus. / Nam iuniorum qui sunt, non norunt, scio; / verum ut cognoscant dabimus operam sedulo. / Haec quom primum acta est, vicit omnis fabulas. / Ea tempestate flos poetarum fuit, / qui nunc abierunt hinc in communem locum. / Sed tamen apsentes prosunt ‹pro› praesentibus* (vv. 11-20); (versione di E. Paratore) «Noi, quando l'opinione pubblica ci ha fatto capire che smaniate per le opere di Plauto» (quindi abbiamo proprio la riconferma, attraverso il teatro plautino, della scarsa popolarità che potevano riscuotere nel corso del II secolo gli autori come Terenzio che si allontanavano dallo spirito di Plauto), «ci siamo decisi a rimettere in iscena una sua vecchia commedia che piacque allora ai più vecchi fra voi – i più giovani non la conoscono, lo so, ma ci affretteremo subito a fargliela conoscere. La prima volta che fu recitata essa ebbe la palma su tutte le altre» (e infatti è una delle ultime di Plauto, come dimostra l'allusione del v. 980 al *senatusconsultum de Bacchanalibus*, che impone pertanto di datarla al 186, una di quelle che rappresentano veramente l'acme del teatro plautino). «A quel tempo c'era il fior fiore dei poeti, ora se ne sono andati dove è nostro comune destino di finire» (i *laudatores temporis acti* sono stati sempre una caratteristica per non dire una piaga di tutte le età, di tutte le generazioni), «ma anche ora che non ci sono ci danno gioia come se ci fossero.»

Dunque, la problematica relativa ai prologhi plautini è suscitata anche dal fatto che questo interessantissimo prologo della *Casina* ci porta la prova che tali componimenti venivano rimaneggiati in occasione delle diverse riprese. (E su questo ritorno di fiamma per il teatro plautino intorno al 150 cfr. H.B. Mattingly, *The first periode of Plautine revival*, in «Latomus», 1960, p. 230 sgg.). In questo prologo c'è anche una digressione che potrebbe rimontare alla fase originaria, alla fase plautina del prologo (perché non tutto il prologo va considerato postumo), relativa proprio alle accoglienze che il pubblico romano doveva fare a certe costumanze, a certi usi, a certe caratteristiche istituzionali del mondo greco da cui erano tratti i copioni della commedia e che erano ignorate dal mondo romano: *Sunt hic, inter se quos nunc credo dicere: / Quaeso hercle, quid istuc est? serviles nuptiae? / Servin uxorem ducent aut poscent sibi? / Novom attulerunt...* (vv. 67-70); (versione di E. Paratore) «Qui dentro vi sono certamente alcuni che ora credo stiano dicendo: che roba è questa? nozze fra schiavi! Degli schiavi si sposeranno o chiederanno di sposarsi? Ci presentano una cosa inaudita»; e l'autore, forse lo stesso Plauto, così si giustifica: *At ego aiio id fieri in Graecia, et Carthagini, / et hic in nostra terra, ‹terra› in Apula* (vv. 71-72); (versione di E. Paratore) «io vi dico che questo si fa in Grecia e a Cartagine e anche dalle parti nostre, in Puglia». L'autore cerca di giustificare, appunto, l'uso, il costume che egli è stato costretto a introdurre nella commedia. Qualcosa di analogo per esempio troviamo nell'*Amphitruo*, quando in un secondo prologo (di cui appunto quella sua in fondo non assoluta necessità per lo sviluppo della commedia, per il fatto che punta soprattutto a spiegare il miracolo della nascita di Ercole secondo la mentalità del pubblico romano, mi ha fatto sospettare che sia un'aggiunta di Plauto, perché oltre tutto non è che una ripetizione in anticipo di quello che sarà il monologo di Giove all'inizio del terzo atto) Mercurio, l'allegro manutengolo delle avventure amorose del padre, dice: «Mio padre si è intrattenuto con Alcmena in questa lunghissima notte che noi abbiamo prolungato. Ebbene? Non vi meravigliate se Ercole nascerà presto, nascerà settimino». In realtà, altro che settimino! Ercole nascerà, nello sviluppo della commedia, la mattina dopo: ci sarà il grande miracolo della sua nascita anticipata, immediata. Plauto, per cercare di venire incontro un momento alla mentalità del suo pubblico e da buon autore di teatro, sapendo che una battuta gettata lì per lì, la folla se la ricorderà solo per un poco, nel vortice dell'azione scenica cerca di salvare capra e cavoli dicendo che Ercole nascerà settimino. Nella medesima commedia, nel primo prologo, quello di Mercurio che indubbiamente in gran parte risale al modello, Plauto inaugura quel colloquio con il pubblico che è tipico della sua commedia specie nei proemi, e che anche Terenzio nei suoi prologhi istituirà ma con ben altro senso e spirito: cioè cercando di rispondere alle critiche, alle polemiche dei colleghi, dei concorrenti di teatro che lo punzecchiavano, e quindi dibattendo problemi teatrali e letterari che al grosso pubblico forse dovevano interessare molto poco. Il proemio terenziano, anche quando istituisce un colloquio con il pubblico, si rivolge a persone di alta cultura, non al vero pubblico.[3] Invece Plauto fa dire a Mercurio: *Ita huic facietis fabulae silentium / itaque aequi et iusti hic eritis omnes arbitri / ... / Nunc hoc me orare a vobis iussit Iuppiter, / ut conquistores singula in subsellia / eant per totam caveam spectatoribus. / Si quoi favitores delegatos viderint, / ut is in cavea pignus capiantur togae. / † Sive qui ambissent palmam histrionibus / seu quoiquam artifici...* (vv. 15-16 ... 64-70); (versione di E. Paratore) «Ora mi farete il favore di stare zitti durante lo spettacolo e di essere oggi tutti giudici imparziali e onesti. E ora veniamo alla preghiera. Giove mi ha mandato a chiedervi che per tutta la platea, sedile per sedile, vadano in giro i sorveglianti a fare la guardia agli spettatori. Se pescheranno qualcuno che fa la *claque* per un attore, gli porteranno via la toga come pegno. Non cominciamo a fare appunto i partiti per questo o per quell'altro attore, per questo o quell'altro autore». Plauto ci fa entrare vivamente nel pieno del gioco dello spettacolo. Ed è

[3] Ha tentato chiarire la natura della polemica di Luscio Lanuvino contro Terenzio E. Paratore, *Studi sulla «palliata». I. Ad Ter. Eun. 7-13*, in «Riv. cult. class. e med.», 1959, p. 44 sgg., accennando anche alla possibilità di considerare Luscio un seguace di Cecilio Stazio, che segnò il distacco dal gusto di Plauto (di qui anche per lui la difficoltà di ottenere successo di fronte al gran pubblico), in quanto praticante una scrupolosa fedeltà ai modelli greci, se pure ridotti con libertà di mano, come dimostrano i frammenti del *Plocium*. Perciò egli aveva abbandonato l'artificio della *contaminatio* praticato da Plauto, e che consisteva nell'inserire nella trama del modello scene tratte da un altro modello. Terenzio, pur essendo lontanissimo dallo spirito di Plauto, e pur palesandosi il più penetrante interprete latino dello spirito della Νέα, più menandreo dello stesso Menandro negli aspetti melanconici della vita, nella tendenza al dramma intimista, riprese da lui l'artifizio della *contaminatio* e quindi si attirò le interessate censure dei seguaci di Cecilio, come probabilmente era Luscio. Questa fedeltà di Terenzio allo spirito di Menandro, insieme con l'annoso pregiudizio della filologia tedesca contro la letteratura latina, ritenuta servilmente pedissequa della greca, ha determinato il grosso problema dei limiti dell'originalità di Terenzio. Portabandiera della tesi di un Terenzio mero traduttore, incapace di sia pur limitate rielaborazioni (nonostante le specifiche attestazioni in contrario del commento di Donato) è stato il Jachmann, *Terentius Afer*, in *RE*, 2 R., VI, col. 598 sgg., seguito da noi, almeno nel giudizio su Terenzio, da G. Pasquali (del quale cfr. *Un personaggio e due scene dell'Eunuco*, in «St. it. fil. class.», 1936, p. 117 sgg.), contro cui si schierò, rivendicando la personalità poetica di Terenzio, B. Croce in *Poesia antica e moderna*, Bari 1943², p. 1 sgg., che pure al Jachmann si richiamava, sia pure a controsenso.

una delle cose più interessanti, che troverà maggiore sviluppo ancora nel prologo di una commedia di cui dovremo far cenno anche più tardi, il *Poenulus*, «il piccolo cartaginese».

Dunque, il punto di contatto fra le origini del teatro greco e le origini del teatro romano consiste soprattutto nel fatto che sia l'uno sia l'altro furono istituiti in occasione di cerimonie religiose. Notizie di scoliasti, *argumenta*, didascalie delle commedie stesse citano a lungo varie forme di feste in cui si mettevano in iscena spettacoli. E il piccolo romano ci teneva; e gli edili, che erano addetti soprattutto a questo tipo di sorveglianza della vita pubblica, ci rimettevano l'osso del collo per mettere in iscena spettacoli come si doveva, tanto che i candidati al *cursus honorum*, che allora avevano rivestito la carica di edile, spesso dovevano ricorrere a prestiti forzosi da parte di grossi usurai o di grossi capitalisti per continuare a percorrere la carriera politica. Caso classico quello di Cesare, che dopo il 65 dovette ricorrere per aiuto al capitalista Crasso. Quindi sappiamo di giochi, di *ludi Romani*, *plebeii*, *Apollinares*, *Ceriales*, *Florales*, *Megalenses* in occasione dei quali le commedie venivano messe in iscena. Proprio nei *ludi Romani* avvenne nel 364 a.C., come abbiamo visto in Livio, l'introduzione degli spettacoli drammatici accanto a quelli circensi già esistenti. Nel 240, ad opera di Livio Andronico, vi si cominciarono a rappresentare anche tragedie; a cominciare dal 214 gli spettacoli furono estesi a quattro giorni, nell'ultimo dei quali si tenevano i ludi circensi. Nel 161 vi fu rappresentato il *Phormio* di Terenzio, nel 160 l'*Hecyra* del medesimo autore, nella sua terza ripresa. Nei *ludi plebeii* gli spettacoli circensi furono instaurati nel 220 e quelli drammatici nel 200, a quanto pare con lo *Stichus* di Plauto, come abbiamo visto. I *ludi Apollinares*, in onore appunto di Apollo, dopo la consultazione dei libri Sibillini, ebbero inizio nel 212; nel 169 vi si rappresentò il *Thyestes* di Ennio. I *ludi Ceriales*, in onore di Cerere, ebbero inizio nel 202; duravano due giorni, il primo dei quali era dedicato agli spettacoli drammatici, il secondo ai circensi. I *ludi Florales*, iniziati nel 238, si svolgevano per sei giorni nel pieno della primavera e nell'ultimo giorno erano dediti agli spettacoli circensi; negli altri prevaleva la rappresentazione di mimi, con esibizione di nudi femminili, forse in rapporto col significato panico delle feste, celebrate in onore della dea Flora. I *ludi Megalenses*, in onore della *Magna Mater*, ebbero inizio nel 204, ma i ludi scenici vi furono introdotti nel 194. Nel 191 vi fu rappresentato lo *Pseudolus* di Plauto, e molte commedie di Terenzio (l'*Andria* nel 166, la prima dell'*Hecyra* nel 165, lo *Heautontimorumenos* nel 163 e l'*Eunuchus* nel

161) furono presentate al pubblico in occasione di questi *ludi*. Proprio per questo potrebbe anche sorgere il sospetto o per lo meno la tentazione per gli studiosi di vedere se i drammi rappresentati in occasione di questo o di quell'altro tipo di festa avessero un carattere speciale connesso con quel dato tipo di festa o di cerimonia. Dico questo per rifarmi all'argomento dell'ingegnoso volume di Carlo Ferdinando Russo: *Aristofane, autore di teatro*,[4] il quale ha creduto di poter distinguere nell'ambito del teatro aristofaneo commedie di un dato tipo e commedie di un altro tipo, in quanto alcune erano state rappresentate in occasione delle Dionisie, altre in occasione delle Lenee; quindi ogni commedia rispecchia secondo lui il carattere particolare di questa o di quell'altra festa. Si potrebbe tentar di vedere se certe differenze tecniche, strutturali che si possono sorprendere fra l'una e l'altra commedia di Plauto o nelle commedie di Terenzio rispetto a quelle di Plauto derivino dal fatto che esse erano state messe in iscena in occasione di uno o di un altro tipo di *ludi*. Ritengo tuttavia che la tecnica e la poetica plautine, come assiduamente si manifestano in tutte quante le sue commedie che possediamo, e la poetica terenziana nei suoi specifici caratteri scoraggino un quesito e una problematica del genere. E ritengo che anche per Aristofane non sia il caso di sollevarla e approfondirla troppo. Per giunta sia tragedie – specie le *fabulae praetextae*, come vedremo – sia commedie furono rappresentate non in occasione delle feste religiose, ma in occasione di trionfi, consacrazioni e funerali di personaggi illustri: gli *Adelphoe* di Terenzio – come il *Paulus*, la *praetexta* di Pacuvio – e la seconda ripresa dell'*Hecyra* andarono in iscena in occasione dei funerali di L. Emilio Paolo, il vincitore di Pidna; nel 136 una delle due *praetextae* di Accio, il *Brutus*, fu rappresentata per la consacrazione del tempio di Marte ad opera del suo protettore D. Bruto Galleco, il vincitore dei Lusitani.

Arrivati alla designazione di questa affinità fra teatro greco e teatro latino, è subito il caso poi di mettere le mani avanti per dire che solo a questa somiglianza esteriore si può far giungere la comunanza di origine dei due teatri, in quanto il teatro greco è tutto imbevuto profondamente dello spirito della cerimonia religiosa in occasione della quale è stato introdotto, è tutto in funzione anche della problematica religiosa e ideale contenuta nelle feste, di cui rappresentava uno dei massimi ornamenti. Invece il teatro latino a me sembra

[4] Firenze 1962.

corrispondere soltanto a quell'esigenza esteriore di festività che la cerimonia religiosa naturalmente determina. Rappresenta insomma quello che in certi centri meridionali può essere la Messa cantata o il suono della banda o la festa che si fa in piazza con l'albero della cuccagna e con le tombole, cioè l'elemento più spensieratamente lieto della festa religiosa. Specialmente la commedia, quella più tipicamente legata allo spirito popolare, come quella di Plauto, non era fatta certo per sollevare una problematica rituale come era caratteristica del teatro greco. Il gusto della festa, che era la forma originaria del teatro latino, era l'elemento più tipico che poteva sollevare veramente lo spirito del popolo. Del resto il senso della comicità sembra proprio essere la peculiarità caratteristica della spiritualità italica; anche la commedia greca (e basta ricordare al riguardo i φλύακες e fare il nome di Epicarmo) fu nutrita dai contatti con la farsa italica, attraverso i rapporti fra i coloni della Magna Grecia e Sicilia e le popolazioni autoctone. A tal proposito non dimentichiamo che il *nomen* di Plauto, Maccio, è stato messo anche in rapporto con il nome Macco di una maschera dell'atellana, quasi che Plauto, che fu anche fino ad un certo periodo attore dei suoi drammi,[5] avesse voluto pa-

[5] Livio Andronico – come si ricava dal citato passo del l. VII di Livio – era attore dei suoi drammi, e così sembra che, almeno a principio, fosse Plauto, dato che il v. 770 della *Mostellaria*, in cui Tranione, dialogando con Simone, crea il *calembour* scherzoso contenente l'allusione alla patria del poeta (*quid, Sarsinatis ecqua est, si Umbram non habes?*), fa supporre che Plauto stesso sostenesse la parte di Simone. Ma ben presto la funzione di autore e quella di attore si separarono definitivamente, come dimostra, nella prima metà del II secolo a.C., la figura di Ambivio Turpione, l'attore che a poco a poco impose al pubblico prima Cecilio Stazio e poi Terenzio. Già all'epoca di Plauto troviamo testimoniato un nome di *dominus gregis* (capocomico), Pellione, cui ai vv. 213-15 delle *Bacchides* Plauto rimprovera di aver recitato male l'*Epidicus*. Ma prima, come risulta dalla didascalia, egli aveva recitato lo *Stichus*. Poiché i grandi scrittori delle età repubblicana ed augustea parlano naturalmente degli attori del loro tempo e li magnificano, è invalsa l'opinione che i più grandi attori di Roma siano fioriti nel I secolo a.C., cioè quando la vitalità del teatro latino s'era affievolita: fenomeno che del resto è uno dei tanti che imparentano la storia del teatro latino con quella del teatro moderno. Celebri i nomi di Esopo come attore di tragedie e di Roscio come attore di commedie; per lui Cicerone, che lo ebbe maestro nell'arte del porgere, pronunciò l'orazione *pro Roscio comoedo*, Silla gli concesse la dignità equestre. Cicerone ci parla (*De or.* II, 46, 193) di un altro attore tragico, Rupilio. Orazio ci parla (*Sat.* II, 3, 60-62) di altri due attori tragici, Fufio e Cazieno.

reggiarsi ad una maschera di atellana, ad un attore. Sappiamo che gli attori di atellana non erano attori professionisti, tant'è vero che un grande critico francese, lo Havet, leggendo il genitivo *Macci* nel prologo dell'*Asinaria*, ritenne che non di Plauto si trattasse, ma di un autore che si era presentato e nascosto sotto il nome di una maschera dell'atellana, e negò a Plauto la paternità di questa commedia quando ne fece la sua edizione critica (Parigi 1925).

Ad ogni modo, la commedia plautina, se rappresentata in occasione di feste religiose aveva poco da spartire col loro spirito essenziale, tuttavia conserva con esse qualche rapporto che va al di là del puro gusto della farsa, della commedia, del riso, in quanto rispecchia naturalmente il glorioso periodo storico che si svolgeva proprio nel momento in cui Plauto fioriva, conserva lo spirito, l'orgoglio delle vittorie, specialmente contro i Cartaginesi; e ci sono anche accenni alle prime guerre d'Oriente. Basti pensare al ricordo dei filippi, delle monete macedoniche che si discute ancora se sian quelli di Filippo II o di Filippo V; basti pensare al ricordo del re Seleuco di cui Pirgopolinice nel *Miles gloriosus* dice (vv. 75-77) di essere un assoldatore di truppe, anche se questo è un elemento che certamente doveva trovarsi già nel modello greco.

Ecco, per esempio, nella *Cistellaria* il prologo concludersi con l'orgoglioso cenno alle vittorie dei Romani sui Cartaginesi:

parite laudem et lauream
ut vobis victi Poeni poenas sufferant.

La didascalia dello *Stichus* di Plauto ci fa il nome di Marcipor come autore delle musiche per la commedia; le didascalie delle commedie terenziane ci fanno il nome di un tal Flacco, schiavo di un tal Claudio, come autore delle musiche di tutte e sei le commedie. Ma nulla di certo si può dire sui rapporti fra le musiche e i ritmi creati dai poeti. Spesso la musica consisteva in disegni melodici del flauto punteggianti anche scene recitate. Ciò spiega come musiche di cui si ricordava l'autore fossero composte anche per le commedie terenziane, così scarse di *cantica*. I *cantica* di Plauto ad ogni modo dovevano assecondare l'importanza del fattore musicale nella struttura della commedia. È risaputo che la *palliata* mancava del coro, di cui una traccia si è voluta ravvisare in una scena della *Rudens* di Plauto, che però è scritta in un solo metro recitativo, sì da far supporre che parli un corifeo. Nella commedia attica nuova la sigla χοροῦ alla fine di ogni parte indica l'intervento del coro, di cui però l'autore, a quel che per ora possiamo sapere, trascurava di comporre il testo.

E nel prologo della *Casina* c'è la stanca ripresa del cenno fatto nel prologo della *Cistellaria*.

Ed ecco che nell'*Amphitruo* la descrizione della vittoria di Anfitrione sui Teleboi, che Sosia, tornando a casa di notte, rimugina preparandosi a farla alla padrona Alcmena, rispecchia le vicende della battaglia di Zama. Il Pascucci ha tentato di negare il rapporto fra la battaglia di Zama e la descrizione plautina di Sosia: ma nella seconda edizione del mio lavoro sull'*Amphitruo* ho creduto di poter dimostrare, sulla base anche di un'analisi del racconto liviano della battaglia di Zama, che effettivamente il rapporto esiste.

Ecco quindi da ogni parte spuntare nel teatro plautino accenni alle vittorie che Roma aveva conseguite contro il nemico nel periodo in cui fioriva il poeta; essi perciò sono, anche dal punto di vista rituale, cerimoniale, l'elemento che meglio collega le commedie plautine alle feste religiose in cui venivano rappresentate e in cui indubbiamente si celebravano anche le vittorie conseguite in quegli anni. Al riguardo, istruttiva sovra ogni altra è la commedia *Poenulus* a cui ho già accennato: commedia che indubbiamente è fatta sul modello greco di uguale titolo *Carchedonios*, il «Cartaginese», della quale si parla nel prologo. Si noti però come *Carchedonios*, *Poenus* diventa «il cartaginesuzzo», *Poenulus* nel titolo della commedia plautina. C'è un diminutivo che reca un segno non dico di disprezzo, ma per lo meno di un certo distacco orgoglioso dalla odiata razza nemica. Soprattutto va osservato il fatto che, come il prologo stesso dice, la commedia in origine aveva un altro titolo in Plauto, *Patruos pultiphagonides*, «lo zio mangiatore di polenta», che era proprio l'appellativo dispregiativo che i Romani adoperavano nei riguardi dei nemici Cartaginesi. La cosa va considerata con molta attenzione, perché oltre tutto il *Poenulus* è di tutte le commedie plautine la più irta di difficoltà per i dotti, perché fra gli altri guai presenta all'ultimo, infilati nel testo, uno appresso all'altro, due finali differenti. Il che dimostra che la commedia è stata veramente *retractata*; e quindi i due titoli possono benissimo essere attribuiti a due rappresentazioni diverse, non sappiamo se l'una diretta dall'autore e l'altra postuma o tutte e due fatte vivente l'autore, nel senso che questi abbia ritoccato egli stesso il copione. E la cosa strana poi è che nella commedia i Cartaginesi non ci fanno affatto una brutta figura; anzi il protagonista, il vecchio Annone, che viene da Cartagine e incontra e riconosce le due figlie cadute in mano di un lenone, è una figura patetica che ispira simpatia, tant'è vero che tutti i critici che ingenuamente hanno creduto di poter attribuire integralmente a Plauto tutta quanta la problematica sentimentale che si trova nel suo teatro (per esempio, il Perna nel suo volume,[6] il Ferrarino nella sua comunicazione nell'anno del centenario plautino) non hanno tenuto conto del fatto che invece, sulle orme del più famoso e già più volte ricordato *Plautinisches im Plautus* di Eduard Fraenkel, è sempre possibile distinguere, si può dire a orecchio, quelli chc sono gli elementi veramente plautini del teatro di Plauto da quelli che sono invece gli apporti dovuti alla ripresa dei modelli. Questa maniera blanda e quasi patetica di raffigurare i personaggi cartaginesi indubbiamente deve risalire ai modelli greci che, nonostante le lotte fra Siracusa e Cartagine in Sicilia, non dovevano vedere Cartagine con quell'odio profondo che naturalmente doveva invece alimentare i cuori dei Romani; e soltanto oggi ci si è persuasi che la lingua che in alcune scene viene posta in bocca ad Annone e a qualche altro personaggio cartaginese della commedia è autentico punico. Lo si sta studiando proprio oggi. Alcuni prima avevano ritenuto addirittura che Plauto avesse creato un linguaggio esotico a capocchia proprio per fare ridere il pubblico alle spalle di uno straniero, per giunta poco gradito come erano i Cartaginesi.

Ma la rassegna degli spunti politici che si possono trovare nel teatro plautino non si ferma soltanto a questo. Forse è possibile anche ripescare qualche atteggiamento relativo allo spirito di parte che Plauto doveva risentire. Sappiamo (lo testimonia Terenzio nel prologo dell'*Eunuchus*, al v. 25), che Plauto non soltanto fiorì immediatamente dopo Nevio, ma fu anche collaboratore di Nevio per alcune commedie. E sappiamo che Nevio aveva subito guai perché aveva sparlato di illustri uomini politici, come niente meno Scipione l'Africano e i Metelli; per conseguenza aveva subito la prigione e l'esilio. Orbene, una delle prime commedie di Plauto, forse databile al 205 – il *Miles gloriosus* – contiene proprio un'allusione all'episodio più grave di questa vicenda di Nevio: la sua prigionia. Quando Palestrione, il servo, è tutto concentrato nella meditazione della trappola che deve escogitare per evitare un guaio al padroncino, il vecchio Periplecomeno o Periplectomeno (perché la lezione del nome è discussa dagli studiosi) dice: *Ecce autem aedificat; columnam mento suffigit suo / Apage, non placet profecto mihi illaec aedificatio; / nam os columnatum poetae esse indaudivi barbaro / quoi*

[6] *L'originalità di Plauto*, Bari 1955; vedine il ridimensionamento in E. Paratore, *Plauto e noi*, ne «La Fiera letteraria» del 19 giugno 1955.

bini custodes semper totis horis occubant (versione di E. Paratore) «Guarda un po', ora si mette a costruire, pianta una colonna sotto il mento (sta lì col mento sul braccio); proprio non mi piace quella costruzione, perché ho sentito dire che anche il poeta latino ha la testa sopra un puntello mentre due custodi, uno di qua e uno di là, gli stanno sempre ai fianchi a tutte le ore». È questa un'allusione precisa e una precisa protesta che Plauto fa riguardo alla prigionia di Nevio, tant'è vero che la critica ha datato al 205 il *Miles gloriosus* proprio sulla base di questo particolare e vi si è abbarbicata per trovarvi altri accenni di natura politica del genere. Si sa da una notizia di Gellio (VII, 8, 5) che Nevio aveva suscitato l'ira di Scipione l'Africano perché, evidentemente in una commedia, aveva scherzato su certe disavventure giovanili che il grande personaggio aveva avuto quando il padre lo aveva sorpreso in allegra compagnia, ed egli era scappato con la sola clamide dalla casa dove era stato sorpreso. Orbene, il fatto che alla fine Pirgopolinice nel *Miles gloriosus* viene sorpreso in casa di Periplectomeno in allegra compagnia, abbondantemente bastonato e cacciato fuori seminudo e uno gli dice *de tunica et chlamide et machaera nequid speres: non feres*, «quanto a conservare la tunica e la clamide e la scimitarra levatelo dalla testa: non li porterai via, ci rimarranno in mano», si è pensato addirittura ad un'allusione volutamente polemica che l'autore, che nella commedia aveva già protestato contro la prigionia di Nevio, avesse fatta alla scena neviana in cui Scipione l'Africano era stato messo in burla per una sua avventuretta giovanile e s'era vendicato facendo punire l'autore.

Anche qui si può scorgere quindi una delle ragioni profonde, nascoste della popolarità di Plauto nel grosso pubblico; certamente alcuni caratteristici atteggiamenti della mentalità delle classi patrizie prestavano il fianco all'ironia di Plauto. Noi sappiamo che l'ellenofilia è caratteristica della classe degli ottimati a Roma. Basta appellarsi a quel procedimento di compenetrazione fra lo spirito delle classi dirigenti romane e la cultura greca che appunto nel periodo di Scipione avvenne con Panezio e Polibio, portavoce quasi del circolo scipionico con il concetto dell'οἰκουμένη ravvisata nel dominio romano e con l'esaltazione della classe oligarchica, e con la poesia di Terenzio che si avvicinava sempre più allo spirito dei modelli greci, alla problematica etica che questi modelli recavano. Ecco come nel *Curculio*, una delle commedie minori di Plauto, ma, nonostante questo, una delle più interessanti, per quella che è l'essenza della poetica plautina, il parassita Gorgoglione, risviluppando il luogo comune del *servus currens*, del servo che deve attraversare la scena affannato perché deve portare un'ambasciata al padrone o eseguirne un ordine (perfino Mercurio nell'*Amphitruo* ad un dato momento si trasforma in *servus currens*) dice al pubblico: *Ita nunc subito propone et celere obiectumst mihi negotium; / nec ‹usquam› quisquamst tam opulentus, qui mi opsistat in via, / nec strategus nec tyrannus quisquam, nec agoranomus, / nec demarchus nec comarchus, nec cum tanta gloria / quin cadat, quin capite sistat in via de semita. / Tum isti Graeci palliati capite operto qui ambulant, / qui incedunt suffarcinati cum libris, cum sportulis, / constant, conferunt sermones inter se ‹se› drapetae, / opstant, opsistunt, incedunt cum suis sententiis, / quos semper videas bibentes esse in thermipolio, / ubi quid surrupuere, operto capitulo calidum bibunt, / tristes atque ebrioli incedunt...* (versione di E. Paratore) «vado in tutta fretta, ho un affare urgente che mi è piombato tra capo e collo, all'improvviso; nessuno che osi sbarrarmi il passo, fosse pure un gran signore, un generale, un dittatore, il capo dei vigili urbani, il consigliere provinciale, il sindaco (ho tradotto così da *agoranomus*, *demarchus*, *comarchus* del testo che sono termini equivalenti), «nessuno potrà evitare un capitombolo a testa in giù dal marciapiede sulla strada; e questi Greci che vanno camminando intabarrati, con la testa tutta ravvolta nel mantello e vengono avanti carichi di libri e di sporte e si fermano e attaccano discorso – pezzi di schiavi fuggitivi – e ti stanno fra i piedi e non ti lasciano camminare» (ecco come il popolino romano giudicava le grandi conversazioni, le grandi dispute filosofiche e letterarie dei sapienti greci) «e fanno la ruota per istrada con i loro paroloni e li vedi sgargarozzare al bar» (non ci si scandalizzi della mia versione: il termine greco *thermipolium* usato da Plauto significa proprio un locale corrispondente) «a tutte le ore e quando ti hanno sgraffignato qualche centesimo vanno con il capaccino coperto» (naturalmente c'è l'ironia contro il fatto che questi sapienti greci di quattrini in tasca ne avevano pochini) «a prendersi la loro bibita calda e poi ricominciano a camminare ingrugnati e sbronzi...»; e risparmiamoci l'immagine dello scurrile atto fisiologico con cui Gorgoglione liquida in cuor suo l'odiata genia, e che è lo stesso, che nella *Terre* Émile Zola attribuisce frequentemente proprio al personaggio dotato del soprannome di Gesù Cristo, e che già il massimo autore vernacolo napoletano secentesco, Giulio Cesare Cortese, prodiga nei suoi poemi e nelle sue liriche. C'è dunque tutta una presentazione ironica, caricaturale della cultura greca che ci dimostra veramente da che parte camminasse lo spirito di

Plauto, con quale tipo di pubblico potessero consonare la sua poetica e la sua mentalità. È per questa aderenza continua ai gusti del pubblico romano che la commedia plautina introduce quelle scandalose diversioni dalla scena greca verso il mondo romano di cui le commedie sono piene a ogni piè sospinto. Ogni tanto c'è un richiamo a Giove Capitolino, c'è un'allusione ad un uso romano che prende di petto il lettore il quale crede di assistere ad una commedia sceneggiata ad Atene, a Corinto, ad Epidauro o in un'altra città greca.

Fondamentale in questo è ancora una volta il *Curculio* che nella prima scena dell'atto quarto ci introduce il *choragus* (che corrisponde all'incirca al trovarobe del nostro teatro ottocentesco) e che, mentre i personaggi della commedia si intrattengono fuori, esce a dire: *Commostrabo quo in quemque hominem facile inveniatis loco / ne nimio opere sumat operam, si quem conventum velit / vel vitiosum vel sine vitio vel probum vel improbum. / Qui peiiurum convenire volt hominem, ito in comitium; / qui mendacem et gloriosum, apud Cloacinae sacrum. / Dites damnosos maritos sub basilica quaerito. / Ibidem erunt scorta exoleta quique stipulari solent; / symbolarum conlatores apud forum piscarium. / In foro infumo boni homines atque dites ambulant; / in medio propter canalem ibi ostentatores meri. / Confidentes garrulique et malivoli supra lacum, / qui alteri de nihilo audacter dicunt contumeliam / et qui ipsi sat habent quod in se possit vere dicier. / Sub Veteribus ibi sunt qui dant quique accipiunt foenore. / Pone aedem Castoris ibi sunt subito quibu' credas male. / In Tusco vico ibi sunt homines qui ipsi sese venditant. / In Velabro vel pistorem, vel lanium, vel haruspicem, / vel qui ipsi vortant, vel qui aliis ubi vorsentur praebeant. / Dites damnosos maritos apud Leucadiam Oppiam* (versione di E. Paratore) «Ti mostrerò in che posto potrete trovare ogni tipo di uomo, così che non abbia a faticare troppo chiunque di voi voglia incontrare o un vizioso o uno senza vizi o un uomo onesto o uno disonesto. Chi vuole incontrare un impostore vada al comizio» (comincia la topografia della città di Roma nel primo decennio del II secolo a.C., la prima interessantissima topografia che la letteratura latina ci dia dell'Urbe, comicamente sceneggiata sulla base della ripartizione dei vari quartieri a seconda non solo delle professioni e dei mestieri, ma anche dei vizi, che si davano convegno in questa o in quella zona); «chi un fanfarone che infilzi una bugia dietro l'altra vada nei pressi del tempio di Cloacina, quelli che corrono dietro ai banchetti li trovi dalla parte della pescheria; nella parte bassa del Foro vanno a passeggiare le persone per bene e i ricchi; nella parte di mezzo, vicino al canale, stanno i veri e propri millantatori; sopra il lago» (il *lacus Curtius*, quello che era nato dalla voragine in cui si era sprofondato, secondo la leggenda, Curzio) «ci sono le facce toste, i pettegoli, i maligni che hanno l'impudenza di crearti dal nulla una calunnia contro il prossimo; dietro le vecchie botteghe del Foro ci stanno gli usurai e i loro clienti e dietro il tempio di Castore quelli di cui faresti bene a non fidarti lì per lì, nella via Etrusca ci stanno le persone che fanno mercato del proprio corpo e lì, vicino, nel Velabro, puoi trovare i fornai, i macellai, gli aruspici, quelli che ti trasformano la mercanzia e quelli che offrono agli altri la mercanzia da trasformare. E altri mariti ricchi e prodighi li trovi presso Leucadia Oppia», la quale Leucadia Oppia è un po' il rompicapo degli studiosi; ma l'illustre e compianto collega Giuseppe Lugli, con la sua grande sapienza di topografia romana, mi suggerì – e io nella mia edizione[7] lo seguii senz'altro – che questa Leucadia Oppia doveva essere una tenutaria di una casa di appuntamenti molto vicina al Foro.

Ecco di che cosa è pieno il teatro plautino riguardo alla vita sociale e alle idee politiche del tempo. E che effettivamente Plauto in questo sia la voce del popolo lo dimostrano anche certe sue predilezioni letterarie. In alcune commedie plautine noi troviamo parodie nientemeno che di Ennio, dello *Achilles Aristarchi* all'inizio del *Poenulus*, e dell'*Andromacha aechmalotis* nel monologo di Crisalo ai vv. 925-78 delle *Bacchides* e nei vv. 621-24 della *Casina*.

Tutto insomma concorda nel far vedere che Plauto era l'autore che blandiva per sua naturale consonanza di sentimento i gusti del popolo. Non per niente intorno a Plauto è stata creata la leggenda che fosse divenuto schiavo per debiti e avesse girato la ruota di un mugnaio e poi scrivendo commedie (le prime delle quali si sarebbero chiamate *Saturio* e *Addictus*, con particolare riferimento alle sue dolorose condizioni), fosse riuscito ad acquistare la libertà e l'agiatezza. Egli sentiva di venire dal popolo. In fondo è anche un *locus communis* della commedia greca il lamento dello schiavo contro la durezza dei padroni (e qui la critica marxista avrebbe il suo gioco nel far vedere l'aderenza di Plauto ad una socialità che poi la letteratura latina avrebbe dimenticata), il lamento dello schiavo contro le

[7] Firenze 1958. La mia interpretazione e la mia lezione del passo hanno ricevuto conferma nell'edizione della commedia a cura di F. Bertini, Bologna 1969.

condizioni che gli fa il *dominus*. Questo lamento risuona molto spesso nella commedia plautina, risuona in Palestrione che però è fedelissimo al padrone, risuona in Pseudolo, risuona in Tranione della *Mostellaria*, risuona nel protagonista eponimo della commedia *Epidicus* che all'ultimo, sfacciatamente, obbliga il padrone, dopo avergliene fatte di tutti i colori, a dargli la libertà e oltre alla libertà vuole anche qualche cosa, *quod pappet* (come dice chiaramente il testo), qualcosa che gli permetta di campare quando sarà libero. Questo elemento la commedia latina ereditava dai modelli greci, ma Plauto diede ad esso maggiore respiro e sviluppo perché esso si prestava alle variazioni farsesche a lui care. Ciò d'altronde ci fa pensare ad un Plauto provveduto di sensibilità a certi problemi di ordine sociale, magari anche legittimando in parte la leggenda che vuole fare del poeta un individuo proveniente dalla condizione servile. Tutto questo insieme di dati, che dimostra quanto profondamente Plauto fosse innervato nella più intima mentalità del popolo romano, spiega come fino alla raffinata e culturalmente un po' snobistica età augustea egli sia stato l'autore più compulsato, più studiato anche dalla cultura latina.

Ettore Paratore

BIBLIOGRAFIA

Principali edizioni delle commedie di Plauto

A. Ernout, Paris 1933 (più volte ristampata)
G. Goetz – F. Schoell, Leipzig 1892-1904
F. Leo, Berlin 1895-1896
F. Ritschl, Leipzig 1884-1890

Testo e traduzione italiana di tutte le commedie di Plauto

G. Augello, Torino 1968-1987
C. Carena, Torino 1975
E. Paratore, Roma 1976
M. Scandola, Milano 1985-1988
G. Vitali, Bologna 1941-1949

Recensione e commento completo delle commedie di Plauto

J.I. Ussing, Hauniae 1975-1992 (rist. Hildesheim 1975)

Lessici

G. Lodge, *Lexicon Plautinum*, Leipzig 1904-1938
A. Mainet, *Plaute, lexique inverse, listes grammaticales, relevés diverses*, Hildesheim 1969

Opere fondamentali per lo studio del teatro di Plauto

F. Arnoldi, *Da Plauto a Terenzio*, Napoli 1946
W. Beare, *The Roman Stage*, London 1952
F. Della Corte, *Da Sarsina a Roma*, Firenze 1961
G.E. Duckworth, *The nature of roman comedy*, Princeton 1952
E. Fraenkel, *Plautinisches im Plautus*, Berlin 1922 (trad. it. F. Munari, Firenze 1960)
G. Jachmann, *Plautinisches und Attisches*, Berlin 1931
F. Leo, *Plautinische Forschungen*, Berlin 1912
M.W. Lindsay, *Syntax of Plautus*, Oxford 1907
G. Michaut, *Plaute*, I, *Histoire de la comédie romaine*, Paris 1920
E. Paratore, *Storia del teatro latino*, Milano 1957
R. Perna, *L'originalità di Plauto*, Bari 1955
C. Questa, *Introduzione alla metrica di Plauto*, Bologna 1967
F. Ritschl, *Parerga zu Plautus und Terenz*, Leipzig 1845
E.W. Segal, *Roman laughter. The comedy of Plautus*, Cambridge (Mass.) 1968
N.W. Slater, *Plautus in performance*, Princeton 1985

I più recenti studi su Plauto

K. Abel, *Die Plautusprologe*, diss. Frankfurt, 1955
L. Alfonsi, *Note plautine*, in «Dioniso», 38, 1964, pp. 8-11
M.G. Alliand, *La figura del servo nella commedia di Plauto*, in «Zetesis», VIII, 1, 1988, pp. 27-45
G. Arcellaschi, *Plaute dans Plaute*, in «Vita Latina», VL, 77, 1980, pp. 22-27
W.G. Arnott, *Plautus the entertainer*, in «Lampas», 10, 1977, pp. 306-15
Atti del V congresso internazionale di studi sul dramma antico: Plauto e il teatro, in «Dioniso», 46, 1975
D. Averna, *Qualche considerazione sul pubblico plautino*, in «Pan», 6, 1978, pp. 53-58
M.F. Bǎltǎcenau, *Le vocabulaire des parodies plautiniennes comme documents des styles parodiés*, in «Studi classici», 8, 1966, pp. 35-38
M. Barchiesi, *Problematica e poesia in Plauto*, in «Maia», 9, 1957, pp. 163-203
F. Bettini, *Vent'anni di studi plautini in Italia (1950-1970)*, in «Bollettino di studi latini», 1, 1971, pp. 23-41

F. Bettini – C. Questa, *Nuovi studi su Plauto: grammatica, poetica e fortuna letteraria*, in «Materiali e discussioni per l'analisi dei testi classici», Pisa 1985

M. Bettini, *La poesia romana arcaica "al lavoro"*, in «Materiali e discussioni per l'analisi dei testi classici», 14, 1985, pp. 13-43

—, *Verso un'antropologia dell'intreccio e altri studi su Plauto*, Urbino 1991

W. Binder – J.J.C. Donner, *Die Römische Komödie* (trad.), München 1990

J. Blänsdorf, *Un trait original de la comédie de Plaute: le goût de la parodie*, in «Cahiers du groupe interdisciplinaire du théâtre antique», 9, 1966, pp. 133-51

—, *Archaische Gedankengänge in den Komödien des Plautus*, in «Hermes Einzelschrift», 20, 1967

—, *Reste der Improvisation in dem plautinischen Eingangszenen*, in *Festschrift für E. Lefèvre*, Tübingen 1996, pp. 3-21

L. Braun, *Die cantica des Plautus*, diss. Frankfurt, 1968

J.R. Bravo, *Comedias* (trad.), Madrid 1989

F. Bubel, *Bibliographie zu Plautus (1976-1989)*, Bonn 1992

L. Callari, *Tecnica ripetitiva nelle commedie plautine*, in «Quaderni di Cultura e di Tradizione classica», 1, 1983, pp. 7-13

L. Casson, *Six plays* (ed. e trad.), New York 1963

J.P. Cèbe, *Le niveau culturel du public plautinien*, in «Revue des Études Latines», 38, 1960, pp. 101-6

—, *La dérision des dieux dans le théâtre de Plaute: sense et portée*, Association Budé, Actes VII Congrès, Paris, pp. 101-6

G. Chiarini, *Imparzialità e scrittura scenica di Plauto*, in «Rivista di cultura classica e medioevale», 18, 1976, pp. 268-72

—, *La recita, Plauto, la farsa, la festa*, Bologna 1979

—, *Plauto*, in *Dizionario degli scrittori greci e latini*, III, pp. 1669-95

—, *Introduzione a Plauto*, Roma-Bari 1991

—, *Plauto e il suo mondo poetico*, Sarsina 1993, pp. 5-19

J.R. Clark, *On the dramatic structure of plautine comedy*, diss. University of Ithaca, New York 1974

E. Coleiro, *Lo schiavo in Plauto*, in «Vichiana», 12, 1983, pp. 113-20

J. Collart, *La "scene du songe" dans les comédies de Plaute*, in *Miscellanea in onore di J. Bayet*, Bruxelles 1964, pp. 154-60

V. D'Agostino, *Cenni sulla figura del "servus" nella commedia plautina*, in «Rivista di studi classici», 33, 1975, pp. 268-72

Z. Danielewicz, *Fabulae exitus quomodo a Plauto signetur*, in «Eos», 48, 1979, pp. 103-10

G.S. De Brito, *Contrasting behaviour patterns on Plautus*, in *Studi in memoria di F.R. Schröder*, 1988, pp. 73-85

F. Della Corte, *L'essenza del comico plautino*, in «Maia», 6, 1953, pp. 81-98

—, *Personaggi femminili in Plauto*, in «Dioniso», 42, 1969, pp. 485-97

—, *Stoïker und Epikureer in Plautus' Komödien*, in *Festschrift für A. Thierfelder*, 1974, pp. 80-94

—, *Maschere e personaggi in Plauto*, in «Dioniso», 46, 1975, pp. 163-93

A. De Lorenzi, *Cronologia ed evoluzione plautina*, Napoli 1953

K. Dér, *Règle et faute*, in «Annali dell'Università di Budapest», 5-7, 1977-1978, pp. 101-14

—, *Die Erneuerung der Bühnenkonventionen bei Plautus*, in «Annali dell'Università di Budapest», 8, 1980, pp. 9-18

J. Dingel, *Herren und Sklaven bei Plautus*, in «Gymnasium», 88, 1981, pp. 489-95

J.C. Dumont, *Plaute, barbare et heureux de l'être*, in «Ktèma», 9, 1984, pp. 69-77

D.C. Earl, *Political terminology in Plautus*, in «Historia», 9, 1960, pp. 235-43

P.J. Enk, *How did Plautus adapt his greek models*, in *Miscellanea in onore di G. Gabrieli*, Milano 1951, pp. 105-20

V. Faggi, *Sul linguaggio di Plauto*, Atti del convegno "Il mondo scenico di Plauto", Bocca di Magra 1992-93, pp. 57-64

P. Fedeli, *Condizionamento delle strutture sceniche nel teatro plautino*, in «La didattica del latino», Foggia 1979, pp. 158-74

D. Filimon, *The dramatique structura of the plautine comedy*, in «Studi classici», 21, 1983, pp. 27-47

I. Fischer, *Encore sur le caractère de la langue de Plaute*, in «Studi classici», 13, 1971, pp. 59-68

D. Fogazza, *Plauto 1935-1975*, in «Lustrum», 19, 1976, pp. 79-296

D. Gagliardi, *Aspetti del teatro comico latino. La politica di Plauto*, in «Le parole e le idee», 5, 1963, pp. 167-74

K. Gaiser, *Eigenart der römischen Komödien: Plautus und Terenz gegenüber ihren griechischen Vorbilden*, in «Aufstieg und Niedergang der römischen Welt», I, 2, 1972, pp. 1027-113

M.W. Gerdes, *Women in performance in Plautus*, diss. University of North Carolina, Chapel Hill 1995

M.E. Gilleland, *Linguistic differentiation of character type and sex in the comedies of Plautus and Terence*, diss. University of Virginia, Charlottesville 1979

M. Gonzales Haba, *Plauto, Comedias*, I (intr. e note), Madrid 1992

A.S. Gratwick, *Titus Maccius Plautus*, in «Classical Quarterly», 23, 1973, pp. 78-84

P. Grimal, *Exist-il une morale de Plaute?*, in «Bulletin de l'Association Guillaume Budé», Paris 1975, pp. 485-98

—, *Jeu et vérité dans les comédies de Plaute*, in «Dioniso», 46, 1975, pp. 137-52

H. Happ, *Die lateinische Umgangssprache und die Kunstsprache des Plautus*, in «Glotta», 45, 1967, pp. 60-104

P.B. Harvey, *Historical topicality in Plautus*, in «The Classical World», 79, 1986, pp. 297-304

M.M. Henderson, *The comedy of Plautus*, in «Akroterion», XX, 1, 1975, pp. 2-13

S.L. Hines, *The metaphorical use of mithological and historical allusions in Plautus*, diss. University of Minnesota, Minneapolis 1973

W. Hofmann, *Komödien (Dall'Amphitruo alla Mostellaria)*, Leipzig 1987

Z. Hofmann, *Gebetsparodien in Plautus-Komödien*, in «Helikon», 20-21, 1980-1981, pp. 207-18

—, *The parody of the idea of mos maiorum in Plautus*, in «Oikumene», 3, 1982, pp. 217-33

—, *Virtus Romana bei Plautus*, in «Acta Classica Universitatis Scientiarum Debreceniensis», 20, 1984, pp. 11-20

—, *Der senat bei Plautus*, in «Acta Classica Universitatis Scientiarum Debreceniensis», 23, 1987, pp. 27-29

—, *Der Wertbegriff honos in der Komödien von Plautus*, in «Acta Classica Universitatis Scientiarum Debreceniensis», 24, 1988, pp. 29-35

—, *Zur pietas. Konzeption des Plautus*, in «Helikon», 28, 1988, pp. 129-44

—, *Die nova flagitia by Plautus*, in «Gymnasium», 98, 1991, pp. 180-86

J.D. Huges, *A bibliography of scolarship on Plautus*, Amsterdam 1975

H.D. Jocelyn, *Le théâtre et l'histoire des textes des comédies de Plaute*, in «Pallas», 38, 1992, pp. 337-44

O. Jurewicz, *Les esclaves dans la comédie de Plaute*, Varsavia 1958

A.L. Käc, *The social tendency in Plautus' plays*, (trad. ingl. da) «Vestnik Drevnej istorii», 151, 1980, pp. 72-95

R.C. Ketter, *Stage properties in plautine comedy*, in «Semiotica», 58, 1986, pp. 193-216

H.L. Koonce, *Comic values and comic form. The restoration comedy of manners in its tradition*, diss. University of Pennsylvania, 1969

J. Korzynski, *Utrum servi in comoediis Plautinis obvii veri servi Romani sint*, in «Meander», 12, 1957, pp. 142-56

E.R. Leander, *Komödien*, München 1959

E. Lefèvre, *Plautus barbarus, sechs Kapitel zur Originalität des Plautus*, Tübingen 1991

—, *Plautus und Philemon*, Tübingen 1995

E.G. Loitold, *Untersuchungen zur Spieltechnik der plautinischen Komödien*, diss. Wien, 1957

M. Lopez Lopez, *Les personajes de la comedia plautina: nombre y function*, Leiden 1991

A.M. Mack, *Mulieres comicae. Female characters in Plautus and his predecessors*, diss. Harvard, 1967

R. Martin, *La psychologie des esclaves d'après quelques piéces de Plaute*, in «Revue de la France ancienne», 174, 1972, pp. 14-22

J.R. Martin Fernandez, *Onomastica Plautina I*, in «Durius», 5, 1977, pp. 31-338

G. Maurach, *Untersuchungen zum Aufbau plautinischen Lieder*, diss. Hamburg, 1960

G. Mazzoli, *Etimologia e semantica dello scurra plautino*, in *Studi per F. Della Corte*, II, 1987, pp. 73-92

P. Miniconi, *Le vocabulaire plautinien de la basseur et de l'ivresse*, in *Miscellanea in onore di J. Bayet*, Bruxelles 1964, pp. 495-508

V. Mogni, *Note plautine*, in «Giornale Italiano di Filologia», 19, 1966, pp. 49-64

G. Monaco, *Qualche considerazione sullo sfondo politico del teatro di Plauto*, in «Dioniso», 48, 1969, pp. 305-7

—, *La scena allargata Plautina*, in *Studi per F. Della Corte*, II, 1987, pp. 93-101

T.J. Moore, *Seats und social status in the plautine theatre*, in «The Classical Journal», XC, 2, 1994-95, pp. 112-23

F. Muecke, *Plautus and the theatre of disguise*, in «Classical Antiquity», 5, 1986, pp. 216-29

L. Nadio, *Proelium chez Plaute*, in «Caesarodunum», 5, 1970, pp. 179-81

V.M. Owens, *Ethnic characterization in Plautus*, diss. Yale University of New Haven, 1986

G. Paduano, *Padri e figli in Plauto*, Atti del convegno "Il mondo scenico di Plauto", Bocca di Magra 1992-93, pp. 31-34

L. Papi, *Ricerche sull'essenza del comico plautino*, in «Rendiconti dell'Istituto Lombardo», 102, 1968, pp. 549-92

E. Paratore, *Plauto, imitatore di se stesso*, in «Dioniso», 46, 1975, pp. 29-70

L. Perelli, *Società romana e problematica sociale nel teatro plautino*, in «Studi romani», 26, 1978, pp. 307-27

R. Perna, *L'originalità di Plauto*, Bari 1955

G. Petrone, *Narratore e narrazioni nei prologhi di Plauto*, in «Materiali e contributi per la storia della narrativa greco-latina», 3, 1981, pp. 269-83

—, *Teatro antico e inganno. Finzioni plautine*, Palermo 1983

—, *Gli inganni del teatro plautino*, Atti del convegno "Il mondo scenico di Plauto", Genova 1985, pp. 17-30

—, *Scene mitiche in Plauto*, in *Festschrift für E. Lefèvre*, Tübingen 1995, pp. 171-83

A. Pocina, *Vasa plautina: tipologia y utilización de recipientes griecos y romanos*, in «Cuadernos de Filologia Clásica», 21, 1988, pp. 247-60

J.B. Poynton, *Five plays of Plautus* (trad.), Oxford 1973

C. Questa, *Sulla divisione in scene del teatro plautino*, in «Maia», 26, 1974, pp. 301-19

—, *Maschere e funzioni nelle commedie di Plauto*, in «Materiali e discussioni per l'analisi dei testi classici», 8, 1982, pp. 9-64

—, *Parerga plautina*, Urbino 1984

—, *T. Macci Plauti cantica*, Urbino 1995

C. Questa – R. Raffaelli, *Maschere, prologhi, naufragi nella commedia Plautina*, Bari 1984

R. Raffaelli, *Animum advortite: aspetti della comunicazione nei prologhi di Plauto*, in «Dioniso», 54, 1983, pp. 193-203

G. Rambelli, *Comica greco-latina*, Pavia 1957

C. Roccaro, *Il pianto in Plauto: "flere" e i suoi composti*, in «Pan», 2, 1984, pp. 27-41

G. Rotelli, *Ricerca di un criterio metodologico per l'utilizzazione di Plauto*, in «Bollettino dell'Istituto di Diritto romano», 75, 1972, pp. 43-46

M. Rubino, *Plauto e il teatro dell'impegno*, Atti del convegno "Il mondo scenico di Plauto", Genova 1955, pp. 43-46

K.C. Ryder, *The senex amator in Plautus*, in «Grece and Rome», 21, 1984, pp. 181-89

J.N. Sadashige, *Roman things: matter of gender, nation and culture in Plautus*, diss. University of Pennsylvania, Philadelphia 1995

F.H. Sandbach, *Il teatro comico in Grecia e Roma* (trad. it.), Roma-Bari 1979

E. Schuhmann, *Ehescheidungen in der Komödien des Plautus*, in «Zeitschrift der Savigny-Stiftung für Rechtsgeschichte», 93, 1976, pp. 19-32

—, *Der typ der "uxor dotata" in der Komödien des Plautus*, in «Philologus», 121, 1977, pp. 45-46

—, *Hinweise auf Kulthandlungen in Zusammenhang mitmit plautinischen Frauengestalten*, in «Klio», 58, 1977, pp. 137-47

—, *Zur sozialen Stellung der Frau in der Komödien des Plautus*, in «Altertum», 24, 1978, pp. 97-105

—, *Die soziale Stellung der Hetaeren in der Komödien des Plautus*, in «Index», 17, 1989, pp. 155-60

W.M. Seaman, *On the names of old and young men in Plautus*, in *Miscellanea in onore di B.E. Perry*, 1969, pp. 114-22

E.W. Segal, *Scholarship on Plautus*, in «The Classical World», 74, 1981, pp. 353-433

—, *Roman laugther. The comedy of mind*, Princeton 1985

R. Shilling, *Les dieux dans le théâtre de Plaute*, Association Budé, Actes IX Congrès, Paris, pp. 342-53

G.P. Shipp, *Greek in Plautus*, in «Wiener Studien», 66, 1953, pp. 105-12

N.W. Slater, *The theatre of the mind. Metatheatre in Plautus*, diss. Princeton, 1981

J.P. Stein, *Compound word coinages in the plays of Plautus*, in «Latomus», 30, 1971, pp. 598-606

M. Swoboda, *De argumentis satiricis et parodiam redolentibus apud Plautum obviis*, in «Eos», 60, 1972, pp. 51-79

B.A. Taladoire, *Essai sur le comique de Plaute*, München 1956

R.G. Tanner, *Problems in Plautus*, in «Proceedings of the Cambridge Philological Society», 15, 1969, pp. 95-105

—, *The origins of plautine comedy*, in *Studi in onore di Y.H. Bischop*, New South Wales 1980, pp. 58-83

A. Thierfelder, *De fallaciarum facietiarumque rationibus Plautinis*, in «Annali di Filologia Classica», 8, 1964, pp. 29-34

—, *Su alcuni generi particolari del comico di Plauto*, in «Dioniso», 46, 1975, pp. 89-109

H.M. Toliver, *Plautus and the State gods of Rome*, in «The Classical Journal», 48, 1952, pp. 49-57

G. Tramm, *Beobachtungen zur Form des plautinischen Dialogs*, in «Hermes», 100, 1972, pp. 558-67

N.N. Truklina, *Hero and anti-hero in Plautus*, in «Vestnik Drevnej istorii», 155, 1981, pp. 162-78

B. Veneroni, *Aspetti umani e sociali del teatro plautino*, in *Scritti in onore di B. Riposati*, 1979, pp. 547-63
G. Viveros, *Comoedias* (intr., trad. e note), Mexico 1978-83
G. Vogt-Spira, *Plautus und die Uberwindung des Stegreifspiel*, in *Festschrift für E. Lefèvre*, Tübingen 1996, pp. 229-39
S.L. Walker, *The senex amator in Plautus*, diss. University of North Carolina, 1980
N. Zagagi, *Tradition and originality in Plautus' studies of the amatory motifs in plautine comedy*, Göttingen 1980
—, *Mythological hyperboles and Plautus*, in «Classical Quarterly», 36, 1986, pp. 267-70
B. Zimmermann, *Pantomimische Elemente in der Komödien des Plautus*, in *Festschrift für E. Lefèvre*, Tübingen 1996, pp. 193-204
I. Zòktowska, *De comoediarum Plauti spectatoribus*, in «Meander», 46, 1981, pp. 301-7
O. Zwierlein, *Zur Kritik und Exegese des Plautus*, in «Gnomon», LXVIII, 5, 1996, pp. 402-20

Menaechmi*: recenti studi e traduzioni*

G. Augello, *Note a Plauto, Menaechmi 896-897*, in «Giornale Italiano di Filologia», 26, 1974, pp. 41-48
W. Baar, *Plautus, Menaechmi 838*, in «Mnemosyne», 19, 1966, p. 50
L. Baumbach, *Quacks then as now? An examination of Plautus' Menaechmi*, in «Acta classica», 26, 1983, pp. 99-104
P. Bernardini Marzolla, *Plauto, Menaechmi 838*, in «Maia», 13, 1961, pp. 30-33
F. Bertini, *Sosia e i gemelli in Plauto*, Atti del convegno "Il mondo scenico di Plauto", Bocca di Magra, 26-27 ottobre 1992 – 10-11 dicembre 1993
—, *Rifacimenti rinascimentali dei Menecmi plautini*, in «Studi Umanistici Piceni», 16, 1996, pp. 9-16
P. Bovie, *The Menaechmi* (trad.), S. Francisco 1962
J.R. Bravo, *Mercator, Miles gloriosus, Mostellaria, Persa, Poenulus, Pseudolus, Rudens, Stichus, Trinummus, Truculentus, Vidularia* (trad.), Madrid 1995
J.M.G.M. Brinkhoff, *De parasiet in Plautus' Menaechmi*, in «Hermeneus», 38, 1966, pp. 35-45
R.G. Brooks, *An edition of W.W.'s 1595 translation of Plautus' Menaechmi*, Dissertation of University of Illinois, 1951

A.D.F. Brown, *Black wine*, in «Classical Review», 12, 1962, pp. 192-97
O. Copley, *The Menaechmi* (trad.), New York 1949
M. Damen, *Actors and Akt-divisions in the greek original of Plautus' Menaechmi*, in «The Classical World», 52, 1988-89, pp. 409-20
V. Faggi, *Aulularia, Bacchides, Casina, Menaechmi, Pseudolus* (trad.), Milano 1955
E. Fantham, *Act IV of the Menaechmi. Plautus and his original*, in «Classical Philology», 68, 1968, pp. 175-83
B. García Hernandez, *Anfitrión, Las Baquides, Los Menecmos*, Torrejon de Ardoz 1994
G. Giacomelli, *Il tema aggettivale "sakri-" in Plauto*, in «Studi italiani di Filologia Classica», 33, 1961, pp. 249-57
A.S. Gratwick, *Quis erus est (Men. 1077)*, in «Classical Review», 23, 1973, p. 123
—, *Plautus, Menaechmi*, Cambridge 1993
P. Grimal, *Echos plautiniens d'histoire sicilienne*, in «Kokalos», 14-15, 1968-69, pp. 228-42
D. Haberman, *Menaechmi, A serious comedy*, in «Ramus», 10, 1981, pp. 129-39
W.F. Hansen, *An oral source for the Menaechmi*, in «The Classical World», 70, 1977, pp. 385-90
W. Hofmann, *Zum Verständnis der Plautinischen Menaechmi*, in *Festschrift für A. Thierfelder*, Hildesheim 1974, pp. 31-40
—, *Menaechmi* (trad.), Leipzig 1977
H.D. Jocelyn, *Anti-Greek elements in Plautus' Menaechmi*, Papers of the Liverpool Latin Seminar, 4, 1984, pp. 1-25
T. Kleberg, *Les Ménechmes de Plaute, vv. 110 segg.*, in «Eranos», 54, 1956, pp. 186-88
G. Lawall – B.N. Quinn, *Menaechmi* (rev. e introd.), Chicago 1981
E.W. Leach, *"Meam quom formam noscito." Language and characterization in the Menaechmi*, in «Arethusa», 2, 1969, pp. 30-45
C.A. Louro Fonseca, *Os dois Menecmos* (introd. e vers.), Coimbra 1983
V. Masciadri, *Die antike Verwechslungskomödie: Menaechmi, Amphitruo und ihre Verwandtschaft*, Stuttgart 1996
P.G. Moorhead, *The distribution of roles in Plautus' Menaechmi*, in «The Classical Journal», 49, 1953-54, pp. 123-27
A. Primmer, *Die Handlung der Menaechmi*, I, in «Wiener Studien», 100, 1987, pp. 97-115
—, *Die Handlung der Menaechmi*, II, in «Wiener Studien», 101, 1988, pp. 193-222

D.R. Salvitt – P. Bovie, *Persa, Menaechmi, Cistellaria, Pseudolus, Stichus, Vidularia* (ed. con pref. e trad.), Baltimore 1995-96

E.W. Segal, *The Menaechmi, Roman Comedy of Errors*, in «Yale Classical Studies», 21, 1969, pp. 77-93

—, *Three comedies (Miles gloriosus, Menaechmi, Mostellaria)* (trad. e introd.), New York 1978

E. Stärk, *Die Menaechmi des Plautus und kein griechisches Original*, Tübingen 1989

W. Steidle, *Zur Komposition von Plautus' Menaechmi*, in «Rheinisches Museum», 114, 1971, pp. 247-61

A.S. Stratwick, *Diminishing returns: Plautus, Menaechmi 1161*, in «Liverpool Classical Monthly», 15, 1990, pp. 27-28

R.E.H. Westendorp Boerma, *Plautus' Menaechmi*, in «Hermeneus», 38, 1966, pp. 29-35

J. Woodruff, *Mythological mots in the Menaechmi*, in «The Classical Bulletin», 51, 1974-75, pp. 6-10

E. Woytek, *Zur Herkunft der Arztszene in den Menaechmi des Plautus*, in «Wiener Studien», 16, 1982, pp. 165-82

M.C. Zanini, *Simillimi ed insania nei Menaechmi*, in «Fos», 72, 1984, pp. 87-94

Rudens*: recenti studi e traduzioni*

A.G. Amatucci, *L'amicizia di Palestra e Ampelisca e il culto di Venere nel Rudens di Plauto*, in «Giornale Italiano di Filologia», 3, 1950, pp. 206-10

—, *Rudens* (ed. e comm.), Torino 1959

W.S. Anderson, *Gripus and Stratonicus. Plautus, Rudens 930-936*, in «American Journal of Philology», 107, 1986, pp. 560-63

W.G. Arnott, *Plautus, Rudens 282*, in «Classical Review», 19, 1969, pp. 129-31

L. Bove, *"Subreptio" di "res privata" depositata "in aede sacra" (Rudens 706)*, in «Labeo», 3, 1957, pp. 354-59

A.T. Bradshaw, *Sceparnios' raincoat in Plautus, Rudens 576*, in «Classical Quarterly», 23, 1973, pp. 275-78

F.O. Copley, *The Rope* (trad.), New York 1956

E. Detienne, *Arcturus, Démon astral*, in «Bulletin de l'Institut historique belge de Rome», 31, 1958, pp. 5-21

J. Diggle, *Plautus, Rudens, Act. III, scene 5 (vv. 780-838)*, in «Rheinisches Museum», 117, 1974, pp. 86-94

F. Doll, *Der Rudens des Plautus*, Dissertation of Freiburg, 1953
J.C. Dumont, *Le Rudens ou le triomphe de la vertu*, in «Vita Latina», 40, 1987, pp. 2-7
—, *Plaute et le Rudens-repères bibliographiques*, in «Kentron», 3, 1987, pp. 145-52
H.C. Fay, *Rudens* (ed.), London 1969
A. Garzya, *Note al Rudens di Plauto*, in «Quaderni di Le parole e le idee», 7, Napoli 1967
—, *A propos de l'interpretation du Rudens de Plaute*, in *Hommages à M. Renard*, I, Bruxelles 1969, pp. 365-73
J. Hellegouarc'h, *Sur le Rudens: à propos de la fin de l'acte IV*, in «Kentron», 4, 1988, pp. 33-38
M.M. Henderson, *Structural anomaly in Plautus' Rudens*, in «Akroterion», XXII, 1, 1977, pp. 8-14
H.D. Jocelyn, *Plautus, Rudens 83-88*, in «Classical Review», 16, 1966, p. 148
A.G. Katsouris, *Two notes on dreams. Rudens and Mercato*, in «Liverpool Classical Monthly», 3, 1978, pp. 47-48
J.F. Killeen, *Plautus, Rudens 902*, in «Classical Philology», 66, 1971, pp. 260-61
K. Kimura, *The dramaturgy of dreams. Mercator and Rudens*, in «Journal of Classical Studies», 37, 1989, pp. 78-80
T.E. Kinsey, *Notes on the Rudens of Plautus*, in «Latomus», 35, 1966, pp. 272-77
E.W. Leach, *Plautus' Rudens, Venus born from a shell*, in «Texas Studies», 15, 1974, pp. 915-31
E. Lefèvre, *Diphilos und Plautus. Der Rudens und seine Original*, Wiesbaden 1984
F. Marx, *Rudens* (trad. e comm.), Amsterdam 1959
U.E. Paoli, *Rudens 315*, in *Miscellanea philologica in memoriam A. Beltrami*, Genova 1954, pp. 185-91
C.W. Parry, *Three comedies of T. Maccius Plautus (Trinummus, Captivi, Rudens)*, Pembroke 1954
G.B. Pighi, *La monodia di Palestra (Rud. 185-219)*, in «Dioniso», 14, 1951, pp. 3-18
R. Raffaelli, *Spectator in fabula*, in «Aufidus», X, 28, 1966, pp. 7-17
A. Salvatore, *La struttura ritmico-musicale del Rudens e l'Ione di Euripide*, in «Contributi dell'Accademia di Archeologia, Lettere e belle Arti di Napoli», 26, 1951, pp. 56-97
D.R. Salvitt – P. Bovie, *Rudens, Aulularia, Bacchides, Mercator, Truculentus* (ed. con pref. e trad.), Baltimore 1995-96

F. Scheidweiler, *Zum Plautinischen Rudens*, in «Rheinisches Museum», 97, 1954, pp. 160-65

O. Skutsch, *Plautus, Rudens 599a*, in «Classical Review», 12, 1962, p. 120

—, *Plautus, Rudens 603 segg.*, in «Classical Review», 16, 1966, pp. 12-14

—, *Plautus, Rudens 86*, in «Classical Review», 17, 1967, pp. 11-12

P. Smith, *Plautus. Three comedies: Miles gloriosus, Pseudolus, Rudens* (trad. e introd.), New York 1991

C. Stace, *Rudens, Curculio, Casina* (trad.), Cambridge 1981

A. Thierfelder, *Rudens* (ed. e comm.), Heidelberg 1949

F. Vitali, *La Piovana del Ruzzante e il Rudens di Plauto*, Padova 1958

E.F. Watling, *The Rope and other plays* (trad.), Baltimore 1964

R. Wind, *Three comedies: Miles gloriosus, Rudens, Casina*, Lanham (Md) 1995

NOTA BIOGRAFICA

Sulla vita di Plauto, che interessò un arco di tempo di circa settant'anni, le notizie delle fonti antiche sono scarse, numerose le congetture dei moderni. Cicerone (in *De senectute* 50) lo considera nato prima del 250 a.C., seguendo indirettamente anche il parere di Varrone, la cui attendibilità è però discutibile. Non ci sono, comunque, autorevoli testimonianze antiche per stabilire la data precisa del 254 o quella del 259/258, come invece si ritiene in genere. Sulla base della documentazione disponibile, Plauto sarebbe potuto essere di dieci anni più giovane di Catone il Censore, che nacque nel 234. Secondo la tradizione (san Gerolamo, *Chronicon* 200 a.C.; Festo, s.v. *ploti*, e anche *Mostellaria* 770), era originario di Sarsina, una piccola cittadina sull'Appennino, oggi in Romagna ma nell'antichità in Umbria, regione molto più estesa di quella amministrativa attuale. Ancora Cicerone (*Brutus* 60) afferma che Plauto morì (Gerolamo attesta a Roma, ed erroneamente nel 200, *loc. cit.*) sotto il consolato di Publio Claudio e Lucio Porcio, mentre era censore Catone, quindi nel 184/183; ma è notizia ancora non confermata, da attribuire forse alla mancanza di dati relativi a rappresentazioni tarde, dovute al fatto che Plauto si ritirò dal teatro o fu invitato a farlo da Catone il Censore.

Nei prologhi sono attestati vari nomi: *Plautus*; *Maccus*; *Macci Titi* al genitivo; *T. Macci Plauti Casina explicit* solo nel Palinsesto Ambrosiano che, al nominativo, dà *Titus Maccius Plautus*. *Maccus* (in seguito ingentilito in *Maccius*) è il nome di una maschera, il buffone della farsa atellana, di cui l'autore agli inizi probabilmente recitò il ruolo. Accanto al *cognomen* urbanizzato in *Plautus*, "piedi piatti" (in origine nella forma rustica *Plotus*, cfr. Festo, *loc. cit.*; cfr. anche *planipes*, "mimo"), assumerebbe il valore di un soprannome caratteristico, come Buffone, Saltimbanco, Piedipiatti.

Poche altre informazioni sui fatti seguenti rimangono comunque nell'alone della leggenda, creatasi probabilmente sull'onda di temi ricorrenti e noti nei suoi testi: in particolare che egli si fosse ridotto in miseria dopo un primo periodo di successo lavorando nel teatro, *in operis artificum scaenicorum* (come "assistente di scena", cfr. per l'espressione Gellio, *Noctes Atticae* III, 3, 14; Cicerone, *Ad familiares* XIII, 9, 3) e anche come *histrio*, "attore" (cfr. Orazio, *Epistulae* II, 1, 170 sgg.). Lavorando quindi come servo alla macina di un mulino avrebbe cominciato a scrivere le prime commedie: *Saturio*, *Addictus* e una terza di cui Gellio (*loc. cit.*) non ricorda il nome.

La fortuna delle sue opere comunque crebbe rapidamente. Dopo la sua morte «la Commedia fu a lutto, il Riso, il Gioco e lo Scherzo, la Musica infinita dei suoi versi tutti insieme lo piansero», come suona il celebre epigramma che Gellio (*Noctes Atticae* I, 24, 3) tramanda da una sezione perduta del *De poetis* di Varrone.

Il suo nome fu a lungo associato a quello di T. Publilio Pellione, un noto impresario teatrale, ed è possibile che Plauto stesso abbia recitato in qualcuna delle sue commedie, come si pensa in base all'unica possibile testimonianza diretta in *Bacchides* 211 sgg.

Nel periodo graccano, sotto il nome di Plauto circolarono circa centotrenta commedie, a uso degli attori e non come edizioni da lettura. Va naturalmente ricordato che quelle spurie erano moltissime, data la facilità degli antichi alle false attribuzioni. Il *corpus* delle commedie autentiche è quello che noi conosciamo in seguito alla classificazione di Varrone: egli ne isolò ventuno *consensu omnium*, che Gellio definì *fabulae Varronianae* (*Noctes Atticae* III, 3, 3). Ulteriori diciannove commedie, in base a criteri stilistici, sono state identificate da Varrone come probabilmente plautine, anche se permangono dubbi o pareri contrari di altri eruditi, mentre egli ne definì certamente falsificate un'altra novantina. Si suppone anche che molte opere autentiche siano andate perdute. Sono stati tramandati circa centodieci versi frammentari verosimilmente plautini e un'altra sessantina di citazioni spurie.

Riportiamo qui le *fabulae Varronianae* (tràdite in rigoroso ordine alfabetico nel Palinsesto Ambrosiano): *Amphitruo*, unica commedia mitologica; *Asinaria*, tratta dall'*Onagos* ("Il mulattiere") di un Demofilo; *Aulularia*, forse tratta da Menandro; *Bacchides*, mancanti dell'inizio, dal *Dis exapaton* ("Colui che inganna due volte") di Menandro, pervenuto in frammenti; *Captivi*; *Casina*, dai *Kleroumenoi* ("I sorteggianti") di Difilo; *Cistellaria*, di poco anteriore al 201 e seriamente danneggiata, dalle *Synaristosai* ("Le commensali") di Menandro; *Curculio*, gravemente mutila; *Epidicus*, anteriore alle *Bacchides* (cfr. *ivi* 211 sgg.); *Menaechmi*, non necessariamente una delle prime opere; *Mercator*, dall'*Emporos* ("Il mercante") di Filemone; *Miles gloriosus*, da un *Alazon* ("Lo spaccone"); *Mostellaria*, dal *Phasma* di Filemone ("Apparizione"); *Persa*; *Poenulus*, del 188/187 a.C., gravemente interpolata, dal *Karchedonios* ("Il cartaginese") di Alessi; *Pseudolus*; *Rudens*, da Difilo; *Stichus*, del 200 a.C., dai primi *Adelphoi* ("I fratelli") di Menandro; *Trinummus*, dal *Thesauros* ("Il tesoro") di Filemone, posteriore al *Curculio* (cfr. *Trinummus* 1016, in cui si legge *Curculiost*); *Truculentus*, risalente all'incirca al 188 a.C.; *Vidularia*, quasi completamente perduta, da una *Schedia* ("La zattera") forse di Difilo.

Cristina Borgia

Nota al testo

La traduzione è stata condotta sull'edizione curata da W.M. Lindsay, Oxford 1904 (ristampata più volte).

MENAECHMI

I MENECMI

PERSONAE

PENICULUS (parasitus)
MENAECHMUS I (adulescens)
MENAECHMUS II (SOSICLES) (adulescens)
EROTIUM (meretrix)
CYLINDRUS (cocus)
MESSENIO (servus)
ANCILLA
MATRONA
SENEX
MEDICUS
LORARII

SCAENA EPIDAMNI

PERSONAGGI[1]

PENICOLO (parassita)
MENECMO I
MENECMO II (SOSICLE)
EROZIO (meretrice)
CILINDRO (cuoco)
MESSENIONE (servo)
ANCELLA
MATRONA
VECCHIO
MEDICO
SCHIAVI FUSTIGATORI

(*La scena è ambientata a Epidamno.*)

ARGUMENTUM

Mercator Siculus, quoi erant gemini filii,
Ei surrupto altero mors optigit.
Nomen surreptici illi indit qui domist
Avos paternus, facit Menaechmum e Sosicle.
Et is germanus, postquam adolevit, quaeritat
Circum omnis oras. Post Epidamnum devenit:
Hic fuerat alitus ille surrepticius.
Menaechmum omnes civem credunt advenam
Eumque appellant meretrix, uxor et socer.
I se cognoscunt fratres postremo invicem.

ARGOMENTO[2]

Un commerciante siciliano che aveva due figli gemelli, quando uno dei due gli viene rapito, muore. Il nonno paterno impone al gemello rimasto il nome di quello rapito e, da Sosicle che era, lo fa diventare Menecmo. Costui, una volta cresciuto, si mette a cercare il fratello per terra e per mare. Infine arriva a Epidamno[3] dove era stato allevato il gemello rapito. Tutti credono che il nuovo arrivato sia il Menecmo loro concittadino: non fanno eccezione l'amante, la moglie e il suocero di lui. Alla fine i due fratelli si riconoscono tra loro.

PROLOGUS

Salutem primum iam a principio propitiam
mihi atque vobis, spectatores, nuntio.
Adporto vobis Plautum – lingua, non manu:
quaeso ut benignis accipiatis auribus.
Nunc argumentum accipite atque animum advortite;
quam potero in verba conferam paucissuma.
Atque hoc poetae faciunt in comoediis:
omnis res gestas esse Athenis autumant,
quo illud vobis graecum videatur magis;
ego nusquam dicam nisi ubi factum dicitur.
Atque adeo hoc argumentum graecissat, tamen
non atticissat, verum sicilicissitat.
†huic argumento antelogium hoc fuit†;
nunc argumentum vobis demensum dabo,
non modio neque trimodio, verum ipso horreo:
tantum ad narrandum argumentum adest benignitas.
Mercator quidam fuit Syracusis senex,
ei sunt nati filii gemini duo,
ita forma simili puerei uti mater sua
non internosse posset quae mammam dabat,
neque adeo mater ipsa quae illos pepererat,
(ut quidem ille dixit mihi qui pueros viderat:
ego illos non vidi, ne quis vostrum censeat).
Postquam iam pueri septuennes sunt, pater
oneravit navim magnam multis mercibus;
imponit geminum alterum in navim pater,
Tarentum avexit secum ad mercatum simul,

PROLOGO[4]

A voi e a me, spettatori, auguro per prima cosa un'ottima salute! Sono qui a portarvi Plauto,[5] a voce, s'intende, non di persona: vi prego di porgere orecchio benevolmente. Ora ascoltate la trama della commedia e fate attenzione. Io sarò il più stringato possibile. I poeti,[6] nelle loro commedie, hanno questo vezzo: di collocare sempre l'azione in Atene, perché vi dia l'impressione di essere più greca. Invece io non mi inventerò mai il luogo ove l'azione si svolge. Questa storia ha senz'altro un'atmosfera greca,[7] ma non attica, bensì siciliana.[8] Ora avete udito la premessa alla trama; adesso vi scodellerò la trama stessa senza risparmiar sulla misura: non un moggio o tre, ma il granaio tutto,[9] tanto grande è la mia buona disposizione a raccontarvela. C'era a Siracusa un vecchio commerciante che aveva avuto due figli gemelli, talmente simili tra loro che la nutrice,[10] quella che li allattava, non riusciva a distinguerli e men che meno ci riusciva la madre che li aveva messi al mondo (così almeno mi riferì un tale che li aveva conosciuti: io non li vidi mai, tanto perché qualcuno di voi non creda per caso il contrario). Quando i due fanciulli ebbero sette anni, il padre fece caricare molta merce su una grande nave, vi fece salire uno dei due gemelli e lo portò con sé a Taranto

illum reliquit alterum apud matrem domi.
Tarenti ludei forte erant quom illuc venit.
Mortales multi, ut ad ludos, convenerant:
puer aberravit inter homines a patre.
Epidamniensis quidam ibi mercator fuit,
is puerum tollit avehitque Epidamnium.
Pater eius autem postquam puerum perdidit,
animum despondit eaque is aegritudine
paucis diebus post Tarenti emortuost.
Postquam Syracusas de ea re rediit nuntius
ad avom puerorum, puerum surruptum alterum
patremque pueri Tarenti esse emortuom,
immutat nomen avos huïc gemino alteri;
ita illum dilexit qui surruptust alterum:
illius nomen indit illi qui domi est,
Menaechmo, idem quod alteri nomen fuit;
et ipsus eodem est avo' vocatus nomine
(propterea illius nomen memini facilius,
quia illum clamore vidi flagitarier).
Ne mox erretis, iam nunc praedico prius:
idem est ambobus nomen geminis fratribus.
Nunc in Epidamnum pedibus redeundum est mihi,
ut hanc rem vobis examussim disputem.
Si quis quid vestrum Epidamnum curari sibi
velit, audacter imperato et dicito,
sed ita ut det unde curari id possit sibi.
Nam nisi qui argentum dederit, nugas egerit;
qui dederit, magi' maiores nugas egerit.
Verum illuc redeo unde abii atque uno asto in loco.
Epidamniensis ill' quem dudum dixeram,
geminum illum puerum qui surrupuit alterum,
ei liberorum nisi divitiae nihil erat:
adoptat illum puerum surrupticium
sibi filium eique uxorem dotatam dedit,
eumque heredem fecit quom ipse obiit diem.
Nam rus ut ibat forte, ut multum pluerat,
ingressus fluvium rapidum ab urbe hau longule,
rapidus raptori pueri subduxit pedes

ove si recava a commerciare, lasciando l'altro a casa con la madre. Quando egli arrivò a Taranto, per caso in quella città si stavano svolgendo dei giochi e vi interveniva una gran folla, come sempre accade in quelle circostanze. Il bambino si allontanò dal padre e si perse tra la gente; in mezzo a questa si trovava un commerciante di Epidamno che prese il bambino e se lo portò in patria. La perdita del figlio prostrò talmente il padre che per quel dolore dopo pochi giorni morì, lì a Taranto. Quando la notizia della scomparsa del fanciullo e della morte del padre arrivò a Siracusa, il nonno pensò di cambiare nome al gemello superstite, tanto era l'affetto che provava per quello che era stato rapito: così al bambino che era rimasto a casa pose nome Menecmo, il nome dell'altro che era poi anche il nome suo, del nonno stesso (me lo ricordo bene, il nome del ragazzo, perché lo sentii chiamare insistentemente a gran voce).[11] Allo scopo che poi non vi sbagliate, vi avverto fin d'ora: ambedue i gemelli hanno lo stesso nome. Adesso devo tornare a piedi a Epidamno[12] per raccontarvi questa storia per filo e per segno. Se c'è qualcuno di voi che vuole che io gli sbrighi qualche affare a Epidamno non si periti a dirlo e a darmene l'incarico, purché mi dia anche i mezzi per assolverlo: chi non tirerà fuori il denaro non otterrà niente. Chi lo tirerà fuori poi... otterrà ancor meno. Ma torno là da dove ero partito, pur rimanendo fermo nello stesso posto. Quel tipo di Epidamno di cui vi ho appena parlato, quello che aveva rapito uno dei due gemelli, non aveva figli ma solo soldi. Perciò adottò quel bimbo di cui si era appropriato, lo fece sposare con una donna ricca e lo lasciò suo erede quando morì. La morte infatti lo colse un giorno in cui stava andando in campagna. Era piovuto molto e lui si era inoltrato in un fiume in piena, non molto lontano dalla città: la corrente lo travolse e si portò via lui, che a suo tempo aveva portato via il bambino, facendogli

apstraxitque hominem in maxumam malam crucem.
Illi divitiae evenerunt maxumae.
Is illic habitat geminus surrupticius.
Nunc ille geminus, qui Syracusis habet,
hodie in Epidamnum venit cum servo suo
hunc quaeritatum geminum germanum suom.
Haec urbs Epidamnus est dum haec agitur fabula:
quando alia agetur aliud fiet oppidum;
sicut familiae quoque solent mutarier:
modo hic habitat leno, modo adulescens, modo senex,
pauper, mendicus, rex, parasitus, hariolus
***

fare una bruttissima fine. All'erede toccò una grandissima ricchezza. Adesso il gemello rapito abita lì.[13] L'altro, quello che risiede a Siracusa, oggi è arrivato a Epidamno con un suo servo, sempre alla ricerca del fratello gemello. La scena rappresenta la città di Epidamno, almeno finché si recita questa commedia: quando se ne farà un'altra, diventerà un'altra città. Allo stesso modo gli attori della compagnia cambiano collocazione: ora qui abita un lenone, ora un giovane, ora un vecchio, o un povero, o un mendicante, o un re, o un parassita, o un indovino...[14]

ACTUS I

PENICULUS

Iuventus nomen fecit Peniculo mihi,
ideo quia mensam quando edo detergeo.
Homines captivos qui catenis vinciunt
et qui fugitivis servis indunt compedis,
nimi' stulte faciunt mea quidem sententia.
Nam homini misero si ad malum accedit malum,
maior lubido est fugere et facere nequiter.
Nam se ex catenis eximunt aliquo modo.
Tum compediti ei anum lima praeterunt
aut lapide excutiunt clavom. Nugae sunt eae.
Quem tu adservare recte ne aufugiat voles
esca atque potione vinciri decet.
Apud mensam plenam homini rostrum deliges;
dum tu illi quod edit et quod potet praebeas,
suo arbitratu ad fatim cottidie,
numquam edepol fugiet, tam etsi capital fecerit,
facile adservabis, dum eo vinclo vincies.
Ita istaec nimi' lenta vincla sunt escaria:
quam magis extendas tanto astringunt artius.
Nam ego ad Menaechmum hunc ‹nunc› eo, quo iam diu
sum iudicatus; ultro eo ut me vinciat.
Nam illic homo homines non alit, verum educat
recreatque: nullus melius medicinam facit.
Ita est adulescens; ipsus escae maxumae,
Cerialis cenas dat, ita mensas exstruit,
tantas struices concinnat patinarias:
standumst in lecto si quid de summo petas.

ATTO I

Scena I
PENICOLO

I ragazzi mi hanno affibbiato il soprannome di Penicolo, perché quando mangio spazzolo la mensa. Coloro[15] che mettono in catene i prigionieri o che legano ai ceppi gli schiavi fuggitivi fanno un grave sbaglio, a parer mio. Infatti se a un infelice capita disgrazia su disgrazia, gli cresce la voglia di fuggire e di agire male; riesce a liberarsi dalle catene in un modo o nell'altro e, quanto al ceppo, se la cava segando con una lima l'anello che lo vincola o facendo saltar via il chiodo con una pietra. È roba da ridere. Se invece si vuole far in modo che uno non fugga, bisogna trattenerlo con un'esca mangereccia o con il vino; bisogna insomma incatenargli il muso a una tavola imbandita. Fin tanto che darai a uno da mangiare e da bere a volontà tutti i giorni, sta' certo, per Polluce, che non fuggirà, anche se ne avrà commessa una madornale: lo potrai sorvegliare facilmente se lo terrai vincolato a quel genere di catena. Queste catene golose sono molto tenaci: quanto più le lasci allentate, tanto più forte stringono. Ora vado da Menecmo, a cui da tempo sono stato aggiudicato,[16] e ci vado spontaneamente perché mi leghi con quelle catene. A lui non basta dar da mangiare alla gente, ma la fa vivere bene, la rimette a nuovo. Non c'è medico che sappia curarti meglio. È un tipo così: non solo è lui stesso una forchetta di tutto rispetto ma offre anche banchetti degni delle feste di Cerere,[17] tale è l'abbondanza con cui sono imbandite le sue tavole e tanto alte le pile di piatti che sopra di esse sono disposte. Bisogna salire in piedi sui sedili[18] per arrivare a prendere quello

Sed mi intervallum iam hos dies multos fuit:
domi domitus sum usque cum careis meis.
Nam neque edo neque emo nisi quod est carissumum.
Id quoque iam, cari qui instruontur deserunt.
Nunc ad eum inviso. Sed aperitur ostium.
Menaechmum eccum ipsum video, progreditur foras.

MENAECHMUS I PENICULUS

MENAECHMUS I Ni mala, ni stulta sies, ni indomita inposque
[animi,
quod viro esse odio videas, tute tibi odio habeas.
Praeterhac si mihi tale post hunc diem
faxis, faxo foris vidua visas patrem.
Nam quotiens foras ire volo, me retines, revocas, rogitas,
quo ego eam, quam rem agam, quid negoti geram,
quid petam, quid feram, quid foris egerim.
Portitorem domum duxi, ita omnem mihi
rem necesse eloqui est, quidquid egi atque ago.
Nimium ego te habui delicatam; nunc adeo ut facturus dicam.
Quando ego tibi ancillas, penum,
lanam, aurum, vestem, purpuram bene praebeo nec
[quicquam eges,
malo cavebis si sapis, virum opservare desines.
Atque adeo, ne me nequiquam serves, ob eam industriam
hodie ducam scortum ad cenam atque aliquo condicam foras.
PENICULUS Illic homo se uxori simulat male loqui, loquitur
[mihi;
nam si foris cenat, profecto me, haud uxorem, ulciscitur.
MENAECHMUS I Euax! Iurgio hercle tandem uxorem abegi
[ab ianua.
Ubi sunt amatores mariti? Dona quid cessant mihi
conferre omnes congratulantes quia pugnavi fortiter?

che sta nel piatto più in alto. Ma mi è toccato fare una pausa che dura ormai da molti giorni e sono stato costretto fino ad ora a casa coi miei cari:[19] già, io non compro e non mangio se non roba carissima! E c'è anche questo: non appena viene messa in tavola, questa cara roba scompare.[20] Ora vado a far visita a Menecmo... Ma ecco, la porta si apre! È proprio lui che vien fuori.

Scena II
MENECMO I PENICOLO

MENECMO I (*rivolto verso la moglie, all'interno*) Se non facessi la cattiva, se non fossi sciocca, intollerante e priva di cervello ti adegueresti ai gusti di tuo marito: detesteresti le cose che lui detesta. Detto questo, sappi che se me ne farai ancora una del genere in futuro, ti caccerò fuori e tornerai da sola a casa di tuo padre. È possibile che tutte le volte che voglio uscire tu mi trattenga, mi richiami, indaghi per sapere dove vado, che faccio, che impegni ho, che cosa cerco, che cosa porto, che cosa ho fatto fuori? Mi son tirato in casa un ufficiale della finanza! Son costretto a spiattellare tutto quanto, quello che ho fatto e quello che faccio. Ti ho dato troppi vizi. Ma adesso ti dico come farò d'ora in avanti. Dato che ti concedo serve, cibo, lana, denaro, vestiti, porpora tanto che non ti manca nulla, bada a non piantar grane, se hai un briciolo di buon senso, e smettila di controllarmi. E così, perché questo tuo spiare non sia vano, per premiare questo tuo eccessivo zelo, sappi che oggi mi procurerò una donnetta e la inviterò a cena fuori, da qualche parte.

PENICOLO Quel signore lì finge di minacciare la moglie ma le minacce son dirette a me: se cena fuori è me che punisce, non la moglie.

MENECMO I Evviva! A furia di insulti, per Ercole, ho costretto la mia consorte a ritirarsi dalla porta. Dove sono i mariti che hanno delle amanti? Perché non vengono qui tutti a portarmi doni, congratulandosi per la strenua batta-

Hanc modo uxori intus pallam surrupui, ad scortum fero.
Sic hoc decet, dari facete verba custodi catae.
Hoc facinus pulchrumst, hoc probumst, hoc lepidumst,
[hoc factumst fabre:
meo malo a mala apstuli hoc, ad damnum deferetur.
Avorti praedam ab hostibus nostrum salute socium.
PENICULUS Heus adulescens! Ecqua in istac pars inest praeda
[mihi?
MENAECHMUS I Perii! In insidias deveni.
PENICULUS Immo in praesidium,
[ne time.
MENAECHMUS I Quis homo est?
PENICULUS Ego sum.
MENAECHMUS I O mea Commoditas,
[o mea Opportunitas,
salve.
PENICULUS Salve.
MENAECHMUS I Quid agis?
PENICULUS Teneo dextera genium meum.
MENAECHMUS I Non potuisti magi' per tempus mi advenire
[quam advenis.
PENICULUS Ita ego soleo: commoditatis omnis articulos scio.
MENAECHMUS I Vin tu facinus luculentum inspicere?
PENICULUS Quis id
[coxit coquos?
Iam sciam, si quid titubatumst, ubi reliquias videro.
MENAECHMUS I Dic mi, enumquam tu vidisti tabulam pictam
[in pariete
ubi aquila Catameitum raperet aut ubi Venus Adoneum?
PENICULUS Saepe. Sed quid istae picturae ad me attinent?
MENAECHMUS I Age
[me aspice.
Ecquid adsimulo similiter?
PENICULUS Qui istic est ornatus tuos?
MENAECHMUS I Dic hominem lepidissumum esse me.
PENICULUS Ubi
[essuri sumus?

glia che ho sostenuta? Ho appena preso questo mantello dall'armadio di mia moglie e lo porterò alla mia amante. Bisogna proprio far così. Prendere in giro con spirito una che ti sta alle costole in modo assillante. È un bel lavoretto, fatto con abilità, astuzia e sagacia. A mio rischio ho portato via questo indumento a una donna malvagia e adesso sarà consegnato a una che mi rovina.[21] Ho sottratto la preda al nemico, salvando i nostri alleati.

PENICOLO Ehi! Giovanotto! Per caso di questa preda c'è una parte per me?

MENECMO I Son fritto! Son caduto in una trappola!

PENICOLO Ma no! Hai trovato piuttosto dei rinforzi, non aver paura!

MENECMO I Ma chi parla?

PENICOLO Io.

MENECMO I O mio salvatore! Oh, come vieni a proposito! Salute a te!

PENICOLO Anche a te.

MENECMO I Come va?

PENICOLO Bene. Sto stringendo la mano al mio santo protettore!

MENECMO I Non saresti potuto capitare in un momento migliore!

PENICOLO Io faccio sempre così: li so riconoscere, i momenti opportuni.

MENECMO I Vuoi dare un'occhiata a una cosetta meravigliosa?

PENICOLO E chi è il cuoco che l'ha preparata? Capirò subito, vedendo quel che è avanzato, se la ricetta non è stata eseguita alla perfezione.

MENECMO I Dimmi, hai mai visto un dipinto ove apparisse l'aquila che rapisce Ganimede[22] o Venere che si porta via Adone?

PENICOLO Spesso. Ma che c'entro io con quadri del genere?

MENECMO I Su, guardami! Non ci rassomiglio?[23]

PENICOLO Che razza di abbigliamento hai addosso?

MENECMO I Dimmi che sto benissimo!

PENICOLO Be'! Dove si va a mangiare?

MENAECHMUS I Dic modo hoc quod ego te iubeo.
PENICULUS Dico: homo
[lepidissume.
MENAECHMUS I Ecquid audes de tuo istuc addere?
PENICULUS Atque
[hilarissume.
MENAECHMUS I Perge, ‹perge› –
PENICULUS Non pergo hercle nisi scio
[qua gratia.
Litigium tibi est cum uxore, eo mi aps te caveo cautius.
MENAECHMUS I Clam uxorem ubi sepulcrum habeamus
[atque hunc comburamus diem.
PENICULUS Age sane igitur, quando aequom oras, quam mox
[incendo rogum?
Dies quidem iam ad umbilicum est dimidiatus mortuos.
MENAECHMUS I Te morare mihi quom obloquere.
PENICULUS Oculum
[ecfodito per solum
mihi, Menaechme, si ullum verbum faxo nisi quod iusseris.
MENAECHMUS I Concede huc a foribus.
PENICULUS Fiat.
MENAECHMUS I Etiam concede
[huc.
PENICULUS [Licet.
MENAECHMUS I Etiam nunc concede audacter ab leonino cavo.
PENICULUS Eu edepol! Ne tu, ut ego opinor, esses agitator
[probus.
MENAECHMUS I Quidum?
PENICULUS Ne te uxor sequatur respectas
[identidem.
MENAECHMUS I Sed quid ais?
PENICULUS Egone? Id enim quod tu vis, id
[aio atque id nego.
MENAECHMUS I Ecquid tu de odore possis, si quid forte
[olfeceris,
facere coniecturam ***?
(PENICULUS) *** captum sit collegium.

MENECMO I Prima dammi una conferma.
PENICOLO Te la do. Stai benissimo.
MENECMO I Non puoi aggiungere qualche apprezzamento tuo?
PENICOLO Sei spiritosissimo.
MENECMO I Avanti!
PENICOLO No che non vado avanti, per Ercole, se non so che ci ricavo. Hai litigato con tua moglie. Devo andarci più cauto con te!
MENECMO I [Non preoccuparti! Scova un posto][24] dove andare a seppellire e bruciare questo giorno di nascosto da mia moglie!
PENICOLO Allora dimmi, dato che quel che chiedi è giusto, quando devo appiccar fuoco al rogo? Perché il giorno è già mezzo morto: è stecchito fino all'ombelico!
MENECMO I Sei tu a causare a te stesso una perdita di tempo quando mi interrompi.
PENICOLO Cavami un occhio dall'orbita, Menecmo, se aprirò più bocca se non quando lo vorrai tu.
MENECMO I Scostati dalla porta e vieni qui.
PENICOLO Va bene.
MENECMO I Ancor di più.
PENICOLO Come vuoi.
MENECMO I Su, coraggio! Devi allontanarti ancor di più dalla tana della leonessa.
PENICOLO Per Polluce! Penso che saresti proprio un bravo auriga!
MENECMO I Perché?
PENICOLO Non fai che voltarti per vedere se tua moglie ti insegue.
MENECMO I Che dici mai?
PENICOLO Io? Quel che vuoi tu. Dico di sì se dici sì, no se dici no.
MENECMO I Tu saresti in grado, se annusassi qualcosa, di fare un'ipotesi in base all'odore...?
PENICOLO[25] [Se avessi] riunito il collegio [degli auguri, non ne ricaveresti un diverso responso].

MENAECHMUS I Agedum odorare hanc quam ego habeo [pallam. Quid olet? Apstines?
PENICULUS Summum olefactare oportet vestimentum [muliebre,
nam ex istoc loco spurcatur nasum odore inlutili.
MENAECHMUS I Olfacta igitur hinc, Penicule. Lepide ut [fastidis!
PENICULUS [Decet.
MENAECHMUS I Quid igitur? Quid olet? Responde.
PENICULUS Furtum, [scortum, prandium.
Tibi fuant ***
MENAECHMUS I Elocutu's, nam *** ‹prandium.›
Nunc ad amicam deferetur hanc meretricem Erotium.
Mihi, tibi atque illi iubebo iam apparari prandium.
PENICULUS Eu!
MENAECHMUS I Inde usque ad diurnam stellam crastinam [potabimus.
PENICULUS [Eu!]
Expedite fabulatu's. Iam fores ferio?
MENAECHMUS I Feri.
Vel mane etiam.
PENICULUS Mille passum commoratu's cantharum.
MENAECHMUS I Placide pulta.
PENICULUS Metuis, credo, ne fores Samiae [sient.
MENAECHMUS I Mane, mane opsecro hercle: eapse eccam [exit. Oh! Solem vides
satin ut occaecatust prae huius corporis candoribus?

EROTIUM PENICULUS MENAECHMUS I

EROTIUM Anime mi, Menaechme, salve.
PENICULUS Quid ego?
EROTIUM Extra [numerum es mihi.
PENICULUS Idem istuc aliis adscriptivis fieri ad legionem solet.

MENECMO I Su allora, annusa questo mantello! Che odore ha? Ti tiri indietro?

PENICOLO Una veste femminile bisogna odorarla nella parte superiore perché da qui, dall'orlo, sale un tanfo che appesta il naso e non se ne va più.

MENECMO I E va bene! Odora da quest'altra parte, Penicolo! Ti vien la nausea per poco!

PENICOLO È inevitabile.

MENECMO I Allora che odore senti? Rispondi!

PENICOLO Di furto, di cortigiana, di pranzo...[26]

MENECMO I L'hai detto... Adesso lo porterò alla mia amante, la prostituta Erozio, e le dirò di preparare un pranzo per sé e per noi due.

PENICOLO Evviva!

MENECMO I Scoleremo bicchieri fino al sorgere dell'alba![27]

PENICOLO Sei stato veloce a formulare il programma! Batto alla porta?[28]

MENECMO I Batti pure... No, aspetta un momento.

PENICOLO Mi hai allontanato il calice di un miglio!

MENECMO I Bussa pian pianino!

PENICOLO Sembra che tu abbia paura che la porta sia d'argilla![29]

MENECMO I Aspetta, per Ercole, aspetta! Guarda: sta uscendo lei stessa. Oh! Non vedi come lo splendore del sole si è oscurato al confronto con quello del suo corpo?

Scena III
EROZIO PENICOLO MENECMO I

EROZIO Ti saluto, Menecmo, anima mia!

PENICOLO E me non mi si saluta?

EROZIO Per me tu sei di troppo.

PENICOLO È quel che capita ai coscritti in soprannumero nell'esercito.

MENAECHMUS I Ego istic mihi hodie apparari iussi apud te
[proelium.
EROTIUM Hodie id fiet.
MENAECHMUS I In eo uterque proelio potabimus;
uter ibi melior bellator erit inventus cantharo,
tua est legio: adiudicato cum utro – hanc noctem sies.
Ut ego uxorem, mea voluptas, ubi te aspicio, odi male!
EROTIUM Interim nequis quin eiius aliquid indutus sies.
Quid hoc est?
MENAECHMUS I Induviae tuae atque uxoris exuviae, rosa.
EROTIUM Superas facile ut superior sis mihi quam quisquam
[qui impetrant.
PENICULUS Meretrix tantisper blanditur, dum illud quod
[rapiat videt;
nam si amabas, iam oportebat nassum abreptum mordicus.
MENAECHMUS I Sustine hoc, Penicule: exuvias facere quas
[vovi volo.
PENICULUS Cedo; sed opsecro hercle, salta sic cum palla postea.
MENAECHMUS I Ego saltabo? Sanus hercle non es.
PENICULUS Egone an
[tu magis?
Si non saltas, exue igitur.
MENAECHMUS I Nimio ego hanc periculo
surrupui hodie. Meo quidem animo ab Hippolyta
[subcingulum haud
Hercules aeque magno umquam apstulit periculo.
Cape tibi hanc, quando una vivis meis morigera moribus.
EROTIUM Hoc animo decet animatos esse amatores probos.
PENICULUS Qui quidem ad mendicitatem se properent
[detrudere.
MENAECHMUS I Quattuor minis ego emi istanc anno uxori
[meae.
PENICULUS Quattuor minae perierunt plane, ut ratio
[redditur.
MENAECHMUS I Scin quid volo ego te accurare?
EROTIUM Scio, curabo
[quae voles.

MENECMO I E io ho deciso che oggi mi si prepari qui, in casa tua, il campo per una bella battaglia.

EROZIO Sarà fatto.

MENECMO I E questa battaglia la combatteremo bevendo sia io che lui. In base ai calici si vedrà chi si rivelerà miglior combattente. Tu comandi la legione: deciderai con quale dei due... passerai la notte! Ma quale odio sento per mia moglie, appena ti vedo, dolcezza mia!

EROZIO Ma intanto non puoi fare a meno di indossare qualcosa di suo! Che cosa è mai?

MENECMO I Spoglie sottratte a mia moglie per donarle a te, fiorellino mio!

EROZIO Tu riesci a superare senza fatica tutti gli altri spasimanti, nel mio cuore!

PENICOLO (*tra sé*) La prostituta è tutta vezzi fintanto che vede qualcosa di cui appropriarsi. Se lo amassi veramente, gli avresti già staccato il naso con un morso!

MENECMO I Prendi, Penicolo! (*Gli dà il proprio mantello*) Voglio poter offrire quelle spoglie che ho promesso in voto!

PENICOLO Dammi pure. Ma poi, per Ercole, fa' un bel ballo con quest'altro mantello che indossi!

MENECMO I Io fare un ballo? Sei proprio matto!

PENICOLO Io sarei il matto? Non tu piuttosto? Se non vuoi ballare, toglitelo.

MENECMO I No, è troppo grande il rischio che ho corso oggi per rubarlo! A parer mio, Ercole non si sognò di correrne uno uguale quando portò via la cintura a Ippolita![30] Ma, prendilo, Erozio, dal momento che tu sola al mondo sei capace di compiacermi!

EROZIO Sono questi i sentimenti che deve provare un bravo amante!

PENICOLO Che ha fretta di ridursi nella più nera povertà!

MENECMO I Spesi quattro mine per comprarlo l'anno scorso a mia moglie.

PENICOLO A conti fatti, son quattro mine buttate via!

MENECMO I Sai che cosa desidero che tu ci prepari?

EROZIO Lo so e mi occuperò di quel che tu vorrai.

MENAECHMUS I Iube igitur tribu' nobis apud te prandium [accurarier
atque aliquid scitamentorum de foro opsonarier,
glandionidam suillam, laridum pernonidam,
aut sincipitamenta porcina aut aliquid ad eum modum,
madida quae mi adposita in mensam milvinam suggerant;
atque actutum.
EROTIUM Licet ecastor.
MENAECHMUS I Nos prodimus ad forum.
Iam hic nos erimus: dum coquetur, interim potabimus.
EROTIUM Quando vis veni, parata res erit.
MENAECHMUS I Propera modo.
Sequere tu. –
PENICULUS Ego hercle vero te et servabo et te sequar,
neque hodie ut te perdam meream deorum divitias mihi. –
EROTIUM Evocate intus Culindrum mihi coquom actutum foras.

EROTIUM CYLINDRUS

EROTIUM Sportulam cape atque argentum. Eccos tris [nummos habes.
CYLINDRUS Habeo.
EROTIUM Abi atque opsonium adfer; tribu' vide quod [sit satis:
neque defiat neque supersit.
CYLINDRUS Quoiusmodi hic homines erunt?
EROTIUM Ego et Menaechmus et parasitus eiius.
CYLINDRUS Iam isti sunt [decem;
nam parasitus octo hominum munus facile fungitur.
EROTIUM Elocuta sum convivas, ceterum cura.
CYLINDRUS Licet.
Cocta sunt, iube ire accubitum.
EROTIUM Redi cito.
CYLINDRUS Iam ego hic ero. –

MENECMO I Fa' dunque preparare un pranzo per noi tre e manda a comprare al mercato qualcosa di raffinato: animella[31] di porco, del lardo che sia stirpe di buon prosciutto, mezza testa di maiale o qualcosa del genere; roba insomma che, servita in tavola ben cotta, mi faccia venire un appetito da nibbio![32] E fa' in fretta!

EROZIO Senz'altro, per Castore!

MENECMO I Noi facciamo una scappata al foro ma saremo subito di ritorno. Mentre la roba cuocerà, noi berremo.

EROZIO Tu vieni quando vuoi e troverai tutto pronto.

MENECMO I Basta che tu faccia in fretta. (*A Penicolo*) Tu seguimi!

PENICOLO Ma certo, per Ercole! Ti seguirò senza perderti di vista: oggi non ti lascerei scappare nemmeno in cambio di tutte le ricchezze degli dei!

EROZIO (*verso l'interno della casa*) Chiamate il mio cuoco[33] Cilindro e fatelo venir qui fuori.

Scena IV
EROZIO CILINDRO

EROZIO Prendi la sporta e i soldi. Eccoti tre nummi.

CILINDRO Va bene.

EROZIO Va' a comprare del cibo e portalo qui. Vedi di procurartene quanto basti per tre persone: che nulla manchi ma nemmeno avanzi.

CILINDRO Chi saranno i convitati?

EROZIO Io, Menecmo e il suo parassita.

CILINDRO Allora bisogna contarne dieci, perché il parassita vale otto persone.

EROZIO Io ti ho detto chi sono i convitati. Al resto pensa tu.

CILINDRO Senz'altro. Fa' conto che sia tutto pronto e invitali a sedersi a tavola.

EROZIO Torna presto.

CILINDRO Tra un minuto sarò qui.

ACTUS II

MENAECHMUS II MESSENIO

MENAECHMUS II Voluptas nullast navitis, Messenio,
maior meo animo quam quom ex alto procul
terram conspiciunt.
MESSENIO Maior, non dicam dolo,
quasi adveniens terram videas quae fuerit tua.
Sed quaesso, quamobrem nunc Epidamnum venimus?
An quasi mare omnis circumimus insulas?
MENAECHMUS II Fratrem quaesitum geminum germanum meum.
MESSENIO Nam quid modi futurum est illum quaerere?
Hic annus sextus est postquam ei rei operam damus.
Histros, Hispanos, Massiliensis, Hilurios,
mare superum omne Graeciamque exoticam
orasque Italicas omnis, qua adgreditur mare,
sumu' circumvecti. Si acum, credo, quaereres,
acum invenisses, sei appareret, iam diu.
Hominem inter vivos quaeritamus mortuom;
nam invenissemus iam diu, sei viveret.
MENAECHMUS II Ergo istuc quaero certum qui faciat mihi,
quei sese deicat scire eum esse emortuom:
operam praeterea numquam sumam quaerere.
Verum aliter vivos numquam desistam exsequi.
Ego illum scio quam cordi sit carus meo.
MESSENIO In scirpo nodum quaeris. Quin nos hinc domum
redimus nisi si historiam scripturi sumus?
MENAECHMUS II Dictum facessas, datum edis, caveas malo.
Molestus ne sis, non tuo hoc fiet modo.

ATTO II

Scena I
MENECMO II MESSENIONE

MENECMO II Per i naviganti non c'è nessuna gioia più grande, a parer mio, Messenione, di quella che provano quando dal mare scorgono la terra.

MESSENIONE La gioia è ancor più grande, a dir la verità, se all'arrivo vedi la terra della tua patria. Ma vuoi dirmi per qual motivo siamo venuti a Epidamno? Vogliamo fare il giro di tutte le isole, come fa il mare?

MENECMO II Siamo alla ricerca del mio fratello gemello.

MESSENIONE Ma quando questa ricerca avrà fine? È già il sesto anno che ci dedichiamo a essa. Siamo stati sballottati ovunque: abbiamo visitato Istri, Spagnoli, Marsigliesi, Illiri, il mare Adriatico,[34] le colonie della Grecia, tutte le coste d'Italia accessibili per mare. Se cercassi un ago, credo che l'avresti già scovato da tempo, se ci fosse. Stiamo cercando tra i vivi uno che certo è morto: se fosse ancora in vita, ormai l'avremmo trovato.

MENECMO II Io cerco proprio qualcuno che mi assicuri di sapere con certezza che mio fratello è morto: allora non mi darò più da fare. Altrimenti, finché vivo, non cesserò mai di cercarlo: so solo io quanto mi sia caro.

MESSENIONE Tu cerchi un nodo in un giunco liscio.[35] Perché non torniamo a casa? A meno che non si voglia scrivere un diario di viaggio.

MENECMO II Fa' quel che ti dico, mangia quel che ti do e non cercar guai. Smettila di seccarmi! Non farò mai a modo tuo.

MESSENIO Em!
Illoc enim verbo esse me servom scio.
Non potuit paucis plura plane proloquei.
Verum tamen nequeo contineri quin loquar.
Audin, Menaechme? Quom inspicio marsuppium,
viaticati hercle admodum aestive sumus.
Ne tu hercle, opinor, nisi domum revorteris,
ubi nihil habebis, geminum dum quaeris, gemes.
Nam ita est haec hominum natio: in Epidamnieis
voluptarii atque potatores maxumei;
tum sycophantae et palpatores plurumei
in urbe hac habitant; tum meretrices mulieres
nusquam perhibentur blandiores gentium.
Propterea huic urbei nomen Epidamno inditumst,
quia nemo ferme huc sine damno devortitur.
MENAECHMUS II Ego istuc cavebo. Cedodum huc mihi [marsuppium.
MESSENIO Quid eo veis?
MENAECHMUS II Iam aps te metuo de verbis tuis.
MESSENIO Quid metuis?
MENAECHMUS II Ne mihi damnum in Epidamno duis.
Tu magis amator mulierum es, Messenio,
ego autem homo iracundus, animi perditi,
id utrumque, argentum quando habebo, cavero,
ne tu delinquas neve ego irascar tibi.
MESSENIO Cape atque serva. Me lubente feceris.

CYLINDRUS MENAECHMUS II MESSENIO

CYLINDRUS Bene opsonavi atque ex mea sententia,
bonum anteponam prandium pransoribus.
Sed eccum Menaechmum video. Vae tergo meo!
Prius iam convivae ambulant ante ostium
quam ego opsonatu redeo. Adibo atque adloquar.
Menaechme, salve.

MESSENIONE E va bene! Ti esprimi in modo da ricordarmi che sono un servo. Non si poteva dir di più in poche parole. Però non posso astenermi dal parlare anch'io. Mi ascolti, Menecmo? Se guardo nella nostra borsa mi accorgo che abbiamo un equipaggiamento molto leggero![36] Vedrai, per Ercole, che ti capiterà di dover piangere per la mancanza di mezzi durante questa ricerca di tuo fratello, se non torni a casa! Perché qui a Epidamno la gente è fatta così: ci sono le persone più goderecce e i più gran bevitori; e inoltre moltissimi sicofanti e imbroglioni e meretrici, che più suadenti si dice non si ritrovino in nessun altro luogo. È proprio per questo che alla città è stato messo il nome di Epidamno, perché non c'è nessuno che non subisca danni,[37] quando si ferma qui!

MENECMO II Ci starò bene attento. Dammi qua la borsa.

MESSENIONE Che vuoi farci?

MENECMO II Ormai, dopo quello che hai detto, devo aver paura di te.

MESSENIONE Paura di che?

MENECMO II Che tu mi faccia danno, qui a Epidamno! A te piacciono molto le femmine, Messenione, e io d'altronde sono facile all'ira, mi lascio trascinare: quando avrò in mano i soldi, sarò al sicuro da ambedue i rischi, che tu cioè me ne combini qualcuna e che io mi debba arrabbiare con te.

MESSENIONE Prendi la borsa e tientela. Mi fai solo un piacere.

Scena II
CILINDRO MENECMO II MESSENIONE

CILINDRO Ho fatto una bella spesa, proprio come volevo, e credo di poter metter davanti ai convitati un buon pranzo. Ma vedo già lì Menecmo! Povera schiena mia! I commensali stanno già passeggiando davanti alla porta prima che io sia tornato con le vettovaglie. Tant'è: mi avvicinerò e lo affronterò. Salve, Menecmo!

MENAECHMUS II Di te amabunt quisquis ‹es›.
CYLINDRUS Quisquis *** ‹quis› ego sim?
MENAECHMUS II Non hercle vero.
CYLINDRUS Ubi convivae ceteri?
MENAECHMUS II Quos tu convivas quaeris?
CYLINDRUS Parasitum tuom.
MENAECHMUS II Meum parasitum?
CYLINDRUS Certe hic insanust homo.
MESSENIO Dixin tibi esse hic sycophantas plurumos?
***
MENAECHMUS II Quem tu parasitum quaeris, adulescens,
[meum?
CYLINDRUS Peniculum.
MESSENIO Eccum in vidulo salvom fero.
CYLINDRUS Menaechme, numero huc advenis ad prandium.
Nunc opsonatu redeo.
MENAECHMUS II Responde mihi,
adulescens: quibus hic pretieis porci veneunt
sacres sinceri?
CYLINDRUS Nummeis.
MENAECHMUS II Nummum a me accipe:
iube te piari de mea pecunia.
Nam equidem insanum esse te certo scio,
qui mihi molestu's homini ignoto quisquis es.
CYLINDRUS Cylindrus ego sum: non nosti nomen meum?
MENAECHMUS II Sei tu Cylindrus seu Coriendrus', perieris.
Ego te non novi neque novisse adeo volo.
CYLINDRUS Est tibi Menaechmo nomen.
MENAECHMUS II Tantum, quod sciam,
pro sano loqueris quom me appellas nomine.
Sed ubi novisti me?
CYLINDRUS Ubi ego te noverim,
qui amicam habes eram meam hanc Erotium?
MENAECHMUS II Neque hercle ego habeo neque te quis homo
[sis scio.
CYLINDRUS Non scis quis ego sim, qui tibi saepissume
cyathisso apud nos, quando potas?

MENECMO II Che gli dei ti siano benevoli, chiunque tu sia!
CILINDRO Chiunque [io sia? Non sai] chi sono?[38]
MENECMO II No, per la verità.
CILINDRO Dove sono gli altri commensali?
MENECMO II Quali commensali cerchi?
CILINDRO Il tuo parassita.
MENECMO II Quale parassita?
CILINDRO Quest'uomo è diventato pazzo.
MESSENIONE Non te l'avevo detto io che qui ci sono molti imbroglioni?
MENECMO II Senti, giovanotto, quale mio parassita vai cercando?
CILINDRO Penicolo.
MESSENIONE È qui, nella valigia, in perfetto stato.[39]
CILINDRO Menecmo, arrivi in anticipo per il pranzo. Torno solo ora dalla spesa.
MENECMO II Rispondimi, ragazzo: a che prezzo si vendono qui i porci perfetti[40] per i sacrifici?
CILINDRO A un nummo.
MENECMO II Prendi questo nummo: fatti esorcizzare a spese mie. Perché io credo senz'altro che tu sia pazzo dal momento che vieni, chiunque tu sia, a dar noia a me che non conosci nemmeno.
CILINDRO Ma io sono Cilindro! Non hai mai sentito il mio nome?
MENECMO II Che tu sia Cilindro o Coriendro, va' a farti friggere! Non ti conosco e non ho nessuna voglia di conoscerti!
CILINDRO Ma io sì. Il tuo nome è Menecmo.
MENECMO II Il chiamarmi col mio nome è la sola cosa che fai da persona che ragiona, a quanto so. Ma dove mi hai conosciuto?
CILINDRO E mi chiedi dove ti ho conosciuto, quando hai come amante Erozio, la mia padrona?
MENECMO II Non è la mia amante, per Ercole, e non so chi tu sia.
CILINDRO Ah, non sai chi sono, quando a casa nostra sono io, spessissimo, a versarti il vino[41] per le tue bevute?

MESSENIO Ei mihi,
quom nihil est qui illic homini dimminuam caput!
MENAECHMUS II Tun cyathissare mihi soles, qui ante hunc diem
Epidamnum numquam vidi neque veni?
CYLINDRUS Negas?
MENAECHMUS II Nego hercle vero.
CYLINDRUS Non tu in illisce aedibus
habitas?
MENAECHMUS II Di illos homines qui illi[c] habitant [perduint!
CYLINDRUS Insanit hicquidem, qui ipse male dicit sibi.
Audin, Menaechme?
MENAECHMUS II Quid vis?
CYLINDRUS Si me consulas,
nummum illum quem mihi dudum pollicitu's dare
(nam tu quidem hercle certo non sanu's satis,
Menaechme, qui nunc ipsus male dicas tibi)
iubeas, si sapias, porculum adferri tibi.
MESSENIO Eu hercle hominem multum et odiosum mihi!
CYLINDRUS Solet iocari saepe mecum illoc modo.
Quam vis ridiculus est, ubi uxor non adest.
Quid ais tu? Quid ais, inquam. Satin hoc quod vides
tribu' vobis opsonatumst, an opsono amplius,
tibi et parasito et mulieri?
MENAECHMUS II Quas [tu] mulieres,
quos tu parasitos loquere?
MESSENIO Quod te urget scelus
qui huic sis molestus?
CYLINDRUS Quid tibi mecum est rei?
Ego te non novi: cum hoc quem novi fabulor.
MESSENIO Non edepol tu homo sanus es, certo scio.
CYLINDRUS Iam ergo haec madebunt faxo, nil morabitur.
Proin tu ne quo abeas longius ab aedibus.
Numquid vis?
MENAECHMUS II Ut eas maxumam malam crucem.
CYLINDRUS Ire hercle meliust te – interim atque accumbere,
dum ego haec appono ad Volcani violentiam.
Ibo intro et dicam te hic adstare Erotio,

MESSENIONE Peccato che non ho nulla a portata di mano per fracassargli la testa!

MENECMO II Tu saresti solito versarmi da bere quando io prima d'ora non ho mai veduto Epidamno e mai ci sono venuto?

CILINDRO Dici di no?

MENECMO II Evidentemente, per Ercole.

CILINDRO Tu non abiti dunque in quella casa lì?[42]

MENECMO II Gli dei maledicano quelli che abitano in quella casa!

CILINDRO È proprio pazzo! Maledice se stesso! Senti un po', Menecmo!

MENECMO II Che vuoi?

CILINDRO Se badi a me, con quel nummo che avevi promesso di darmi, manda a comprare un porcellino per te! Perché sei tu il pazzo, Menecmo, che maledici te stesso!

MESSENIONE Per Ercole, che uomo invadente e insopportabile!

CILINDRO (*al pubblico*) Spesso scherza così con me. Fa tutto lo spiritoso, quando non c'è sua moglie! (*A Menecmo*) Ascoltami! Che ne dici? Credi che queste provviste qui bastino per voi tre o devo farne altre, per te, per il parassita e per la donna?

MENECMO II Ma di che donne e di che parassiti vai farneticando?

MESSENIONE Che caspita ti spinge a dar così fastidio a quest'uomo?

CILINDRO E tu che c'entri? Io non ti conosco: parlo con costui, che so bene chi è.

MESSENIONE A te manca qualche rotella, è certo!

CILINDRO Adesso metterò a cuocere questa roba. Non perderò altro tempo. Quindi non allontanarti da casa. Ti serve qualcosa?

MENECMO II Che tu vada alla malora!

CILINDRO È meglio che sia tu, per Ercole, ad andare... a sederti a tavola, mentre io affido questa roba all'impeto ardente di Vulcano.[43] Andrò dentro e informerò Erozio che

ut te hinc abducat potius quam hic astes foris. –
MENAECHMUS II Iamne abiit ? ‹Abiit›. Edepol hau mendacia
tua verba experior esse.
MESSENIO Opservato modo:
nam istic meretricem credo habitare mulierem,
ut quidem ille insanus dixit qui hinc abiit modo.
MENAECHMUS II Sed miror qui ille noverit nomen meum.
MESSENIO Minime hercle mirum. Morem hunc meretrices
[habent:
ad portum mittunt servolos, ancillulas;
sei qua peregrina navis in portum advenit,
rogitant quoiatis sit, quid ei nomen siet,
postilla extemplo se adplicant, adglutinant:
si pellexerunt, perditum amittunt domum.
Nunc in istoc portu stat navis praedatoria,
aps qua cavendum nobis sane censeo.
MENAECHMUS II Mones quidem hercle recte.
MESSENIO Tum demum
[sciam
recte monuisse, si tu recte caveris.
MENAECHMUS II Tacedum parumper, nam concrepuit ostium:
videamus qui hinc egreditur.
MESSENIO Hoc ponam interim.
Adservatote haec sultis, navales pedes.

EROTIUM MENAECHMUS II MESSENIO

EROTIUM Sine fores sic, abi, nolo operiri.
Intus para, cura, vide, quod opust fiat:
sternite lectos, incendite odores; munditia
inlecebra animost amantium.
Amanti amoenitas malost, nobis lucrost.
Sed ubi ille est quem coquos ante aedis esse ait? Atque
[eccum video,
qui mihi est usui et plurumum prodest.

tu sei qui, in modo che lei provveda a farti entrare, invece di lasciarti fuori dalla porta.

MENECMO II Se ne è andato? Per Polluce, mi accorgo che dicevi proprio la verità.[44]

MESSENIONE Tu pensa solo a prestare attenzione: in questa casa credo che abiti una meretrice, proprio come ha detto quel pazzo che si è appena levato di torno.

MENECMO II Comunque non riesco a capire come conosca il mio nome.

MESSENIONE Non è per niente strano. Le meretrici sogliono far così: mandano degli schiavetti o delle ancelle al porto; se è arrivata qualche nave straniera, si informano di che paese sia e come si chiami il padrone, poi gli s'attaccano come sanguisughe. Se riescono ad adescarlo lo rimandano a casa ripulito. Ora, in questo porto qui (*indica la casa di Erozio*) c'è una nave di predoni dalla quale, ne son sicuro, bisogna stare in guardia.

MENECMO II Hai ben ragione, per Ercole, di mettermi sull'avviso!

MESSENIONE Avrò la certezza che i miei avvertimenti sono andati a buon segno se saprai stare ben in guardia.

MENECMO II Ma adesso taci: la porta scricchiola. Vediamo chi ne esce.

MESSENIONE Intanto depositerò il bagaglio. Occupatevene voi, marinai.[45]

Scena III
EROZIO MENECMO II MESSENIONE

EROZIO[46] (*verso l'interno*) Lascia così la porta! Va'! Non voglio che sia chiusa! Prepara tutto in casa, occupati di ogni particolare, vedi quel che occorre! Allestite i letti triclinari, bruciate i profumi! Le raffinatezze stuzzicano gli amanti. Se si trovano bene, gli amanti si rovinano e noi ci guadagniamo. Ma lui dove è andato a finire? Il cuoco ha detto ch'era qui, davanti alla porta. Ah, guardalo lì, quel signore che sfrutto con grandissimo vantaggio! Gliene deriva, co-

Item hinc ultro fit, ut meret, potissumus nostrae domi ut sit;
nunc eum adibo atque ultro adloquar.
Animule mi, mihi mira videntur
te hic stare foris, fores quoi pateant,
magi' quam domu' tua domu' quom haec tua sit.
Omne paratumst, ut iussisti
atque ut voluisti, neque tibi
ulla morast intus.
Prandium, ut iussisti, hic curatumst: ubi lubet, ire licet [accubitum.
MENAECHMUS II Quicum haec mulier loquitur?
EROTIUM Equidem tecum.
MENAECHMUS II [Quid mecum tibi
fuit umquam aut nunc est negoti?
EROTIUM Quia pol te unum ex omnibus
Venu' me voluit magnuficare neque id haud inmerito tuo.
Nam ecastor solus benefactis tuis me florentem facis.
MENAECHMUS II Certo haec mulier aut insana aut ebria est, [Messenio,
quae hominem ignotum compellet me tam familiariter.
MESSENIO Dixin ego istaec heic solere fieri? Folia nunc [cadunt,
praeut si triduom hoc hic erimus: tum arbores in te cadent.
Nam ita sunt hic meretrices: omnes elecebrae argentariae.
Sed sine me dum hanc compellare. Heus mulier, tibi dico.
EROTIUM [Quid est?
MESSENIO Ubi tu hunc hominem novisti?
EROTIUM Ibidem ubi hic me [iam diu,
in Epidamno.
MESSENIO In Epidamno? Qui huc in hanc urbem pedem
nisi hodie numquam intro tetulit?
EROTIUM Heia! Delicias facis.
Mi Menaechme, quin, amabo, is intro? Hic tibi erit rectius.
MENAECHMUS II Haec quidem edepol recte appellat meo [me mulier nomine.
Nimi' miror quid hoc sit negoti.

me si merita, di essere il più importante in casa mia. Ora lo raggiungerò e gli parlerò. Cuoricino mio, non capisco come mai tu ti fermi fuori mentre la porta è aperta davanti a te e questa casa ti appartiene più che la tua stessa casa. È tutto pronto come hai ordinato e voluto e, una volta entrato, non dovrai aspettare. Il pranzo che hai chiesto è stato preparato: quando ti va, puoi metterti a tavola.

MENECMO II Con chi sta parlando questa donna?

EROZIO Con te, evidentemente.

MENECMO II Che mai ho avuto a che fare io con te o che cosa ci ho a che fare ora?

EROZIO Il motivo, per Polluce, è che Venere ha voluto che io tenessi a te più che a qualsiasi altro uomo e non senza tuo merito. Per Castore! Sei tu solo che mi permetti di vivere nella prosperità, provvedendo a me.

MENECMO II Questa donna o è pazza o è ubriaca, Messenione! Si rivolge a me, uno sconosciuto, con un tono così famigliare!

MESSENIONE Non ti avevo detto che qui succedono cose di questo tipo? Son foglie quelle che adesso ti cadono addosso, in confronto a quel che ti cadrà in testa fra tre giorni, se resteremo in questo posto: saranno alberi allora! Le meretrici qui son fatte così: tutte ti succhiano il denaro. Ma lascia che ci parli io. Ehi, tu, ragazza, parlo con te!

EROZIO Che c'è?

MESSENIONE Dimmi: dove hai conosciuto questo signore?

EROZIO Proprio dove lui ha conosciuto me, già da tempo: qui, a Epidamno.

MESSENIONE A Epidamno? Ma se lui ci ha messo piede oggi per la prima volta!

EROZIO Su, su! Fai lo spiritoso. Ma, Menecmo mio caro, perché non entri? Ti troverai meglio!

MENECMO II Per Polluce, nemmeno questa donna sbaglia quando mi chiama per nome! Sono frastornato e non ci capisco un'acca!

MESSENIO Oboluit marsuppium
huic istuc quod habes.
MENAECHMUS II Atque edepol tu me monuisti probe.
Accipedum hoc. Iam scibo utrum haec me mage amet an
[marsuppium.
EROTIUM Eamus intro, ut prandeamus.
MENAECHMUS II Bene vocas: tam gratiast.
EROTIUM Qur igitur me tibi iussisti coquere dudum
[prandium?
MENAECHMUS II Egon te iussi coquere?
EROTIUM Certo, tibi et parasito
[tuo.
MENAECHMUS II Quoi, malum, parasito? Certo haec mulier
[non sanast satis.
EROTIUM Peniculo.
MENAECHMUS II Quis iste est Peniculus? Qui extergentur
[baxeae?
EROTIUM Scilicet qui dudum tecum venit, quom pallam mihi
detulisti quam ab uxore tua surrupuisti.
MENAECHMUS II Quid est?
Tibi pallam dedi quam uxori meae surrupui? Sanan es?
Certe haec mulier cantherino ritu astans somniat.
EROTIUM Qui lubet ludibrio habere me atque ire infitias mihi
facta quae sunt?
MENAECHMUS II Dic quid est id quod negem quod fecerim?
EROTIUM Pallam te hodie mihi dedisse uxoris.
MENAECHMUS II Etiam nunc nego.
Egoquidem neque umquam uxorem habui neque habeo
[neque huc
umquam, postquam natus sum, intra portam penetravi
[pedem.
Prandi in navi, inde huc sum egressus, te conveni.
EROTIUM Eccere,
perii misera! Quam tu mihi nunc navem narras?
MENAECHMUS II Ligneam,
saepe tritam, saepe fixam, saepe excussam malleo;
quasi supellex pellionis, palus palo proxumust.

MESSENIONE Sta' attento! Ha sentito l'odore della tua borsa!

MENECMO II Per Polluce! Hai avuto ragione a mettermi sull'avviso. È meglio che la prenda tu. Così farò la prova se vuol più bene a me o alla borsa.

EROZIO Entriamo a pranzare!

MENECMO II Ben gentile! No, grazie lo stesso![47]

EROZIO Si può sapere perché poco fa mi hai ordinato di preparare il pranzo?

MENECMO II Io ti ho ordinato di prepararlo?

EROZIO Certo. Per te e per il tuo parassita.

MENECMO II Ma per quale parassita del cavolo? Questa è proprio pazza.

EROZIO Ma per Penicolo!

MENECMO II Quale Penicolo? Quello spazzolino con cui si puliscono le scarpe?

EROZIO Evidentemente quello che è venuto qui con te quando mi hai portato quel mantello che hai sottratto a tua moglie.

MENECMO II Aspetta un momento! Io ti avrei regalato un mantello rubato a mia moglie? Ma sragioni? Questa qui sogna stando in piedi, come i cavalli.

EROZIO Ma perché ti diverti a schernirmi e a negare i fatti?

MENECMO II Quali sarebbero questi fatti che io negherei?

EROZIO Il fatto di avermi portato oggi un mantello di tua moglie.

MENECMO II Io continuo a negarlo. Non ho mai avuto moglie, non ne ho e soprattutto non ho mai prima d'ora messo piede in vita mia oltre la porta di questa città. Ho pranzato sulla nave, poi sono venuto qui e ti ho incontrata.

EROZIO Povera me! Sono perduta! Di quale nave mi vai parlando?

MENECMO II Di una di legno, molto consunta, piena di fessure e riparata spesso a suon di martellate. Sembra il laboratorio di un pellicciaio: ci trovi un palo dietro l'altro.[48]

EROTIUM †iam, amabo, desine† ludos facere atque i hac
[mecum semul.
MENAECHMUS II Nescio quem, mulier, alium hominem, non
[me quaeritas.
EROTIUM Non ego te novi Menaechmum, Moscho prognatum
[patre,
qui Syracusis perhibere natus esse in Sicilia,
ubi rex Agathocles regnator fuit et iterum Phintia,
tertium Liparo, qui in morte regnum Hieroni tradidit,
nunc Hiero est?
MENAECHMUS II Hau falsa, mulier, praedicas.
MESSENIO Pro Iuppiter!
Num istaec mulier illinc venit quae te novit tam cate?
MENAECHMUS II Hercle opinor, pernegari non potest.
MESSENIO Ne
[feceris.
Periisti, si intrassis intra limen.
MENAECHMUS II Quin tu tace modo.
Bene res geritur. Adsentabor quidquid dicet mulieri,
si possum hospitium nancisci. Iam dudum, mulier, tibi
non inprudens advorsabar: hunc metuebam ni meae
uxori renuntiaret de palla et de prandio.
Nunc, quando vis, eamus intro.
EROTIUM Etiam parasitum manes?
MENAECHMUS II Neque ego illum maneo neque flocci facio
[neque, si venerit,
eum volo intromitti.
EROTIUM Ecastor haud invita fecero.
Sed scin quid te amabo ut facias?
MENAECHMUS II Impera quid vis modo.
EROTIUM Pallam illam quam dudum dederas, ad phrygionem
[ut deferas,
ut reconcinnetur atque ut opera addantur quae volo.
MENAECHMUS II Hercle qui tu recte dicis: eadem ignorabitur,
ne uxor cognoscat te habere, si in via conspexerit.
EROTIUM Ergo mox auferto tecum, quando abibis.
MENAECHMUS II Maxume.
EROTIUM Eamus intro.

EROZIO Smettila, ti prego, di scherzare e vieni dentro con me.

MENECMO II Senti, ragazza mia, tu vai cercando un'altra persona, non so chi, ma non certo me.

EROZIO Secondo te io non ti conoscerei? Non sei Menecmo, figlio di Mosco? Non sei tu quello che dicono esser nato in Sicilia, a Siracusa, la città ove regnò Agatocle, e poi Finzia, e per terzo Liparone, che alla morte lasciò il regno a Ierone, che ne è l'attuale re?[49]

MENECMO II Tutto vero, donna.

MESSENIONE Per Giove! Questa qui viene forse dalla Sicilia, dato che ti conosce tanto bene?

MENECMO II A questo punto penso, per Ercole, che non si possa più rifiutare il suo invito.

MESSENIONE Non farlo, per carità! Sei bell'e morto se oltrepassi quella soglia.

MENECMO II Tu taci. (*Tra sé*) La cosa mi va bene. Asseconderò le parole di questa donna e vedrò se posso rimediare un luogo per dormire. (*Forte*) Ascolta, ragazza! Continuavo a contraddirti non senza intenzione: temevo che costui andasse a spifferare a mia moglie la faccenda del mantello e del pranzo. Ma adesso entriamo pure in casa, quando vuoi.

EROZIO Devi ancora aspettare il parassita?

MENECMO II Non lo aspetto e me ne frego di lui: anzi, se arriva, non voglio che lo si lasci entrare.

EROZIO Sarà un piacere obbedirti. Ma sai che cosa desidererei che facessi?

MENECMO II Non hai che da comandare.

EROZIO Vorrei che portassi dal sarto[50] quel mantello che mi hai appena regalato, perché me lo sistemi e ci aggiunga qualche ornamento che desidero.

MENECMO II Che splendida idea, per Ercole! Così non si potrà riconoscere e se mia moglie ti incontrerà per strada non capirà che indossi un indumento suo.

EROZIO Te lo porterai via poi, quando te ne andrai.

MENECMO II Certo.

EROZIO Entriamo!

MENAECHMUS II Iam sequar te. Hunc volo etiam
[conloqui.
Eho Messenio, accede huc.
MESSENIO Quid negoti est? †susscirit†.
MENAECHMUS Quid eo opust?
MESSENIO Opus est –
MENAECHMUS II Scio ut ne dicas.
MESSENIO [Tanto nequior.
MENAECHMUS II Habeo praedam: tantum incepi operis. I
[quantum potes,
abduc istos in tabernam actutum devorsoriam.
Tum facito ante solem occasum ut venias advorsum mihi.
MESSENIO Non tu istas meretrices novisti, ere.
MENAECHMUS II Tace, inquam ***
mihi dolebit, non tibi, si quid ego stulte fecero.
Mulier haec stulta atque inscita est; quantum perspexi modo,
est hic praeda nobis.
MESSENIO Perii! Iamne abis? Periit probe:
ducit lembum dierectum navis praedatoria.
Sed ego inscitus qui domino me postulem moderarier:
dicto me emit audientem, haud imperatorem sibi.
Sequimini, ut, quod imperatum est, veniam advorsum
[temperi. –

MENECMO II Ti seguo subito. Ma prima voglio dire due parole a costui. Ehi, Messenione, vieni qui!

MESSENIONE Che c'è?...[51]

MENECMO II Che bisogno c'è?

MESSENIONE C'è bisogno...

MENECMO II So che cosa vuoi. Non è il caso che tu lo dica.

MESSENIONE Tanto peggio!

MENECMO II Ho acciuffato la preda: ho incominciato una grande impresa! Tu corri il più velocemente possibile a sistemare questa gente qui[52] in una locanda. Poi fa' in modo di tornare da me prima del tramonto.

MESSENIONE Ma tu non sei uomo che conosca queste meretrici, padron mio.

MENECMO II Taci. Sarò io a pagarla, non tu, se farò qualcosa di sbagliato. Questa donna è sciocca e volgare. Per quanto ho potuto capire abbiamo sotto mano una bella preda. (*Entra nella casa di Erozio*)

MESSENIONE Che disgrazia! Già te ne vai? Si è proprio messo nei pasticci! La nave corsara si tira dietro la nostra barca. Stupido io che cerco di dar consigli al padrone! Mi ha comperato per avere uno che ascoltasse i suoi ordini, non che gliene desse! (*Ai marinai*) Voi seguitemi, perché io possa ritornare in tempo, come mi è stato comandato.

ACTUS III

PENICULUS

Plus triginta annis natus sum, quom interea loci
numquam quicquam facinus feci peius neque scelestius
quam hodie, quom [in] contionem mediam me immersi miser.
Ubi ego dum hieto, Menaechmus se supterduxit mihi
atque abît ad amicam, credo, neque me voluit ducere.
Qui illum di omnes perduint quei primus ‹hoc› commentus est,
contionem habere, qui homines occupatos occupat!
Non ad eam rem otiosos homines decuit deligi,
qui nisi adsint quom citentur, census capiat ilico?
*** quam senatus *** contionem ***
***
adfatim est hominum in dies qui singulas escas edint,
quibu' negoti nihil est, qui essum neque vocantur neque [vocant:
eos oportet contioni dare operam atque comitieis.
Si id ita esset, non ego hodie perdidissem prandium,
quoi tam credo datum voluisse quam me video vivere.
Ibo: etiamnum reliquiarum spes animum oblectat meum.
Sed quid ego video? Menaechmus cum corona exit foras.
Sublatum est convivium, edepol venio adversum temperi.
Opservabo quid agat hominem. Post adibo atque adloquar.

MENAECHMUS II PENICULUS

MENAECHMUS II Potine ut quiescas? Ego tibi hanc hodie probe
lepideque concinnatam referam temperi.
Non faxo eam esse dices: ita ignorabitur.

ATTO III

Scena I
PENICOLO

Ho più di trent'anni e finora non mi è mai capitato di commettere un errore più madornale e sciagurato di quello di oggi, quando mi sono buttato, povero me, anima e corpo nell'assemblea. Mentre ero lì che sbadigliavo, Menecmo mi è sfuggito e se ne è andato, penso, dalla sua amica senza volermi portare con sé. Che tutti gli dei dannino colui che per primo[53] si inventò quest'idea di tenere assemblee allo scopo di invischiare le persone che hanno altro da fare e non mollarle più! Per assistervi non era meglio scegliere i disoccupati e multarli subito, se non si presentavano alla convocazione?[54] ... Ce n'è fin troppa di gente che mastica qualcosa una sola volta al giorno, che non ha nulla da fare e non riceve né fa inviti a pranzo. Quelli lì dovrebbero occuparsi di assemblee e comizi. Se così fosse, io oggi non avrei perso il mio pranzo! E me lo si voleva proprio offrire! Ne son certo come del fatto che sono al mondo. Però ci vado: mi sorride ancora una vaga speranza di potermi accaparrare gli avanzi. Ma chi vedo? Menecmo sta uscendo con una corona in testa. La tavola è stata sparecchiata. Per Polluce, arrivo proprio in tempo![55] Starò a vedere che fa: poi mi accosterò e gli parlerò.

Scena II
MENECMO II PENICOLO

MENECMO II (*verso l'interno*) La vuoi smettere? Te lo riporterò oggi stesso aggiustato per benino. Non lo riconoscerai più. Sarà tutto diverso.

PENICULUS Pallam ad phrygionem fert confecto prandio
vinoque expoto, parasito excluso foras.
Non hercle is sum qui sum, ni hanc iniuriam
meque ultus pulchre fuero. Opserva quid dabo.
MENAECHMUS II Pro di inmortales! Quoi homini umquam
[uno die
boni dedistis plus qui minu' speraverit?
Prandi, potavi, scortum accubui, apstuli
hanc, quoiius heres numquam erit post hunc diem.
PENICULUS Nequeo quae loquitur exaudire clanculum;
satur nunc loquitur de me et de parti mea?
MENAECHMUS II Ait hanc dedisse me sibi atque eam meae
uxori surrupuisse. Quoniam sentio
errare, extemplo, quasi res cum ea esset mihi,
coepi adsentari: mulier quidquid dixerat,
idem ego dicebam. Quid multis verbis ‹opust›?
Minore nusquam bene fui dispendio.
PENICULUS Adibo ad hominem, nam turbare gestio.
MENAECHMUS II Quis hic est qui advorsus it mihi?
PENICULUS Quid ais,
[homo
levior quam pluma, pessume et nequissume,
flagitium hominis, subdole ac minimi preti?
Quid de te merui qua me caussa perderes?
Ut surrupuisti te mihi dudum de foro!
Fecisti funus med apsenti prandio.
Qur ausu's facere, quoii ego aeque heres eram?
MENAECHMUS II Adulescens, quaeso, quid tibi mecum est rei
qui mihi male dicas homini ignoto insciens?
An tibi malam rem vis pro male dictis dari?
PENICULUS Post eam quam edepol te dedisse intellego.
MENAECHMUS II Responde, adulescens, quaeso, quid nomen
[tibist?
PENICULUS Etiam derides quasi nomen non gnoveris?
MENAECHMUS II Non edepol ego te quod sciam umquam ante
[hunc diem

PENICOLO (*tra sé*) Lui sta per portare il mantello dal sarto. Il pranzo è finito, il vino è stato scolato tutto e il povero parassita lasciato fuori! Per Ercole, non sono io se non mi prendo una bella vendetta per questa offesa! Guarda che cosa ti faccio!

MENECMO II O dei immortali! Quale uomo mai, quando meno se lo aspettava, avete beneficato più di me in un sol giorno? Ho mangiato, ho bevuto, mi son seduto vicino a una bella donnina e mi son portato via questo[56] di cui non potrà più appropriarsi d'ora in poi.

PENICOLO Stando qui in disparte non riesco a sentire bene quel che dice. Adesso che si è riempito il ventre parla forse di me e della parte che mi sarebbe toccata?

MENECMO II Dice che gliel'ho dato io dopo averlo rubato a mia moglie. Io mi accorgo che prende un abbaglio ma comincio ad assecondarla, come se tra noi ci fosse una tresca. Tutto quel che dice, io lo confermo. C'è bisogno di dir altro? Non mi è andata mai così bene con minor spesa!

PENICOLO Adesso lo affronto. Voglio confonderlo.

MENECMO II Chi è costui che mi viene incontro?

PENICOLO Che vai dicendo, uomo più leggero di una piuma, perverso, scellerato, vergogna dell'umanità, imbroglione, buono a nulla? Che cosa ti ho fatto per rovinarmi in questo modo? Sei stato bravo a svignartela poco fa dal foro! In mia assenza hai fatto il funerale al pranzo![57] Come ne hai avuto il coraggio, quando anch'io avevo diritto alla mia parte di eredità?

MENECMO II Giovanotto, di' un po': che hai a che fare con me? Come osi coprire di improperi uno che neppure conosci? Vuoi buscarti un bel castigo in cambio delle tue male parole?

PENICOLO Quale castigo? Per Polluce, non me ne hai già inflitto uno?

MENECMO II Rispondimi, giovanotto: come ti chiami?

PENICOLO Mi prendi anche in giro, come se non conoscessi il mio nome?

MENECMO II Per quel che so, non ti ho mai visto né cono-

vidi neque gnovi; verum certo, quisquis es,
si aequom facias, mihi odiosus ne sies.
PENICULUS Menaechme, vigila.
MENAECHMUS II Vigilo hercle equidem quod
[sciam.
PENICULUS Non me novisti?
MENAECHMUS II Non negem si noverim.
PENICULUS Tuom parasitum non novisti?
MENAECHMUS II Non tibi
sanum est, adulescens, sinciput, intellego.
PENICULUS Responde, surrupuistin uxori tuae
pallam istanc hodie atque dedisti Erotio?
MENAECHMUS II Neque hercle ego uxorem habeo neque ego
[Erotio
dedi nec pallam surrupui.
PENICULUS Satin sanus es?
Occisast haec res. Non ego te indutum foras
exeire vidi pallam?
MENAECHMUS II Vae capiti tuo!
Omnis cinaedos esse censes quia tu es?
Tun med indutum fuisse pallam praedicas?
PENICULUS Ego hercle vero.
MENAECHMUS II Non tu abis quo dignus es?
Aut te piari iube, homo insanissume.
PENICULUS Numquam edepol quisquam me exorabit quin
[tuae
uxori rem omnem iam, uti sit gesta, eloquar;
omnes in te istaec recident contumeliae:
faxo haud inultus prandium comederis. –
MENAECHMUS II Quid hoc est negoti? Satine, uti quemque
[conspicor,
ita me ludificant? Sed concrepuit ostium.

sciuto prima di oggi. In ogni caso, chiunque tu sia, vedi di comportarti bene per non irritarmi.

PENICOLO Menecmo, apri gli occhi!

MENECMO II Per quel che so, li ho ben aperti.

PENICOLO Allora non mi conosci?

MENECMO II Se ti conoscessi non lo negherei.

PENICOLO Non conosci il tuo parassita?

MENECMO II Non hai la testa a posto, ragazzo, a quanto capisco.

PENICOLO Rispondimi: non hai forse rubato oggi a tua moglie questo mantello e lo hai dato a Erozio?

MENECMO II Non ho moglie, per Ercole, non ho rubato nessun mantello e quindi non l'ho dato a Erozio.

PENICOLO Stai sragionando? (*Tra sé*) La cosa si è messa male![58] (*Forte*) Non ti ho forse visto oggi uscir di casa con indosso questo indumento?

MENECMO II Bada a quel che dici! Credi che siano tutti invertiti perché tu lo sei? Sostieni che io mi sia messo addosso questo mantello?

PENICOLO Certamente, per Ercole!

MENECMO II Vattene a quel paese, come ti meriti! Oppure va' a farti benedire, pazzo furioso che sei!

PENICOLO Per Polluce, non ci sarà nessuno che riuscirà a dissuadermi dal raccontare la storia a tua moglie per filo e per segno. Tutte queste tue ingiurie ricadranno su di te. La pagherai cara per esserti divorato da solo il pranzo.

MENECMO II Ma che storia è questa? È possibile che tutti quelli che incontro mi prendano in giro? Ma ecco che la porta scricchiola.

ANCILLA MENAECHMUS II

ANCILLA Menaechme, amare ait te multum Erotium,
†ut hoc una opera ad auruficem deferas†,
atque huc ut addas auri pondo unciam
iubeasque spinter novom reconcinnarier.
MENAECHMUS II Et istuc et aliud si quid curari volet
me curaturum dicito, quidquid volet.
ANCILLA Scin quid hoc sit spinter?
MENAECHMUS II Nescio nisi aureum.
ANCILLA Hoc est quod olim clanculum ex armario
te surrupuisse aiebas uxori tuae.
MENAECHMUS II Numquam hercle factum est.
ANCILLA Non meministi, [opsecro?
Redde igitur spinter, si non meministi.
MENAECHMUS II Mane.
Immo equidem memini. Nempe hoc est quod illi dedei.
Istuc: ubi illae armillae sunt quas una dedei?
ANCILLA Numquam dedisti.
MENAECHMUS II Nam pol hoc unum dedei.
ANCILLA Dicam curare?
MENAECHMUS II Dicito: curabitur.
Et palla et spinter faxo referantur simul.
ANCILLA Amabo, mi Menaechme, inauris da mihi
faciendas pondo duom nummum, stalagmia,
ut te lubenter videam, quom ad nos veneris.
MENAECHMUS II Fiat. Cedo aurum; ego manupretium dabo.
ANCILLA Da sodes aps te: poste reddidero tibi.
MENAECHMUS II Immo cedo aps te: ego post tibi reddam [duplex.
ANCILLA Non habeo.
MENAECHMUS II At tu, quando habebis, tum dato.
ANCILLA Numquid [me] vis? –
MENAECHMUS II Haec me curaturum dicito –
ut quantum possint quique liceant veneant.

Scena III
ANCELLA MENECMO II

ANCELLA Menecmo, Erozio dice che ti sarebbe molto grata se tu ti incaricassi di portare anche questo bracciale[59] dall'orefice e ci facessi aggiungere un'oncia d'oro, per rinnovarlo a dovere.

MENECMO II Questo e altro! Di qualunque cosa vuole che io mi occupi, dille di star tranquilla, ché lo farò.

ANCELLA Lo riconosci questo bracciale?

MENECMO II Vedo soltanto che è d'oro.

ANCELLA È quello che tu dicevi di aver sottratto di nascosto dal cofano di tua moglie.

MENECMO II Mai successo.

ANCELLA Come? Non te ne ricordi? Ridammelo, se non te ne ricordi.

MENECMO II Aspetta. Ora mi viene in mente. È proprio quello che le ho dato. Ma dove sono quegli altri braccialetti che le ho donato insieme a questo?[60]

ANCELLA Non gliene hai mai dati altri.

MENECMO II È vero! Le ho dato questo solo.

ANCELLA Le posso dire che te ne occuperai?

MENECMO II Diglielo senz'altro. Farò in modo che le siano riconsegnati insieme il mantello e il bracciale.

ANCELLA Fa' anche a me un favore, Menecmo mio! Fammi fare due orecchini, dei pendenti da due nummi! Così ti vedrò con gioia quando verrai.

MENECMO II D'accordo. Dammi l'oro. Io penserò a pagare la fattura.

ANCELLA Metticelo tu; poi te lo restituirò.

MENECMO II No no! Dammelo tu! Te ne renderò poi il doppio.

ANCELLA Non ne ho.

MENECMO II Bene. Me lo darai quando l'avrai.

ANCELLA Ordini altro?

MENECMO II Riferisci che mi occuperò... (*a parte*) di fare in modo di venderli al miglior prezzo che mi offriranno. È

Iamne introabiit? Abiit, operuit fores.
Di me quidem omnes adiuvant, augent, amant.
Sed quid ego cesso, dum datur mi occasio
tempusque, abire ab his locis lenonieis?
Propera, Menaechme, fer pedem, confer gradum.
Demam hanc coronam atque abiciam ad laevam manum,
ut, si[quis] sequantur me, hac abiisse censeant.
Ibo et conveniam servom si potero meum,
ut haec, quae bona dant di mihi, ex me sciat. –

rientrata? Sì sì! E ha chiuso la porta. Evviva! Tutti gli dei mi aiutano, mi assistono, mi amano! Ma devo affrettarmi, mentre ne ho l'occasione e il tempo, ad andarmene da questo covo di prostituzione! Su Menecmo, alza i tacchi, sbrigati! Mi toglierò questa corona e la getterò qui, a sinistra, in modo che, se qualcuno mi segue, pensi che sia andato da questa parte. Andrò a vedere se trovo il mio servo, perché sappia quali favori gli dei mi fanno. (*Esce da destra*)

ACTUS IV

MATRONA PENICULUS

MATRONA Egone hic me patiar frustra in matrimonio,
ubi vir compilet clanculum quidquid domist
atque ea ad amicam deferat?
PENICULUS Quin tu taces?
Manufesto faxo iam opprimes: sequere hac modo.
Pallam ad phrygionem cum corona ebrius
ferebat hodie tibi quam surrupuit domo.
Sed eccam coronam quam habuit. Num mentior?
Em hac abiit, si vis persequi vestigiis.
Atque edepol eccum optume revortitur;
sed pallam non fert.
MATRONA Quid ego nunc cum illoc agam?
PENICULUS Idem quod semper: male habeas; sic censeo.
Huc concedamus: ex insidieis aucupa.

MENAECHMUS I PENICULUS MATRONA

MENAECHMUS I Ut hoc utimur maxume more moro,
molesto atque multo atque uti quique sunt op-
tumi maxume morem habent hunc!
Clientes sibi omnes volunt esse multos:
bonine an mali sint, id hau quaeritant; res
magis quaeritur quam clientum fides
quoius modi clueat.

ATTO IV

Scena I
MATRONA PENICOLO

MATRONA Dovrei continuare a essere la sposa tradita di quest'uomo che porta via di nascosto tutto quello che c'è in casa e lo consegna alla sua amante?

PENICOLO Smettila! Ti darò il modo di coglierlo sul fatto. Basta che tu mi segua per di qua. Oggi, completamente ubriaco e con la corona in testa, stava portando dal sarto il mantello che ti aveva rubato da casa. Guardala qui la corona che portava! Vedi se non ho ragione? Se ne è andato di qua, se vuoi seguire le sue tracce. (*Scorgendo Menecmo I*) Ma, per Polluce, eccolo che torna a proposito! Però non ha il mantello.

MATRONA E io come devo comportarmi con lui?

PENICOLO Come sempre. Trattalo male, te lo consiglio. Ma tiriamoci in disparte. Sta' in agguato e aspetta che cada in trappola.

Scena II[61]
MENECMO I PENICOLO MATRONA

MENECMO I (*ignorando i presenti*) Tra noi questo malcostume è tipico. E come è sgradevole e diffuso! I cittadini più ragguardevoli sono proprio loro a esserne le prime vittime. Tutti vogliono avere molti clienti, se poi siano buoni o cattivi non stanno a indagare. Si guarda alle sostanze di questi clienti piuttosto che alla loro fama di onestà. Se uno è po-

Si est pauper atque hau malus nequam habetur,
sin dives malust, is cliens frugi habetur.
580 Qui nec leges neque aequom bonum usquam colunt,
sollicitos patronos habent.
Datum denegant quod datum est, litium pleni, rapaces
viri, fraudulenti,
qui aut faenore aut peiiuriis habent rem paratam,
584a mens est in quo ***
585 eis ubi dicitur dies, simul patronis dicitur,
quippe qui pro illis loquimur quae male fecerunt:
aut ad populum aut in iure aut ad iudicem rest.
Sicut me hodie nimi' sollicitum cliens quidam habuit neque
[quod volui
agere aut quicum licitumst, ita med attinuit, ita detinit.
590 Apud aedilis pro eius factis plurumisque pessumisque
deixei caussam, condiciones tetuli tortas, confragosas:
aut plus aut minu' quam opus erat dicto dixeram
[controvorsiam, ut
sponsio fieret. Quid ill' qui praedem dedit?
Nec magis manufestum ego hominem umquam ullum teneri
[vidi:
595 omnibus male factis testes tres aderant acerrumi.
Di illum omnes perdant, ita mihi
596 hunc hodie corrumpit diem,
meque adeo, qui hodie forum
597 umquam oculis inspexi meis.
Diem corrupi optumum:
598 iussi apparari prandium,
amica exspectat me, scio.
599 Ubi primum est licitum ilico
properavi abire de foro.
600 Iratast, credo, nunc mihi;
placabit palla quam dedi,
601 quam hodie uxori apstuli atque detuli huic Erotio.
PENICULUS Quid ais?
MATRONA Viro me malo male nuptam.
PENICULUS Satin audis
[quae illic loquitur?

vero, anche se è buono, non lo si stima. Se invece è ricco, pur essendo un mascalzone, lo si apprezza. Questi tipi, che non rispettano in nessun caso le leggi e la giustizia, tengono sempre in ansia i loro patroni. Rifiutano di ammettere di aver ricevuto un prestito, sono in rotta con tutti, sono avidi come avvoltoi e imbroglioni, tanto che le loro sostanze se le sono acquistate con l'usura o con gli spergiuri. Pensano solo a... Quando viene istruito contro di loro un processo, anche i patroni vengono coinvolti e così dobbiamo parlare in difesa delle loro malefatte sia che la causa abbia luogo davanti al popolo, che in tribunale,[62] che in cospetto del giudice. Questo mi è capitato oggi: un cliente mi ha tenuto sulla corda tanto che non ho potuto occuparmi di quel che mi pareva con chi mi pareva. Non mi voleva mollare! Ho dovuto sostenere la sua causa presso gli edili per numerose e gravissime sue colpe e ho dovuto avanzare proposte contorte e cavillose. Avevo pronunciato un'arringa dicendo più o meno quel che era necessario per comporre la controversia. E lui che fa? Propone un mallevadore. Eppure non ho mai visto un uomo implicato con maggiore evidenza in colpe così gravi! E a confermarle si sono presentati tre testimoni agguerritissimi. Che gli dei tutti lo maledicano per avermi rovinato la giornata e puniscano anche me per aver avuto oggi la bella idea di andare a dare un'occhiata al foro! Era un giorno così bello e me lo sono guastato! Avevo ordinato di preparare il pranzo alla mia amica, che certo mi sta aspettando! Non appena mi è stato possibile, son scappato via dal foro! Erozio ora è sicuramente arrabbiata con me! Per fortuna che le ho regalato quel mantello che ho sottratto a mia moglie per lei! La terrà buona!

PENICOLO (*alla donna*) Che ne dici?

MATRONA Che sono tristemente sposata a un poco di buono!

PENICOLO Ma hai sentito bene le sue parole?

MATRONA Sati'.
MENAECHMUS I Si sapiam, hinc intro abeam, ubi mi bene sit.
PENICULUS [Mane: male erit potius.
MATRONA Ne illam ecastor faenerato apstulisti.
PENICULUS Sic datur.
MATRONA Clanculum te istaec flagitia facere censebas pote?
MENAECHMUS I Quid illuc est, uxor, negoti?
MATRONA Men rogas?
MENAECHMUS I Vin
[hunc rogem?
MATRONA Aufer hinc palpationes.
PENICULUS Perge tu.
MENAECHMUS I Quid tu mihi
tristis es?
MATRONA Te scire oportet.
PENICULUS Scit sed dissimulat malus.
MENAECHMUS I Quid negotist?
MATRONA Pallam –
MENAECHMUS I Pallam?
MATRONA Quidam
[pallam –
PENICULUS [Quid paves?
MENAECHMUS I Nil equidem paveo.
PENICULUS Nisi unum: palla pallorem
[incutit.
At tu ne clam me comesses prandium. Perge in virum.
MENAECHMUS I Non taces?
PENICULUS Non hercle vero taceo. Nutat ne
[loquar.
MENAECHMUS I Non hercle egoquidem usquam quicquam
[nuto neque nicto tibi.
MATRONA Ne ego ecastor mulier misera.
MENAECHMUS I Qui tu misera es? Mi
[expedi.
PENICULUS Nihil hoc confidentius: quin quae vides ea
[pernegat.

MATRONA Purtroppo sì.

MENECMO I Se ho un po' di buon senso, devo entrare qui, ove mi troverò bene. (*Indica la casa di Erozio*)

PENICOLO (*a Menecmo*) Aspetta: ti troverai male invece.[63]

MATRONA Me l'hai rubato, quel mantello, ma mi risarcirai con gli interessi!

PENICOLO Eccoti servito!

MATRONA Pensavi di poter combinare questa porcheria senza che me ne accorgessi?

MENECMO I Di che cosa parli, moglie mia?

MATRONA E me lo chiedi?

MENECMO I Vuoi che lo chieda a questo qui?

MATRONA Tieni giù le mani![64]

PENICOLO (*incoraggiando la donna*) Avanti!

MENECMO I Perché sei in collera con me?

MATRONA Dovresti saperlo benissimo.

PENICOLO Lo sa, lo sa, ma fa finta di non saperlo, il manigoldo!

MENECMO I Insomma che cosa c'è?

MATRONA Il mantello...

MENECMO I Ebbene, il mantello?

MATRONA Qualcuno, il mio mantello...

PENICOLO Di che cosa hai paura?

MENECMO I Io? Di niente.

PENICOLO Eh! Di qualcosa sì! Il mantello smantella il tuo coraggio! Non dovevi abboffarti senza di me! (*Alla donna*) Dagli addosso!

MENECMO I Vuoi tacere?

PENICOLO Nemmeno per sogno! (*Alla donna*) Mi fa segno di non parlare!

MENECMO I Ma, per Ercole, non sto facendo nessun segno né strizzando l'occhio a nessuno!

MATRONA Oh, per Castore, che donna infelice sono!

MENECMO I Perché saresti infelice? Spiegamelo!

PENICOLO Non esiste spudoratezza maggiore! Nega quello che tu ben vedi!

MENAECHMUS I Per Iovem deosque omnis adiuro, uxor (satin hoc est tibi?),
me isti non nutasse.
PENICULUS Credit iam tibi de 'isti': illuc redi.
MENAECHMUS I Quo ego redeam?
PENICULUS Equidem ad phrygionem censeo; et pallam refer.
MENAECHMUS I Quae istaec palla est?
PENICULUS Taceo iam, quando haec rem non meminit suam.
MENAECHMUS I Numquis servorum deliquit? Num ancillae aut servei tibi
responsant? Eloquere. Inpune non erit.
MATRONA Nugas agis.
MENAECHMUS I Tristis admodum est. Non mihi istuc sati' placet –
MATRONA Nugas agis.
MENAECHMUS I Certe familiarium aliquoi irata es.
MATRONA Nugas agis.
MENAECHMUS I Num mihi es irata saltem?
MATRONA Nunc tu non nugas agis.
MENAECHMUS I Non edepol deliqui quicquam.
MATRONA Em rusum nunc nugas agis.
MENAECHMUS I Dic, mea uxor, quid tibi aegre est?
PENICULUS Bellus blanditur tibi.
MENAECHMUS I Potin ut mihi molestus ne sis? Num te appello?
MATRONA Aufer manum.
PENICULUS Sic datur. Properato apsente me comesse prandium,
post ante aedis cum corona me derideto ebrius.
MENAECHMUS I Neque edepol ego prandi neque hodie huc intro tetuli pedem.
PENICULUS Tun negas?
MENAECHMUS I Nego hercle vero.

MENECMO I Moglie mia, chiamo a testimoni Giove e tutti gli dei (ti basta?) che non ho fatto nessun cenno d'intesa a costui.

PENICOLO Va bene! Su questo punto ti crede. Ma torna all'altro!

MENECMO I A quale punto?

PENICOLO Dal sarto, direi. E riporta il mantello.

MENECMO I Ma di che mantello si parla?

PENICOLO Io non dico più niente, dato che questa tralascia di occuparsi di quel che la riguarda.

MENECMO I Qualche servo ha sgarrato? Qualcuna delle schiave o degli schiavi ti risponde male? Dimmi tutto! Non la passeranno liscia!

MATRONA Continui a menare il can per l'aia.

MENECMO I (*tra sé*) È ancora arrabbiata! Non mi piace affatto.

MATRONA Dici stupidaggini.

MENECMO I Certo ce l'hai con qualcuno di casa.

MATRONA Dici stupidaggini.

MENECMO I E allora ammettilo! Sei arrabbiata con me?

MATRONA Finalmente ci hai azzeccato!

MENECMO I Ma io non ho fatto niente.

MATRONA Torni a dir stupidaggini.

MENECMO I Dimmi, moglie mia, che cosa ti addolora?

PENICOLO Sentilo com'è carino e come ti vezzeggia!

MENECMO I (*a Penicolo*) Vuoi piantarla di seccare? Ti ho forse rivolto la parola?

MATRONA (*a Menecmo*) Giù quelle mani!

PENICOLO Piglia su! Va' a pranzare senza di me e poi deridimi davanti alla porta, ubriaco e con la corona in testa!

MENECMO I Per Polluce, oggi non ho pranzato proprio per niente né ho messo piede qui!

PENICOLO E hai il coraggio di negarlo?

MENECMO I Evidentemente.

PENICULUS Nihil hoc homine [audacius.
Non ego te modo hic ante aedis cum corona florea
vidi astare? Quom negabas mihi esse sanum sinciput
et negabas me novisse, peregrinum aibas esse te?
MENAECHMUS I Quin ut dudum divorti aps te, redeo nunc [demum domum.
PENICULUS Novi ego te. Non mihi censebas esse qui te [ulciscerer.
Omnia hercle uxori dixi.
MENAECHMUS I Quid dixisti?
PENICULUS Nescio,
eam ipsus [i] roga.
MENAECHMUS I Quid hoc est, uxor? Quidnam hic [narravit tibi?
Quid id est? Quid taces? Quin dicis quid sit?
MATRONA Quasi tu nescias.
Palla mihi est domo surrupta.
MENAECHMUS I Palla surrupta est tibi?
MATRONA Me rogas?
MENAECHMUS I Pol hau rogem te si sciam.
PENICULUS O hominem [malum,
ut dissimulat! Non potes celare: rem novit probe.
Omnia hercle ego edictavi.
MENAECHMUS I Quid id est?
MATRONA Quando nil pudet
neque vis tua voluntate ipse profiteri, audi atque ades.
Et quid tristis ‹sim› et quid hic mihi dixerit faxo scias.
Palla mihi est domo surrupta.
MENAECHMUS I Palla surruptast mihi?
PENICULUS Viden ut ‹te› scelestus captat? Huic surruptast, [non tibi.
Nam profecto tibi surrupta si esset – salva non foret.
MENAECHMUS I Nil mihi tecum est. Sed tu quid ais?
MATRONA Palla, [inquam, periit domo.
MENAECHMUS I Quis eam surrupuit?

PENICOLO Non c'è uomo più spudorato di costui! Sosterresti che non ti ho visto davanti a quella casa con una corona di fiori in testa? E che dicevi che io ero pazzo, e fingevi di non conoscermi, e proclamavi di essere uno straniero?

MENECMO I Da quando ti ho lasciato, solo ora torno a casa.

PENICOLO Va là che ti conosco! Pensavi che non fossi capace di vendicarmi di te! E invece ho spifferato tutto a tua moglie.

MENECMO I Tutto cosa?

PENICOLO Non so: chiedilo a lei.

MENECMO I Che cos'è questa storia, moglie? Che cosa ti ha raccontato questo qui? Ebbene? Perché taci? Perché non mi dici di che cosa si tratta?

MATRONA Come se tu non sapessi che mi è stato portato via un mantello.

MENECMO I Ti hanno rubato un mantello?

MATRONA E me lo chiedi?

MENECMO I Non te lo chiederei se lo sapessi.

PENICOLO Oh, che mascalzone, senti come mente! Ma non ci riuscirai: lei sa tutto. Io le ho raccontato ogni cosa.

MENECMO I E che cosa?

MATRONA Dal momento che non hai vergogna e non vuoi ammetterlo spontaneamente, ascoltami bene. Ti spiegherò perché sono arrabbiata e che cosa mi ha raccontato questo signore. Mi è stato portato via di casa un mantello.

MENECMO I Un mantello è stato portato via da casa mia?

PENICOLO Vedi come questo disgraziato ti prende in giro! È stato rubato a lei, non a te! Se l'avessero rubato a te... sarebbe perduto.[65]

MENECMO I Io con te non parlo. (*Alla moglie*) Ma tu che stavi dicendo?

MATRONA Te lo ripeto. In casa manca un mantello.

MENECMO I E chi è il ladro?

MATRONA Pol istuc ille scit qui
[illam apstulit.
MENAECHMUS I Quis is homo est?
MATRONA Menaechmus quidam.
MENAECHMUS I [Edepol factum nequiter.
Quis is Menaechmust?
MATRONA Tu istic, inquam.
MENAECHMUS I Egone?
MATRONA Tu.
MENAECHMUS I Quis
[arguit?
MATRONA Egomet.
PENICULUS Et ego. Atque huic amicae detulisti Erotio.
MENAECHMUS I Egon dedi?
MATRONA Tu, tu istic, inquam.
PENICULUS Vin adferri noctuam,
quae 'tu tu' usque dicat tibi? Nam nos iam defessi sumus.
MENAECHMUS I Per Iovem deosque omnis adiuro, uxor (satin
[hoc est tibi?),
non dedisse.
PENICULUS Immo hercle vero, nos non falsum dicere.
MENAECHMUS I Sed ego illam non condonavi, sed sic
[utendam dedi.
MATRONA Equidem ecastor tuam nec chlamydem do foras
[nec pallium
quoiquam utendum. Mulierem aequom est vestimentum
[muliebre
dare foras, virum virile. Quin refers pallam domum?
MENAECHMUS I Ego faxo referetur.
MATRONA Ex re tua, ut opinor, feceris;
nam domum numquam introibis nisi feres pallam simul.
Eo domum.
PENICULUS Quid mihi futurum est qui tibi hanc operam dedi?
MATRONA Opera reddetur, quando quid tibi erit surruptum
[domo.
PENICULUS Id quidem edepol numquam erit, nam nihil est
[quod perdam domi.
Cum viro cum uxore, di vos perdant! Properabo ad forum,

MATRONA Per Polluce! Lo sa chi l'ha rubato.

MENECMO I E chi è?

MATRONA Un tale Menecmo.

MENECMO I Per Polluce, che brutta cosa! E di che Menecmo si tratta?

MATRONA Direi che si tratta di te.

MENECMO I Di me?

MATRONA Già, di te.

MENECMO I E chi mi accusa?

MATRONA Io.

PENICOLO E anch'io. L'hai portato alla tua amica Erozio.

MENECMO I Io l'avrei dato a lei?

MATRONA Tu, tu in persona.

PENICOLO Vuoi che ti porti una civetta che continui a ripetere «tu tu»? Perché noi ormai ci siamo stancati!

MENECMO I Ti giuro, moglie mia, in nome di Giove e di tutti gli dei (e spero che ti basti!) che io non ho dato via niente.

PENICOLO E io sostengo che siamo noi a dire la verità.

MENECMO I E va bene! Ma non gliel'ho regalato, quel mantello, l'ho solo dato così, in prestito.

MATRONA Io però, per Castore, mi guardo bene dal dare in prestito al primo che capita la tua clamide o il tuo mantello! Se mai è la donna che può disporre di dare in prestito i suoi vestiti e l'uomo i propri. Quindi, mi riporti sì o no a casa il mio mantello?

MENECMO I Te lo farò riportare.

MATRONA Ti converrà farlo. Non metterai più piede in casa se non con quel mantello. Io rientro.

PENICOLO E io che guadagno avrò per l'aiuto che ti ho dato?

MATRONA Sarai ricambiato quando subirai un furto in casa tua. (*Rientra in casa*)

PENICOLO Questo non avverrà mai, per Polluce, perché in casa mia non c'è niente da portar via. Andate alla malora tutti e due, marito e moglie! È meglio che vada in fretta al

nam ex hac familia me plane excidisse intellego. –
MENAECHMUS I Male mi uxor sese fecisse censet, quom [exclusit foras;
quasi non habeam quo intromittar alium meliorem locum.
Si tibi displiceo, patiundum: at placuero huic Erotio,
quae me non excludet ab se, sed apud se occludet domi.
Nunc ibo, orabo ut mihi pallam reddat quam dudum dedi;
aliam illi redimam meliorem. Heus! Ecquis hic est ianitor?
Aperite atque Erotium aliquis evocate ante ostium.

EROTIUM MENAECHMUS I

EROTIUM Quis hic me quaerit?
MENAECHMUS I Sibi inimicus magi' quam aetati [tuae.
EROTIUM Mi Menaechme, qur ante aedis astas? Sequere intro.
MENAECHMUS I [Mane.
Scin quid est quod ego ad te venio?
EROTIUM Scio, ut tibi ex me sit volup.
MENAECHMUS I Immo edepol pallam illam, amabo te, quam [tibi dudum dedi,
mihi eam redde. Uxor rescivit rem omnem, ut factum est, [ordine.
Ego tibi redimam bis tanta pluris pallam quam voles.
EROTIUM Tibi dedi equidem illam, ad phrygionem ut ferres, [paullo prius,
et illud spinter, ut ad auruficem ferres, ut fieret novom.
MENAECHMUS I Mihi tu ut dederis pallam et spinter? [Numquam factum reperies.
Nam ego quidem postquam illam dudum tibi dedi, atque [abii ad forum:
nunc redeo, nunc te postillac video.

foro, perché mi rendo conto che qui sono caduto in disgrazia. (*Esce*)

MENECMO I Mia moglie crede di avermi fatto un gran danno sbattendomi fuori di casa! Come se non avessi un posto migliore pronto ad accogliermi. Se ti sono antipatico, pazienza! Sarò simpatico a Erozio che non mi caccerà certo fuori, ma mi accoglierà in casa, presso di sé. Adesso ci andrò e le chiederò di restituirmi il mantello che le ho dato, promettendole di comprargliene uno ancor più bello. (*Verso la casa di Erozio*) Ehi! C'è qualcuno di guardia alla porta? Aprite e chiamatemi Erozio, che venga fuori.

Scena III
EROZIO MENECMO I

EROZIO Chi mi cerca?

MENECMO I Uno che ti antepone a se stesso.

EROZIO Menecmo mio, come mai ti fermi qui davanti alla porta? Vieni dentro.

MENECMO I Aspetta! Sai qual è il motivo per cui vengo qui da te?

EROZIO Certo! Per spassarcela insieme.

MENECMO I Veramente, per Polluce... vorrei che per piacere mi rendessi quel mantello che ti ho dato poco fa. Mia moglie è venuta a sapere tutto quel che è successo, per filo e per segno. Io ti comprerò un mantello due volte più caro, a piacer tuo.

EROZIO Ma io ti ho consegnato quel mantello poco fa, perché lo portassi dal sarto, e quel bracciale da portare al gioielliere per essere modificato.

MENECMO I Tu avresti dato a me il mantello e il bracciale? Ti sogni! Dopo avertelo consegnato, io me ne sono andato al foro: ne torno adesso e ti rivedo per la prima volta dopo di allora.

EROTIUM Video quam rem agis.
Quia commisi, ut me defrudes, ad eam rem adfectas viam.
MENAECHMUS I Neque edepol te defrudandi caussa posco [(quin tibi
dico uxorem rescivisse) –
EROTIUM Nec te ultro oravi ut dares:
tute ultro ad me detulisti, dedisti eam dono mihi;
eandem nunc reposcis: patiar. Tibi habe, aufer, utere
vel tu vel tua uxor, vel etiam in loculos compingite.
Tu huc post hunc diem pedem intro non feres, ne frustra sis;
quando tu me bene merentem tibi habes despicatui,
nisi feres argentum, frustra me ductare non potes.
Aliam posthac invenito quam habeas frustratui. –
MENAECHMUS I Nimis iracunde hercle tandem. Heus tu, tibi [dico, mane,
redi. Etiamne astas? Etiam audes mea revorti gratia?
Abiit intro, occlusit aedis. Nunc ego sum exclusissumus:
neque domi neque apud amicam mihi iam quicquam creditur.
Ibo et consulam hanc rem amicos quid faciendum censeant. –

EROZIO Capisco che intenzioni hai. Cerchi il modo di imbrogliarmi, portandomi via le cose che ti ho affidato.

MENECMO I Io non te le chiedo affatto per imbrogliarti: ti dico che mia moglie ha scoperto tutto!

EROZIO Non sono stata io a pregarti di darmi quel mantello! Sei stato tu invece ad aver l'idea di portarmelo e di regalarmelo. E adesso lo rivuoi indietro. Pazienza! Prenditelo, portatelo via, usalo tu o tua moglie oppure rimettetelo in un armadio. Tu d'ora in avanti non metterai più piede qui, non illuderti! Dato che te ne freghi di me, che pur non ti ho fatto altro che bene, ti assicuro che, se non mi porterai denaro, non mi potrai menare per il naso! Trovatene un'altra di cui farti gioco!

MENECMO I Che furia! Stai esagerando, per Ercole! Ehi, tu! Dico a te: aspetta! Torna qui! Vuoi fermarti? Vuoi tornar sui tuoi passi per farmi piacere? Macché! Se ne è andata e si è chiusa in casa. E io sono fuori, che più fuori non si potrebbe.[66] Nessuno mi dà il minimo ascolto né in casa mia né in quella della mia amante. Andrò a cercar degli amici a cui chiedere consiglio sul da farsi.

ACTUS V

MENAECHMUS II MATRONA

MENAECHMUS II Nimi's stulte dudum feci quom marsuppium
Messenioni cum argento concredidi.
Immersit aliquo sese, credo, in ganeum.
MATRONA Provisam quam mox vir meus redeat domum.
Sed eccum video. Salva sum, pallam refert.
MENAECHMUS II Demiror ubi nunc ambulet Messenio.
MATRONA Adibo atque hominem accipiam quibu' dictis meret.
Non te pudet prodire in conspectum meum,
flagitium hominis, cum istoc ornatu?
MENAECHMUS II Quid est?
Quae te res agitat, mulier?
MATRONA Etiamne, inpudens,
muttire verbum unum audes aut mecum loqui?
MENAECHMUS II Quid tandem admisi in me ut loqui non [audeam?
MATRONA Rogas me? Hominis inpudentem audaciam!
MENAECHMUS II Non tu scis, mulier, Hecubam quapropter [canem
Graii esse praedicabant?
MATRONA Non equidem scio.
MENAECHMUS II Quia idem faciebat Hecuba quod tu nunc [facis:
omnia mala ingerebat quemquem aspexerat.
Itaque adeo iure coepta appellari est Canes.
MATRONA Non ego istaec flagitia possum perpeti.
Nam med aetatem viduam esse mavelim
quam istaec flagitia tua pati quae tu facis.

ATTO V

Scena I
MENECMO II MATRONA

MENECMO II (*tra sé*) Sono stato un cretino poco fa ad affidare la borsa coi soldi a Messenione. Quello si sarà andato a infognare di sicuro in qualche bettola.

MATRONA (*tra sé*) Stiamo a veder quando mio marito ritorna a casa. Ma ecco, lo vedo già. Sono salva. Mi riporta il mantello.

MENECMO II (*tra sé*) Mi domando dove sia ora Messenione.

MATRONA (*tra sé*) Affronterò quel signore con le parole che si merita. (*Forte*) Non ti vergogni di presentarti a me, delinquente, conciato in quel modo?

MENECMO II Che succede? Che cosa ti piglia, donna?

MATRONA E hai anche il coraggio, svergognato, di pronunciare anche una sola parola davanti a me?

MENECMO II Quale sarebbe mai la colpa che avrei commesso per cui dovrei vergognarmi di parlare?

MATRONA E me lo chiedi? Sei di un'audacia spudorata!

MENECMO II Lo sai, donna, per qual motivo i Greci dicevano che Ecuba era una cagna?[67]

MATRONA No che non lo so.

MENECMO II Perché Ecuba si comportava come fai tu adesso: sbraitava contro chiunque vedesse, insultandolo. Perciò giustamente si cominciò a chiamarla Cagna.

MATRONA Io non posso sopportare queste offese. Preferirei restar vedova per il resto della vita che tollerare il tuo comportamento scandaloso.

MENAECHMUS II Quid id ad me, tu te nuptam possis perpeti
an sis abitura a tuo viro? An mos hic ita est
peregrino ut advenienti narrent fabulas?
MATRONA Quas fabulas? Non, inquam, patiar praeterhac,
quin vidua vivam quam tuos mores perferam.
MENAECHMUS II Mea quidem hercle caussa vidua vivito
vel usque dum regnum optinebit Iuppiter.
MATRONA At mihi negabas dudum surrupuisse te,
nunc eandem ante oculos adtines: non te pudet?
MENAECHMUS II Eu hercle! Mulier, multum et audax et mala's.
Tun tibi hanc surruptam dicere audes quam mihi
dedit alia mulier ut concinnandam darem?
MATRONA Ne istuc mecastor – iam patrem accersam meum
atque ei narrabo tua flagitia quae facis.
I, Decio, quaere meum patrem, tecum simul
ut veniat ad me: ita rem esse dicito.
Iam ego aperiam istaec tua flagitia.
MENAECHMUS II Sanan es?
Quae mea flagitia?
MATRONA Pallam atque aurum meum
domo suppilas tuae uxori et tuae
degeris amicae. Satin haec recte fabulor?
MENAECHMUS II Quaeso hercle, mulier, si scis, monstra quod
[bibam
tuam qui possim perpeti petulantiam.
Quem tu hominem ‹med› arbitrere nescio;
ego te simitu novi cum Porthaone.
MATRONA Si me derides, at pol illum non potes,
patrem meum, qui huc advenit. Quin respicis?
Novistin tu illum?
MENAECHMUS II Novi cum Calcha simul:
eodem die illum vidi quo te ante hunc diem.
MATRONA Negas novisse me? Negas patrem meum?
MENAECHMUS II Idem hercle dicam si avom vis adducere.
MATRONA Ecastor pariter hoc atque alias res soles.

MENECMO II E che c'entro io col fatto che tu riesca a sopportare tuo marito o voglia lasciarlo? È forse un'abitudine di questo paese raccontare i fatti propri al primo straniero che si incontra?

MATRONA Quali fatti propri? Insisto: preferirei d'ora in avanti vivere da sola che tollerare il tuo comportamento.

MENECMO II Per quel che mi riguarda, vivi pure da vedova anche fino alla fine del regno di Giove!

MATRONA Ma tu poco fa protestavi di non averlo rubato (*indica il mantello*) e ora me lo sbandieri davanti agli occhi! Non ti vergogni?

MENECMO II Senti un po', donna! Sei davvero sfacciata e malvagia. Oseresti sostenere che questo mantello ti è stato rubato, quando è stata un'altra donna a darmelo perché lo portassi ad aggiustare?

MATRONA Per Castore, questa poi... Manderò a chiamare mio padre e lo informerò di tutti i tuoi misfatti. Su, Decio, vai a cercare mio padre e accompagnalo qui da me: digli che la situazione è tesa. (*A Menecmo II*) Io poi lo metterò al corrente di queste tue azionacce.

MENECMO II Sei pazza? Di quali azionacce parli?

MATRONA Tu ti prendi il mio mantello, saccheggi la casa e porti via i miei gioielli per trasferirli dalla tua amante. Ho ragione o no?

MENECMO II Fammi un favore, donna! Conosci un rimedio a cui possa ricorrere per sopportare la tua arroganza? Allora indicamelo. Perché io non so proprio chi tu credi ch'io sia. Ti conosco come conosco Partaone.[68]

MATRONA Se ti prendi gioco di me, non potrai farlo con mio padre che sta venendo qui. Voltati a guardarlo! Lo conosci o no?

MENECMO II Lo conosco come conosco Calcante. L'ho incontrato quello stesso giorno che ho incontrato te, prima di oggi.

MATRONA Sostieni di non conoscermi? E di non conoscere mio padre?

MENECMO II Fa' venire anche tuo nonno. Dirò lo stesso di lui.

MATRONA Per Castore! Continui sullo stesso tono.

SENEX MATRONA MENAECHMUS II

SENEX Ut aetas mea est atque ut hoc usu' facto est
gradum proferam, progrediri properabo.
Sed id quam mihi facile sit hau sum falsus.
Nam pernicitas deserit: consitus sum
senectute, onustum gero corpu', vires
reliquere: ut aetas mala est! Mers mala ergost.
Nam res plurumas pessumas, quom advenit, ad-
fert: quas si autumem omnis, nimis longu' sermost.
Sed haec res mihi in pectore et corde curaest,
quidnam hoc sit negoti quod sic filia
repente expetit me, ut ad sese irem.
Nec quid id sit mihi certius facit, quid
velit. Quid me accersit?
Verum propemodum iam scio quid siet rei.
Credo cum viro litigium natum esse aliquod.
Ita istaec solent, quae viros supservire
sibi postulant, dote fretae, feroces.
Et illi quoque haud apstinent saepe culpa.
Verum est modu' tamen, quoad pati uxorem oportet;
nec pol filia umquam patrem accersit ad se
nisi aut quid commissi aut iurgi est caussa.
Sed id quidquid est iam sciam. Atque eccam eampse
ante aedis et eius tristem virum video. Id est quod suspicabar.
Appellabo hanc.
MATRONA Ibo advorsum. Salve multum, mi pater.
SENEX Salva sis. Salven advenio? Salven accersi iubes?
Quid tu tristis es? Quid ille autem aps te iratus destitit?
Nescioquid vos velitati estis inter vos duos.
Loquere, uter meruistis culpam, paucis, non longos logos.
MATRONA Nusquam equidem quicquam deliqui: hoc
[primum te apsolvo, pater.
Verum vivere hic non possum neque durare ullo modo.
Proin tu me hinc abducas.

Scena II[69]
VECCHIO MATRONA MENECMO II

VECCHIO Come la mia età mi permette e la situazione richiede, un passo dopo l'altro cercherò di affrettarmi. Ma non mi illudo sulla difficoltà di farlo. L'agilità non è più affar mio: sono appesantito dagli anni e il mio corpo è greve, senza più forze. Come è brutta la vecchiaia! Che fregatura! Quando arriva porta con sé moltissimi guai che sarebbe troppo lungo elencare. Ma una grave preoccupazione mi opprime il cuore. Chissà qual è il motivo per cui mia figlia mi manda improvvisamente a chiamare, senza spiegarmene la ragione e dirmi cosa vuole.[70] Che sarà mai? Veramente un sospetto ce l'ho. Penso che abbia litigato col marito. Queste donne che vogliono tener sottoposti i mariti, sicure di sé per via della dote, sono di solito tremende. E i mariti dal canto loro non si comportano come santi. C'è un limite oltre al quale non può arrivare la sopportazione di una moglie. Una figlia non manda a chiamare il padre se il marito non ne ha combinata qualcuna o non l'ha insultata. Ma tra poco ormai saprò tutto. Eccola lì, davanti alla casa, e c'è anche suo marito, che ha un aspetto corrucciato. È proprio come avevo pensato: ora la chiamo.

MATRONA (*tra sé*) Gli vado incontro. (*Forte*) Ti saluto, padre mio.

VECCHIO Salute a te. Come va? Mi hai chiamato, ma stai bene? Perché sei turbata? E perché tuo marito se ne sta in disparte con quell'aria truce? Mi pare che abbiate bisticciato. Dimmi di chi è la colpa, ma con poche parole! Non tirarla in lungo!

MATRONA Io non ho nessuna colpa. Da questa preoccupazione ti libero subito, padre! Però non posso più vivere qui. Non ci resisto più! Portami via!

SENEX Quid istuc autem est?
MATRONA Ludibrio, pater,
habeor.
SENEX Unde?
MATRONA Ab illo quoi me mandavisti, meo viro.
SENEX Ecce autem litigium! Quotiens tandem edixi tibi
ut caveres neuter ad me iretis cum querimonia?
MATRONA Qui ego istuc, mi pater, cavere possum?
SENEX Men interrogas?
MATRONA Nisi non vis.
SENEX Quotiens monstravi tibi viro ut morem geras,
quid ille faciat ne id opserves, quo eat, quid rerum gerat.
MATRONA At enim ille hinc amat meretricem ex proxumo.
SENEX Sane sapit
atque ob istanc industriam etiam faxo amabit amplius.
MATRONA Atque ibi potat.
SENEX Tua quidem ille caussa potabit minus,
si illic sive alibi lubebit? Quae haec, malum, inpudentiast?
Una opera prohibere ad cenam ne promittat postules
neu quemquam accipiat alienum apud se. Servirin tibi
postulas viros? Dare una opera pensum postules,
inter ancillas sedere iubeas, lanam carere.
MATRONA Non equidem mihi te advocatum, pater, adduxi, sed viro.
Hinc stas, illim caussam dicis.
SENEX Si ille quid deliquerit,
multo tanta illum accusabo quam te accusavi amplius.
Quando te auratam et vestitam bene habet, ancillas, penum
recte praehibet, melius sanam est, mulier, mentem sumere.
MATRONA At ille suppilat mihi aurum et pallas ex arcis domo,
me despoliat, mea ornamenta clam ad meretrices degerit.
SENEX Male facit, si istuc facit; si non facit, tu male facis
quae insontem insimules.
MATRONA Quin etiam nunc habet pallam, pater,

VECCHIO Che vai dicendo?
MATRONA Sono continuamente offesa, padre mio.
VECCHIO Da chi?
MATRONA Da quello a cui mi hai affidato, da mio marito.
VECCHIO Ecco che litigano! Quante volte ti ho detto di badar bene che nessuno dei due venisse a lamentarsi da me?
MATRONA E come faccio a evitarlo?
VECCHIO Lo chiedi a me?
MATRONA Se me lo permetti.
VECCHIO Quante volte ti ho raccomandato di accontentare tuo marito, di non fargli osservazioni, di non badare a dove va e cosa fa?
MATRONA Ma lui fa l'amore con una donnaccia che sta qui vicino.
VECCHIO Fa benone. E se tu lo opprimi, la amerà ancor di più, te lo assicuro.
MATRONA Va da lei a ubriacarsi.
VECCHIO Non dovrebbe bere per far piacere a te, lì o in qualsiasi altro posto? Che arroganza è questa, dannazione? Allora dovresti anche pretendere che non accetti inviti a cena e che non accolga estranei in casa sua. Esigi che gli uomini si inchinino davanti a te? Tanto vale che tu ti arroghi di punirlo, imponendogli di sedere con le serve a cardare la lana.
MATRONA Mi accorgo, padre mio, di averti fatto venire per difendere non me ma mio marito. Stai dalla mia parte ma perori la sua causa.
VECCHIO Se è stato lui a sbagliare lo rimprovererò molto più di quanto ho fatto con te. Ma dal momento che ti copre di gioielli e di belle vesti, che ti riempie la casa di ancelle e la dispensa di viveri, è meglio che tu venga a più miti consigli, ragazza mia.
MATRONA Ma lui mi ruba i gioielli e i mantelli dagli armadi, me li porta via di casa, mi spoglia in favore delle meretrici a cui porta i miei ornamenti!
VECCHIO Se fa così, fa male. Ma se non lo fa, sei tu che sbagli ad accusare un innocente.
MATRONA Ma ancora adesso, guarda, padre mio, ha in ma-

‹et› spinter, quod ad hanc detulerat, nunc, quia rescivi, refert.
SENEX Iam ego ex hoc, ut factumst, scibo. ‹Ibo› ad hominem
[atque ‹ad›loquar.
Dic mihi istuc, Menaechme, quod vos dissertatis, ut sciam.
Quid tu tristis es? Quid illa autem irata aps te destitit?
MENAECHMUS II Quisquis es, quidquid tibi nomen est,
[senex, summum Iovem
deosque do testis –
SENEX Qua de re aut quoius rei rerum omnium?
MENAECHMUS II Me neque isti male fecisse mulieri quae me
[arguit
hanc domo ab se surrupuisse atque apstulisse.
MATRONA Deierat?
MENAECHMUS II Si ego intra aedis huiius umquam ubi habitat
[penetravi ‹pedem›,
omnium hominum exopto ut fiam miserorum miserrumus.
SENEX Sanun es qui istuc exoptes aut neges te umquam pedem
in eas aedis intulisse ubi habitas, insanissume?
MENAECHMUS II Tun, senex, ais habitare med in illisce
[aedibus?
SENEX Tu negas?
MENAECHMUS II Nego hercle vero.
SENEX Immo hercle invere negas;
nisi quo nocte hac exmigrasti. ‹Tu› concede huc, filia.
Quid tu ais? Num hinc exmigrastis?
MATRONA Quem in locum aut
[‹quam› ob rem, opsecro?
SENEX Non edepol scio.
MATRONA Profecto ludit te hic. Non tu[te] tenes?
SENEX Iam vero, Menaechme, sati' iocatu's. Nunc hanc rem
[gere.
MENAECHMUS II Quaeso, quid mihi tecum est? Unde aut quis
[tu homo es? *
Tibi aut adeo isti, quae mihi molestiaest quoquo modo?
MATRONA Viden tu illi oculos virere? Ut viridis exoritur colos
ex temporibus atque fronte, ut oculi scintillant, vide!

no il mantello e il bracciale che aveva portati a quella là! Ora me li restituisce perché me ne sono accorta.

VECCHIO Devo sapere da lui come sono andate le cose. Vado a parlargli. Spiegami un po', Menecmo, il motivo per cui litigate. Perché sei arrabbiato? E perché lei pure lo è e se ne sta lontano da te?

MENECMO II Chiunque tu sia, comunque tu ti chiami, vecchio, io dichiaro in nome del sommo Giove e degli dei...

VECCHIO Che cosa vuoi mai dichiarare? Che argomento vuoi tirar fuori?

MENECMO II ... che io non ho mai fatto niente di male a quella donna che mi accusa di averle rubato da casa questa roba.

MATRONA Ha il coraggio di spergiurare?

MENECMO II Se io ho mai messo piede nella casa dove abita costei, mi auguro di diventare il più disgraziato di tutti i disgraziati!

VECCHIO Sei pazzo ad augurarti questo e a negare di aver mai messo piede nella casa dove abiti, balordo?

MENECMO II Tu, vecchio, dici che io abito in quella casa?

VECCHIO E tu no?

MENECMO II Per Ercole, se dico di no!

VECCHIO E menti. A meno che di notte tu ti sia trasferito altrove. Vieni qui, figlia mia! Dimmi un po': avete forse traslocato?

MATRONA Dove e perché? Vorrei saperlo.

VECCHIO Io non lo so di certo.

MATRONA Quello si fa beffe di te. Non lo capisci?

VECCHIO Senti, Menecmo, hai scherzato abbastanza. Ora torniamo al dunque.

MENECMO II Che ho io a che fare con te, di grazia? Chi sei e da dove vieni? Che c'entro io con te e con questa donna[71] che mi infastidisce in tutti modi?

MATRONA Non vedi che i suoi occhi diventano verdi?[72] Che diventa tutto verde sulle tempie e sulla fronte? Guarda che luce strana ha negli occhi!

MENAECHMUS II Quid mihi meliust quam, quando illi me
[insanire praedicant,
ego med adsimulem insanire, ut illos a me apsterream?
MATRONA Ut pandiculans oscitatur! Quid nunc faciam, mi
[pater?
SENEX Concede huc, mea nata, ab istoc quam potest longissume.
MENAECHMUS II Euhoe atque euhoe, Bromie, quo me in
[silvam venatum vocas?
Audio, sed non abire possum ab his regionibus,
ita illa me ab laeva rabiosa femina adservat canes,
poste autem illinc hircus †alus†, qui saepe aetate in sua
perdidit civem innocentem falso testimonio.
SENEX Vae capiti tuo!
MENAECHMUS II Ecce, Apollo mihi ex oraclo imperat
ut ego illic oculos exuram lampadi[bu]s ardentibus.
MATRONA Perii! Mi pater, minatur mihi oculos exurere.
MENAECHMUS II Ei mihi! Insanire me aiunt, ultro quom ipsi
[insaniunt.
SENEX Filia, heus!
MATRONA Quid est?
SENEX Quid agimus? Quid si ego huc
[servos cito?
Ibo, abducam qui hunc hinc tollant et domi devinciant
priu' quam turbarum quid faciat amplius.
MENAECHMUS II Enim haereo;
ni occupo aliquid mihi consilium, hi domum me ad se
[auferent.
Pugnis me votas in huiius ore quicquam parcere,
nei a meis oculis apscedat in malam magnam crucem.
Faciam quod iubes, Apollo.
SENEX Fuge domum quantum potest,
ne hic te optundat.
MATRONA Fugio. Amabo, adserva istunc, mi pater,
ne quo hinc abeat. Sumne ego mulier misera quae illaec audio?
MENAECHMUS II Hau male illanc amovi; ‹amoveam› nunc
[hunc inpurissumum,

MENECMO II (*tra sé*) A questo punto, dato che costoro sostengono che sono pazzo, che cosa c'è di meglio per me che fingermi pazzo davvero, per togliermeli di torno?

MATRONA Come si stira convulsamente, spalancando la bocca! E adesso che devo fare, padre mio?

VECCHIO Vieni vicino a me, figlia mia, il più lontano possibile da quello lì.

MENECMO II Evoè! Evoè! Bromio,[73] in quale selva mi chiami per la caccia? Odo la tua voce, ma non posso allontanarmi da questi luoghi. A sinistra c'è una cagna rabbiosa che mi fa la guardia; dietro, dall'altra parte, c'è un caprone[74] che spesso nella sua vita ha rovinato cittadini innocenti con la sua falsa testimonianza.

VECCHIO Guai a te, sai!

MENECMO II Ecco che Apollo mi comanda, tramite il suo oracolo, ch'io le bruci gli occhi con fiaccole ardenti!

MATRONA Sono perduta, padre mio! Minaccia di bruciarmi gli occhi!

MENECMO II (*tra sé*) Povero me! Dicono ch'io sono pazzo quando i pazzi sono loro!

VECCHIO Ohimè, figlia mia!

MATRONA Che succede?

VECCHIO Che dobbiamo fare? Chiamar qui i servi? Andrò a prenderne alcuni che lo portino via di qui, lo chiudano in casa, lo leghino prima che combini uno sconquasso maggiore!

MENECMO II (*tra sé*) Non so proprio che fare. Se non mi sbrigo a prendere una decisione, questi mi trascineranno nella loro casa. (*Forte*) Apollo, tu mi comandi di spaccarle la faccia coi pugni, tutta quanta, senza pietà se non mi si leva davanti e se ne va alla malora. Ti ubbidirò, Apollo!

VECCHIO Fuggi il più velocemente possibile, chiuditi in casa, perché costui non ti fracassi di botte.

MATRONA Mi dileguo, padre mio, ma tu fagli la guardia, che non se ne scappi via! Sono o non sono una disgraziata che mi tocca sentir queste cose? (*Esce*)

MENECMO II Sono stato bravo a mandarla via. Adesso penserò a questo delinquente, a questo tremulo Titano[75] bar-

barbatum, tremulum Titanum, qui cluet Cygno patre.
Ita mihi imperas ut ego huius membra atque ossa atque artua
comminuam illo scipione quem ipse habet.
SENEX Dabitur malum,
me quidem si attigeris aut si propius ad me accesseris.
MENAECHMUS II Faciam quod iubes; securim capiam
[ancipitem atque hunc senem
osse fini dedolabo assulatim viscera.
SENEX Enim vero illud praecavendumst atque adcurandumst
[mihi;
sane ego illum metuo, ut minatur, ne quid male faxit mihi.
MENAECHMUS II Multa mi imperas, Apollo: nunc equos
[iunctos iubes
capere me indomitos, ferocis, atque in currum inscendere,
ut ego hunc proteram leonem vetulum, olentem, edentulum.
Iam astiti in currum, iam lora teneo, iam stimulum: in manust.
Agite equi, facitote sonitus ungularum appareat,
cursu celeri facite inflexa sit pedum pernicitas.
SENEX Mihin equis iunctis minare?
MENAECHMUS II Ecce, Apollo, denuo
me iubes facere impetum in eum qui stat atque occidere.
Sed quis hic est qui me capillo hinc de curru deripit?
Imperium tuom demutat atque edictum Apollinis.
SENEX Eu hercle morbum acrem ac durum! ***
*** di, vostram fidem!
Vel hic qui insanit quam valuit paullo prius!
Ei derepente tantus morbus incidit.
Eibo atque accersam medicum iam quantum potest. –

MENAECHMUS II SENEX

MENAECHMUS II Iamne isti abierunt, quaeso, ex conspectu meo,
qui me vi cogunt ut validus insaniam?
Quid cesso abire ad navem dum salvo licet?
Vosque omnis quaeso, si senex revenerit,

buto che si vanta di esser figlio di Cicno. Apollo adesso mi comanda di spezzargli tutta quanta la carcassa con quello stesso bastone che ha in mano.

VECCHIO La pagherai cara se mi toccherai o se soltanto ti avvicinerai a me!

MENECMO II Farò quello che vuoi tu, Apollo! Prenderò una bipenne e lo spolperò fino all'osso, questo vecchio, e gli farò le viscere a striscioline!

VECCHIO Bisogna proprio che stia in guardia, che ci stia attento! Fa tali minacce che ho una gran paura che mi faccia veramente del male!

MENECMO II Quanti comandi, Apollo! Adesso mi ordini di salire su una biga tirata da due cavalli indomiti e feroci e di travolgere e calpestare questo leone spelacchiato, puzzolente e sdentato. Obbedisco. Già sono sul carro,[76] già ho in mano le briglie e la frusta. Orsù, cavalli, fate sentire lo scalpitio dei vostri zoccoli, lanciatevi in rapida corsa flettendo velocemente le gambe.

VECCHIO Mi minacci con la tua pariglia?

MENECMO II Ecco, Apollo, che di nuovo mi imponi di scagliarmi su costui che mi sta davanti e di ucciderlo. Ma chi è che mi afferra per i capelli e che mi tira giù dal carro? (*Si butta a terra*) Sovverte gli ordini che tu hai emanato, Apollo!

VECCHIO Ohimè, per Ercole, che attacco di follia tremenda!... Per gli dei![77] Guardate questo pazzo qui: stava così bene poco fa e adesso gli è venuta addosso questa atroce malattia! Andrò il più in fretta possibile a chiamare un medico.

Scena III
MENECMO II VECCHIO

MENECMO II Si sono tolti dai piedi finalmente questi bei tomi che mi costringono a simulare di esser pazzo mentre ragiono benissimo? Che aspetto a ritornare alla nave fintanto che posso farlo senza danno? (*Agli spettatori*) Prego calda-

ni me indicetis qua platea hinc aufugerim. –
SENEX Lumbi sedendo, oculi spectando dolent,
manendo medicum dum se ex opere recipiat.
Odiosus tandem vix ab aegrotis venit,
ait se obligasse crus fractum Aesculapio,
Apollini autem bracchium. Nunc cogito,
utrum me dicam ducere medicum an fabrum.
Atque eccum incedit. Move formicinum gradum.

MEDICUS SENEX

MEDICUS Quid esse illi morbi dixeras? Narra, senex.
Num larvatust aut cerritus? Fac sciam.
Num eum veternus aut aqua intercus tenet?
SENEX Quin ea te caussa duco ut id dicas mihi
atque illum ut sanum facias.
MEDICUS Perfacile id quidemst.
Sanum futurum, mea ego id promitto fide.
SENEX Magna cum cura ego illum curari volo.
MEDICUS Quin suspirabo plus †sescenta† in dies:
ita ego eum cum cura magna curabo tibi.
SENEX Atque eccum ipsum hominem. Opservemus quam rem [agat.

MENAECHMUS I SENEX MEDICUS

MENAECHMUS I Edepol ne hic dies pervorsus atque advorsus [mi optigit.
Quae me clam ratus sum facere, omnia ea fecit palam
parasitus qui me complevit flagiti et formidinis,
meus Ulixes, suo qui regi tantum concivit mali.
Quem ego hominem, si quidem vivo, vita evolvam sua –
sed ego stultus sum, qui illius esse dico quae meast:

mente voi tutti, se il vecchio ritorna, di non mostrargli la strada per cui sono fuggito. (*Esce*)

VECCHIO Mi fa male la schiena, a furia di star seduto ad aspettare, e gli occhi, a furia di spiare il ritorno del medico dalle sue visite ai malati. E finalmente eccolo lì che viene: ma che arie si dà! Dice di aver immobilizzato una gamba rotta a Esculapio[78] e un braccio ad Apollo! A questo punto mi domando se dovrò riconoscere di aver portato qui un medico o un fabbro. Eccolo che avanza. Su, allunga quel passo da formica!

Scena IV
MEDICO VECCHIO

MEDICO[79] Di che malattia mi dicevi che è affetto? Spiegamelo, vecchio! Si comporta come un fantasma o come un pazzo?[80] Fammi capire. È in coma, è idropico?

VECCHIO Ma io ti porto qui proprio perché tu faccia una diagnosi e poi lo guarisca.

MEDICO Niente di più facile. Guarirà, ti do la mia parola.

VECCHIO Voglio che tu lo curi col massimo impegno.

MEDICO Mi costerà tanti sospiri[81] al giorno, tanta sarà la cura con cui te lo curerò!

VECCHIO Eccolo, il nostro uomo![82] Stiamo a vedere come si comporta!

Scena V
MENECMO I VECCHIO MEDICO

MENECMO I Per Polluce, che giornata nera mi è toccata! Tutto quello che credevo di aver fatto di nascosto è venuto invece fuori, per colpa del parassita che mi ha coperto di vergogna e riempito di paura. Bravo il mio Ulisse,[83] che ha attirato tanti guai sul suo re! Se mi basta la vita, gli toglierò la sua! Ma poi sono stupido a chiamar suo ciò che è mio: si

meo cibo et sumptu educatust. Anima privabo virum.
Condigne autem haec meretrix fecit, ut mos est meretricius:
quia rogo palla ut referatur rusum ad uxorem meam,
mihi se ait dedisse. Eu edepol! Ne ego homo vivo miser.
SENEX Audin quae loquitur?
MEDICUS Se miserum praedicat.
SENEX Adeas [velim.
MEDICUS Salvos sis, Menaechme. Quaeso, qur apertas [bracchium?
Non tu scis quantum isti morbo nunc tuo facias mali?
MENAECHMUS I Quin tu te suspendis?
SENEX Ecquid sentis?
MEDICUS Quidni [sentiam?
Non potest haec res ellebori iungere optinerier.
Sed quid ais, Menaechme?
MENAECHMUS I Quid vis?
MEDICUS Dic mihi hoc quod te rogo:
album an atrum vinum potas?
MENAECHMUS I Quin tu is in malam crucem?
MEDICUS Iam hercle occeptat insanire primulum.
MENAECHMUS I Quin [tu] me [interrogas
purpureum panem an puniceum soleam ego esse an luteum?
Soleamne esse avis squamossas, piscis pennatos?
SENEX Papae!
Audin tu ut deliramenta loquitur? Quid cessas dare
potionis aliquid priu' quam percipit insania?
MEDICUS Mane modo, etiam percontabor alia.
SENEX Occidis fabulans.
MEDICUS Dic mihi hoc: solent tibi umquam oculi duri fieri?
MENAECHMUS I Quid? Tu me locustam censes esse, homo [ignavissume?
MEDICUS Dic mihi: enumquam intestina tibi crepant, quod [sentias?
MENAECHMUS I Ubi satur sum, nulla crepitant; quando [essurio, tum crepant.

è rimpinzato alla mia tavola, è venuto su a mie spese! Lo strozzerò! La mia amante poi si è comportata da vera meretrice. Le richiedo il mantello per riportarlo a mia moglie, e lei dice di avermelo già dato. Per Polluce! Sono proprio disgraziato!

VECCHIO Senti che cosa dice?

MEDICO Dice soltanto di essere disgraziato!

VECCHIO Vorrei che ti avvicinassi a lui.

MEDICO Salve Menecmo! Perché ti scopri il braccio? Non sai come possa farti male con la malattia che hai!

MENECMO I Impiccati!

VECCHIO Cogli qualche sintomo?

MEDICO Come no? Questa situazione non si potrebbe risolvere con un'intera piantagione[84] di elleboro. Ascoltami, Menecmo!

MENECMO I Che vuoi?

MEDICO Rispondi alla mia domanda: che vino bevi di solito? Bianco o rosso?[85]

MENECMO I Ma vuoi andartene alla malora?

MEDICO Per Ercole! Ormai comincia[86] proprio a dar segni di follia.

MENECMO I Perché non mi chiedi se mangio pane rosso o viola o giallo? Se mi piace mangiare uccelli con le squame e pesci con le piume?

VECCHIO Mamma mia! Lo senti come delira? Sbrigati a dargli qualche medicina prima che la follia lo possieda completamente.

MEDICO Pazienza! Adesso gli farò altre domande.

VECCHIO Mi sfinisci con le tue storie.

MEDICO Dimmi un po': ti capita mai che gli occhi ti si induriscano?

MENECMO I Che dici? Credi che sia una locusta, cretino?

MEDICO E dimmi: senti mai dei borborigmi nella pancia?

MENECMO I Quando sono sazio, niente. Ma se ho fame, allora sì!

MEDICUS Hoc quidem edepol hau pro insano verbum [respondit mihi.
Perdormiscin usque ad lucem? Facilin tu dormis cubans?
MENAECHMUS I Perdormisco, si resolvi argentum quoi debeo –
qui te Iuppiter dique omnes, percontator, perduint!
MEDICUS Nunc homo insanire occeptat: de illis verbis cave tibi.
SENEX Immo Nestor nunc quidem est de verbis, praeut [dudum fuit;
nam dudum uxorem suam esse aiebat rabiosam canem.
MENAECHMUS I Quid, ego?
SENEX Dixti insanus, inquam.
MENAECHMUS I Egone?
SENEX Tu [istic, qui mihi
etiam me iunctis quadrigis minitatu's prosternere.
Egomet haec te vidi facere, egomet haec ted arguo.
MENAECHMUS I At ego te sacram coronam surrupuisse Iovi' [‹scio›,
et ob eam rem in carcerem ted esse compactum scio,
et postquam es emissus, caesum virgis sub furca scio;
tum patrem occidisse et matrem vendidisse etiam scio.
Satin haec pro sano male dicta male dictis respondeo?
SENEX Opsecro hercle, medice, propere quidquid facturu's face.
Non vides hominem insanire?
MEDICUS Scin quid facias optumum est?
Ad me face uti deferatur.
SENEX Itane censes?
MEDICUS Quippini?
Ibi meo arbitratu potero curare hominem.
SENEX Age ut lubet.
MEDICUS Elleborum potabis faxo aliquos viginti dies.
MENAECHMUS I At ego te pendentem fodiam stimulis triginta [dies.
MEDICUS I, arcesse homines qui illunc ad me deferant.
SENEX Quot [sunt satis?
MEDICUS Proinde ut insanire video, quattuor, nihilo minus.
SENEX Iam hic erunt. Adserva tu istunc, medice.

MEDICO Questa risposta, per Polluce, non è assolutamente da pazzo. Fai tutto un sonno fino al mattino? Ti addormenti facilmente quando vai a letto?

MENECMO I Dormo bene se ho pagato i debiti... Ma che inquisitore! Che Giove e tutti gli dei ti maledicano!

MEDICO Ecco, adesso ricomincia a dar segni di pazzia. (*Al vecchio*) Senti che cosa dice? Devi fare attenzione!

VECCHIO Figurati! Stando a queste parole ora è un Nestore[87] in confronto a quel che era prima. Poco fa sosteneva che sua moglie è una cagna rabbiosa!

MENECMO I Io l'avrei detto?

VECCHIO Certo. Hai parlato da pazzo!

MENECMO I Io?

VECCHIO Sì, tu in persona! E hai anche minacciato di travolgermi con i cavalli della tua quadriga. Ho assistito io stesso alla tua scenata, e te ne accuso.

MENECMO I E io sostengo di sapere che tu hai rubato la sacra corona di Giove e che per questo sei stato rinchiuso in carcere e che dopo esser stato rilasciato sei stato fustigato e messo alla gogna. Non basta. So anche che hai ucciso tuo padre e venduto tua madre! Sono appropriate queste mie rispostacce alle tue ingiurie? Ho il cervello a posto?

VECCHIO Ti scongiuro, dottore, fa' subito quel che devi fare, qualunque cosa sia. Non vedi che delira?

MEDICO Sai qual è la cosa migliore? Fallo portare da me.

VECCHIO Credi che sia meglio?

MEDICO Perché no? Nel mio gabinetto potrò curarlo a mio agio.

VECCHIO Fa' come ti pare.

MEDICO Ti farò bere dell'elleboro per circa venti giorni.

MENECMO I E io ti appenderò a una trave e ti infliggerò punzecchiature per trenta giorni.

MEDICO (*al vecchio*) Va' e fa' venire degli uomini per trasportarlo a casa mia.

VECCHIO Quanti ce ne vogliono?

MEDICO Stando ai segni di pazzia che dà, almeno quattro!

VECCHIO Verranno subito. Tu intanto sorveglialo, dottore!

MEDICUS Immo ibo
[domum,
ut parentur quibu' paratis opus est. Tu servos iube
hunc ad me ferant.
SENEX Iam ego illic faxo erit.
MEDICUS Abeo. –
SENEX Vale. –
MENAECHMUS I Abiit socerus, abit medicus. Nunc solus sum.
[Pro Iuppiter!
Quid illuc est quod med hisce homines insanire praedicant?
Nam equidem, postquam gnatus sum, numquam aegrotavi
[unum diem
neque ego insanio neque pugnas neque ego litis coepio.
Salvos salvos alios video, novi ‹ego› homines, adloquor.
An illi perperam insanire me aiunt, ipsi insaniunt?
Quid ego nunc faciam? Domum ire cupio: uxor non sinit;
huc autem nemo intromittit. Nimi' proventum est nequiter.
Hic ero usque; ad noctem saltem, credo, intromittar domum.

MESSENIO

Spectamen bono servo id est, qui rem erilem
procurat, videt, conlocat cogitatque,
ut apsente ero rem eri diligenter
tutetur quam si ipse adsit aut rectius.
Tergum quam gulam, crura quam ventrem oportet
potiora esse quoi cor modeste situmst.
Recordetur id, qui nihili sunt, quid eis preti
detur ab suis eris, ignavis, inprobis viris:
verbera, compedes,
molae, [magna] lassitudo, fames, frigu' durum,
haec pretia sunt ignaviae.
Id ego male malum metuo: propterea bonum esse certumst
[potius
quam malum; nam magi' multo patior faciliu' verba: verbera
[ego odi,
nimioque edo lubentius molitum, quam molitum praehibeo.

MEDICO Andrò piuttosto a casa, per preparare tutto il necessario. Tu ordina ai servi di portarmelo.

VECCHIO Farò in modo che sia subito lì.

MEDICO Io vado.

VECCHIO Addio! (*Escono*)

MENECMO I Se ne sono andati, sia il suocero che il medico. Sono solo, per Giove! Come si spiega che costoro sostengono che sono pazzo? Da quando son nato non sono stato malato un solo giorno! Non sono pazzo, non sono rissoso o litigioso. Sto bene in mezzo ad altri che stanno bene. Riconosco le persone, parlo con loro. Che quelli che vanno dicendo a vanvera che sono pazzo siano loro i pazzi? E adesso che faccio? Vorrei andare a casa ma la moglie non me lo permette. Anche qui (*indica la casa di Erozio*) mi è vietato l'accesso. È andata a finire come peggio non si poteva! Tuttavia resterò qui e penso che di notte almeno riuscirò a entrare.

Scena VI
MESSENIONE

La dimostrazione che un servo è bravo,[88] si occupa degli affari del suo padrone, vede e dispone il da farsi e vi pensa, è che in assenza del signore le sue proprietà vengano custodite proprio come se lui fosse presente o anche meglio. Il servo, se ha buon senso, deve anteporre la schiena e le gambe alla gola e al ventre. Si ricordi come i padroni ricompensano quelli che non valgono nulla, che si dimostrano pigri e disonesti: con bastonate e catene, legandoli alla macina, facendoli patire fatiche sfiancanti, fame, freddo pungente. Questi sono i premi per gli sfaticati e io ne ho una terribile paura: così preferisco essere buono piuttosto che cattivo. Se son di parole, io le sopporto molto facilmente le tirate, ma le bastonate le odio;[89] preferisco mangiar farina che doverla macinare. Perciò faccio quel che mi

Propterea eri imperium exsequor, bene et sedate servo id;
atque mihi id prodest.
Alii sei ita ut in rem esse ducunt sint: ego ita ero ut me esse [oportet;
metum mihi adhibeam, culpam apstineam, ero ut omnibus [in locis sim praesto:
servi qui quom culpa carent metuont i solent esse eris utibiles.
Nam illi qui nil metuont, postquam malum †promeritumque† [ei metuont.
Metuam hau multum. Prope est quando †ceruso faciam† [pretium exsolvet.
‹Eo› ego exemplo servio, tergo ut in rem esse arbitror.
Postquam in tabernam vassa et servos conlocavi, ut iusserat,
ita venio advorsum. Nunc foris pultabo, adesse ut me sciat,
†neque utrum† ex hoc saltu damni salvom ut educam foras.
Sed metuo ne sero veniam depugnato proelio.

SENEX MENAECHMUS I MESSENIO
LORARII

SENEX Per ego vobis deos atque homines dico ut imperium meum
sapienter habeatis curae, quae imperavi atque impero:
facite illic homo iam in medicinam ablatus sublimis siet,
nisi quidem vos vostra crura aut latera nihili penditis.
Cave quisquam quod illic minitetur vostrum flocci fecerit.
Quid statis? Quid dubitatis? Iam sublimem raptum oportuit.
Ego ibo ad medicum: praesto ero illi, quom venietis.
MENAECHMUS I Occidi!
Quid hoc est negoti? Quid illisce homines ad me currunt, [opsecro?
Quid voltis vos? Quid quaeritatis? Quid me circumsistitis?
Quo rapitis me? Quo fertis me? Perii, opsecro vostram fidem,
Epidamnienses, subvenite, cives! Quin me mittitis?
MESSENIO Pro di inmortales! Opsecro, quid ego oculis [aspicio meis?

si comanda con cura e docilità e ciò mi torna utile. Gli altri si comportino come ritengono sia nel loro interesse: io mi adeguerò al mio dovere. Devo aver sempre un po' di paura e astenermi dal commettere errori per essere a disposizione del padrone in ogni occasione. I servi che, anche se non hanno commesso nessuna mancanza, nutrono un certo timore, sono utili al padrone. Quelli che se ne infischiano di tutto, quando si son beccati una punizione, allora sì che hanno paura! Ma non dovrò restare in allarme per molto: è vicino il momento in cui il mio padrone mi compenserà.[90] Io mi attengo a un preciso programma: agisco come ritengo essere nell'interesse della mia schiena. Ho sistemato nella locanda i bagagli e i servi, come il padrone mi aveva comandato, e adesso torno da lui. Picchierò alla porta perché sappia che son qui, per tirarlo fuori salvo da questo luogo di perdizione.[91] Ma temo di arrivar tardi, quando tutto sia perduto.

Scena VII
VECCHIO MENECMO I MESSENIONE
SCHIAVI FUSTIGATORI

VECCHIO (*rivolto agli schiavi che lo seguono*) In nome degli dei e degli uomini, vi raccomando di prendervi a cuore quest'ordine che vi ho dato e che vi confermo. Sollevate di peso quest'uomo e portatelo nel gabinetto del medico, a meno che non vi importi niente delle vostre gambe e dei vostri fianchi. Nessuno di voi badi alle sue eventuali minacce. Perché non vi muovete? Che incertezza avete? Avreste già dovuto sollevarlo e portarlo via. Io vado dal medico e mi troverete là da lui quando arriverete. (*Esce*)

MENECMO I Sono perduto! Che cosa sta succedendo? Perché mai quegli uomini corrono verso di me? Ehi voi, che cosa volete? Che cosa andate cercando? Perché mi circondate? Dove mi portate? Dove? Ohimè! Chiedo il vostro soccorso, abitanti di Epidamno! Concittadini miei, venitemi in aiuto! E voi, lasciatemi!

MESSENIONE Per gli dei immortali, che cosa vedono mai i

Erum meum indignissume nescio qui sublimem ferunt.
MENAECHMUS I Ecquis suppetias mi audet ferre?
MESSENIO Ego, ere,
[audacissume.
O facinus indignum et malum, Epidamnii cives, erum
meum hic in pacato oppido luci deripier in via,
qui liber ad vos venerit!
Mittite istunc.
MENAECHMUS I Opsecro te, quisquis es, operam mihi ut des
neu sinas in me insignite fieri tantam iniuriam.
MESSENIO Immo et operam dabo et defendam et subvenibo
[sedulo.
Numquam te patiar perire, me perirest aequius.
Eripe oculum isti, ab umero qui tenet, ere, te opsecro.
Hisce ego iam sementem in ore faciam pugnosque opseram.
Maxumo hodie malo hercle vostro istunc fertis. Mittite.
MENAECHMUS I Teneo ego huic oculum.
MESSENIO Face ut oculi locus
[in capite appareat.
Vos scelesti, vos rapacis, vos praedones!
LORARII Periimus!
Opsecro hercle.
MESSENIO Mittite ergo.
MENAECHMUS I Quid me vobis tactiost?
Pecte pugnis.
MESSENIO Agite abite, fugite hinc in malam crucem.
Em tibi etiam! Quia postremus cedis, hoc praemi feres.
Nimi' bene ora commetavi atque ex mea sententia.
Edepol, ere, ne tibi suppetias temperi adveni modo.
MENAECHMUS I At tibi di semper, adulescens, quisquis es,
[faciant bene.
Nam apsque ted esset, hodie numquam ad solem occasum
[viverem.
MESSENIO Ergo edepol, si recte facias, ere, med emittas manu.
MENAECHMUS I Liberem ego te?
MESSENIO Verum, quandoquidem, ere,
[te servavi.

miei occhi? Degli sconosciuti hanno sollevato in malo modo il mio padrone e se lo stanno portando via.

MENECMO I Nessuno ha il coraggio di darmi una mano?

MESSENIONE Io, padrone, senza esitare! Che delitto imperdonabile state commettendo, cittadini di Epidamno! Qui, in una pacifica città, in piena luce, in mezzo alla strada, portar via il mio padrone, un uomo libero che è venuto da voi in visita! Lasciatelo subito!

MENECMO I Ti prego, chiunque tu sia, aiutami, e non permettere che mi si offenda, trattandomi in un modo così inaudito!

MESSENIONE Certo, ti aiuterò, ti difenderò e ti soccorrerò con ogni premura! Non tollererò che tu muoia! A morire se mai dovrei essere io. Strappa un occhio a quel tipo che ti tiene per la spalla, fallo, padrone, ti prego! Intanto io farò piovere una gragnola di pugni sulla faccia di questi altri. Per Ercole, vi costerà caro oggi il tentativo di portar via costui! Mollatelo!

MENECMO I Gli ho afferrato un occhio!

MESSENIONE Strappaglielo! Fa' che si veda l'orbita! Guai a voi, scellerati, ladri, predoni!

SCHIAVI Siam perduti! Pietà, per Ercole!

MESSENIONE E allora lasciatelo.

MENECMO I (*agli schiavi*) Chi vi ha autorizzato a toccarmi? (*A Messenione*) Strigliali coi pugni.

MESSENIONE Orsù via! Andatevene! Sparite! Alla malora! E tu, prenditi anche questo! Dato che sei l'ultimo ad andartene, avrai questa ricompensa! Ah! Ho ben massaggiato[92] le loro facce proprio come volevo! Per Polluce, padron mio, son proprio venuto in tuo soccorso in tempo!

MENECMO I Che gli dei ti colmino sempre di benefici, ragazzo mio, chiunque tu sia! Se non fosse stato per te, oggi non sarei arrivato a sera!

MESSENIONE Allora, padrone, sarebbe giusto che mi liberassi!

MENECMO I Io dovrei liberarti?

MESSENIONE Direi di sì, padrone, dal momento che ti ho salvato la vita!

MENAECHMUS I [Quid est?
Adulescens, erras.
MESSENIO Quid, erro?
MENAECHMUS I Per Iovem adiuro patrem,
med erum tuom non esse.
MESSENIO Non taces?
MENAECHMUS I Non mentior;
nec meu' servos numquam tale fecit quale tu mihi.
MESSENIO Sic sine igitur, si tuom negas me esse, abire liberum.
MENAECHMUS I Mea quidem hercle caussa liber esto atque
[ito quo voles.
MESSENIO Nemp' iubes?
MENAECHMUS I Iubeo hercle, si quid imperi est in te
[mihi.
MESSENIO Salve, mi patrone. 'Quom tu liber es, Messenio,
gaudeo.' Credo hercle vobis. Sed, patrone, te opsecro,
ne minus imperes mihi quam quom tuos servos fui.
Apud ted habitabo et quando ibis, una tecum ibo domum.
MENAECHMUS I Minime.
MESSENIO Nunc ibo in tabernam, vassa atque
[argentum tibi
referam. Recte est opsignatum in vidulo marsuppium
cum viatico: id tibi iam huc adferam.
MENAECHMUS I Adfer strenue.
MESSENIO Salvom tibi ita ut mihi dedisti reddibo. Hic me mane.
MENAECHMUS I Nimia mira mihi quidem hodie exorta sunt
[miris modis:
alii me negant eum esse qui sum atque excludunt foras;
etiam hic servom se meum esse aiebat quem ego emisi manu,
[vel ille qui se petere argentum modo, qui servom se meum
esse aiebat, ‹med erum suom›, quem ego modo emisi manu]
is ait se mihi adlaturum cum argento marsuppium:
id si attulerit, dicam ut a me abeat liber quo volet,
ne tum, quando sanus factus sit, a me argentum petat.
Socer et medicus me insanire aiebant. Quid sit mira sunt.
Haec nihilo esse mihi videntur setius quam somnia.
Nunc ibo intro ad hanc meretricem, quamquam suscenset mihi,
si possum exorare ut pallam reddat quam referam domum. –

MENECMO I Non capisco.. Ti sbagli, ragazzo!

MESSENIONE Dov'è il mio sbaglio?

MENECMO I Giuro sul padre Giove che io non sono il tuo padrone!

MESSENIONE Ma taci!

MENECMO I Dico la verità, non c'è nessuno dei miei servi che abbia mai fatto per me quello che hai fatto tu.

MESSENIONE Bene! Se non mi riconosci come tuo servo, lasciami allora andare libero!

MENECMO I Per quel che mi riguarda, per Ercole, ritieniti libero e vai dove vuoi!

MESSENIONE Me lo comandi proprio?

MENECMO I Certo, se ho qualche autorità su di te.

MESSENIONE Salve, patrono! (*Simulando la voce di personaggi immaginari*) «Sono lieto che tu sia libero, Messenione!» Vi credo, Per Ercole! Però ti prego, patrono mio, non rinunciare a darmi i tuoi ordini come quando ero tuo servo. Continuerò ad abitare con te e, quando tornerai a casa, verrò con te.

MENECMO I (*tra sé*) Neanche per idea!

MESSENIONE Ora andrò alla locanda, e ti riporterò le valige e il denaro. La borsa coi soldi del viaggio sta ben chiusa nella valigia: ti riporterò tutto qui.

MENECMO I Certo! Riportamela presto!

MESSENIONE La riavrai intatta come me l'hai data. Aspettami qui. (*Esce*)

MENECMO I Troppe strane cose mi son capitate oggi in stranissimi modi! C'è chi dice che non son chi sono e mi sbatte fuori di casa; questo qui diceva di essere mio servo e io l'ho liberato;[93] ha promesso che mi porterà una borsa piena di soldi. Se lo farà, gli dirò di andarsene libero dove vuole per evitare che, ripensandoci a mente sana, mi chieda la restituzione del denaro. Poi c'è anche il fatto che mio suocero e il medico dicevano che io ero pazzo! Stranezze inesplicabili! Tutto questo mi sembra un sogno! Ora cercherò di entrare in casa della mia amante, anche se è arrabbiata, per vedere se riesco a convincerla a restituirmi il mantello da riportare a casa mia.

MENAECHMUS II MESSENIO

MENAECHMUS II Men hodie usquam convenisse te, audax,
[audes dicere,
postquam advorsum mi imperavi ut huc venires?
MESSENIO Quin modo
erupui, homines qui ferebant te sublimem quattuor,
apud hasce aedis. Tu clamabas deum fidem atque hominum
[omnium,
quom ego accurro teque eripio vi, pugnando, ingratiis.
Ob eam rem, quia te servavi, me amisisti liberum.
Quom argentum dixi me petere et vasa, tu quantum potest
praecucurristi obviam, ut quae fecisti infitias eas.
MENAECHMUS II Liberum ego te iussi abire?
MESSENIO Certo.
MENAECHMUS II Quin
[certissumumst
mepte potius fieri servom quam te umquam emittam manu.

MENAECHMUS I MESSENIO MENAECHMUS II

MENAECHMUS I Si voltis per oculos iurare, nihilo hercle ea
[caussa magis
facietis ut ego hodie apstulerim pallam et spinter, pessumae.
MESSENIO Pro di inmortales! Quid ego video?
MENAECHMUS II Quid vides?
MESSENIO [Speculum tuom.
MENAECHMUS II Quid negoti est?
MESSENIO Tuast imago. Tam consimilest
[quam potest.
MENAECHMUS II Pol profecto haud est dissimilis, meam
[quom formam noscito.
MENAECHMUS O adulescens, salve, qui me servavisti,
[quisquis es.

Scena VIII
MENECMO II MESSENIONE

MENECMO II Hai il coraggio e la sfrontatezza di dire che oggi ci siamo incontrati un'altra volta dopo che ti ho ordinato di raggiungermi qua?

MESSENIONE E ti ho anche strappato dalle mani di quei quattro uomini che ti stavano portando via di peso, proprio qui, vicino a questa casa! Tu invocavi l'aiuto degli dei e degli uomini: io accorro e, combattendo con tutta la mia forza, ti salvo, alla faccia dei tuoi rapitori. E proprio per questo, per averti salvato, mi hai liberato! Quando poi ti ho detto che andavo a prendere i soldi e le valige, tu mi hai preceduto a tutta corsa e ti sei parato davanti a me per negare quello che avevi fatto.

MENECMO II Io ti avrei concesso la libertà?

MESSENIONE Certo.

MENECMO II Figurati! Preferirei decisamente diventare servo io che liberare te!

Scena IX[94]
MENECMO I MESSENIONE MENECMO II

MENECMO I Se volete, giuratelo pure sui vostri occhi, ma con questo non potrete affatto, per Ercole, fare che sia vero che oggi io vi abbia sottratto il mantello e il braccialetto, perfide donne!

MESSENIONE Per gli dei immortali! Che vedo mai?

MENECMO II Che vedi?

MESSENIONE Te nello specchio.

MENECMO II Che storia è questa?

MESSENIONE È la tua immagine! Identica!

MENECMO II Per Polluce, mi somiglia davvero, se penso a come sono fatto.

MENECMO I Salve, ragazzo, chiunque tu sia, che fosti il mio salvatore!

MESSENIO Adulescens, quaeso hercle eloquere tuom mihi
[nomen, nisi piget.
MENAECHMUS I Non edepol ita promeruisti de me ut pigeat
[quae velis
‹opsequi›. Mihi est Menaechmo nomen.
MENAECHMUS II Immo edepol mihi.
MENAECHMUS I Siculus sum Syracusanus.
MENAECHMUS II Ea domus et
[patria est mihi.
MENAECHMUS I Quid ego ex te audio?
MENAECHMUS II Hoc quod res est.
MESSENIO Novi
[equidem hunc: erus est meus.
Egoquidem huiius servos sum, sed med esse huiius credidi.
Ego hunc censebam ted esse, huic etiam exhibui negotium.
Quaeso ignoscas si quid stulte dixi atque inprudens tibi.
MENAECHMUS II Delirare mihi videre: non commeministi
[semul
te hodie mecum exire ex navi?
MESSENIO Enim vero aequom postulas.
Tu erus es: tu servom quaere. Tu salveto: tu vale.
Hunc ego esse aio Menaechmum.
MENAECHMUS I At ego me.
MENAECHMUS II Quae haec fabulast?
Tu es Menaechmus?
MENAECHMUS I Me esse dico, Moscho prognatum patre.
MENAECHMUS II Tun meo patre es prognatus?
MENAECHMUS I Immo equidem,
[adulescens, meo;
tuom tibi neque occupare neque praeripere postulo.
MESSENIO Di inmortales, spem insperatam date mihi quam
[suspico!
Nam, nisi me animus fallit, hi sunt geminei germanei duo.
Nam et pater et patriam commemorant pariter qui fuerint sibi.
Sevocabo erum. Menaechme.
MENAECHMUS I, MENAECHMUS II Quid vis?
MESSENIO Non ambos volo,
sed uter vostrorum est advectus mecum navi.

MESSENIONE Giovanotto, ti scongiuro, per Ercole, dimmi come ti chiami, se non ti dispiace.

MENECMO I Mi hai reso tali servigi, per Polluce, che certo non mi dispiace accontentare i tuoi desideri. Mi chiamo Menecmo.

MENECMO II Ma anch'io!

MENECMO I Sono siciliano, di Siracusa.

MENECMO II Quella è la mia patria e là abito.

MENECMO I Che cosa sento?

MENECMO II Nient'altro che la verità.

MESSENIONE[95] Ah, sì! (*Indicando Menecmo I*) Lo conosco: è il mio padrone! Io sono il suo servo e ho creduto di esserlo di quest'altro signore! Io credevo che lui fosse te e per questo l'ho fatto arrabbiare! (*A Menecmo II*) Ti prego di scusarmi se ho detto qualcosa di sciocco o di avventato!

MENECMO II Mi sembri pazzo! Non ti ricordi che sei sceso dalla nave con me proprio oggi?

MESSENIONE Giusto! Allora sei tu il mio padrone. (*A Menecmo I*) Quanto a te, cercati un altro servo! (*A Menecmo II*) Salute a te! (*A Menecmo I*) A te addio: quest'altro è Menecmo.

MENECMO I E io sostengo che Menecmo sono io.

MENECMO II Che storia è questa? Tu sei Menecmo?

MENECMO I Certo: e mio padre era Mosco.

MENECMO II Tu sei nato da mio padre?

MENECMO I Veramente è il mio, giovanotto! Quanto al tuo, non voglio appropriarmene né portartelo via.

MESSENIONE Dei immortali! Realizzate questa speranza[96] che insperatamente intravedo! Se non mi sbaglio questi sono i due fratelli gemelli. Citano lo stesso padre e la stessa patria. Chiamerò in disparte il mio padrone! Menecmo!

MENECMO I e MENECMO II Che vuoi?

MESSENIONE Non vi voglio tutti e due ma quello che è venuto qui con me con la nave.

MENAECHMUS I Non ego.
MENAECHMUS II At ego.
MESSENIO Te volo igitur. Huc concede.
MENAECHMUS II Concessi. Quid est?
MESSENIO Illic homo aut sycophanta aut geminus est frater tuos.
Nam ego hominem hominis similiorem numquam vidi alterum.
Neque aqua aquae nec lacte est lactis, crede mi, usquam similius
quam hic tui est, tuque huiius autem; post eandem patriam ac patrem
memorat. Meliust nos adire atque hunc percontarier.
MENAECHMUS II Hercle qui tu me admonuisti recte et habeo gratiam.
Perge operam dare, opsecro hercle; liber esto, si invenis
hunc meum fratrem esse.
MESSENIO Spero.
MENAECHMUS II Et ego item spero fore.
MESSENIO Quid ais tu? Menaechmum, opinor, te vocari dixeras.
MENAECHMUS I Ita vero.
MESSENIO Huic item Menaechmo nomen est. In Sicilia
te Syracusis natum esse dixisti: hic natust ibi.
Moschum tibi patrem fuisse dixti: huic itidem fuit.
Nunc operam potestis ambo mihi dare et vobis simul.
MENAECHMUS I Promeruisti ut ne quid ores quod velis quin impetres.
Tam quasi me emeris argento, liber servibo tibi.
MESSENIO Spes mihi est vos inventurum fratres germanos duos
geminos, una matre natos et patre uno uno die.
MENAECHMUS I Mira memoras. Utinam ecficere quod pollicitu's possies.
MESSENIO Possum. Sed nunc agite uterque id quod rogabo dicite.

MENECMO I Non sono io.

MENECMO II Ma io.

MESSENIONE È te allora che voglio. Vieni qui da parte.

MENECMO II Eccomi. Che c'è?

MESSENIONE Quell'uomo o è un imbroglione o è il tuo fratello gemello. Non ho mai visto una persona che assomigli di più a un'altra. Non c'è goccia d'acqua o di latte che somigli di più a un'altra goccia d'acqua o di latte, credimi, di quanto costui somigli te e tu a lui. E in più ha citato la stessa patria e lo stesso padre. Ci conviene avvicinarci a lui e interrogarlo.

MENECMO II Per Ercole, sono osservazioni giuste, e te ne ringrazio. Facciamo presto: aiutami, ti prego! Se scopri che questo è mio fratello, sarai libero.

MESSENIONE Lo spero.

MENECMO II Lo spero anch'io.

MESSENIONE (*a Menecmo I*) Senti un po'! Mi pare che tu abbia detto di chiamarti Menecmo.

MENECMO I Sì.

MESSENIONE Anche costui si chiama così. Hai detto di esser nato in Sicilia, a Siracusa: anche costui è nato lì. Hai detto che tuo padre era Mosco. Anche il suo. Adesso potete tutti e due aiutarmi e aiutare voi stessi nel contempo.

MENECMO I Ho tali motivi di riconoscenza nei tuoi confronti che non posso dir di no a nessuna tua preghiera. È come se mi avessi comprato: sono libero ma sarò al tuo servizio.

MESSENIONE Spero di poter arrivare alla conclusione che voi siete fratelli gemelli, nati dalla stessa madre e dallo stesso padre, nello stesso giorno.

MENECMO I Prometti un miracolo! Mi auguro che tu possa mantenere la tua promessa.

MESSENIONE Lo farò. Adesso tutti e due rispondete alle mie domande.

MENAECHMUS I Ubi lubet, roga: respondebo. Nil reticebo
[quod sciam.
MESSENIO Est tibi nomen Menaechmo?
MENAECHMUS I Fateor.
MESSENIO Est itidem tibi?
MENAECHMUS II Est.
MESSENIO Patrem fuisse Moschum tibi ais?
MENAECHMUS I Ita vero.
MENAECHMUS II [Et mihi.
MESSENIO Esne tu Syracusanus?
MENAECHMUS I Certo.
MESSENIO Quid tu?
MENAECHMUS II Quippini?
MESSENIO Optume usque adhuc conveniunt signa. Porro
[operam date.
Quid longissume meministi, dic mihi, in patria tua?
MENAECHMUS I Cum patre ut abii Tarentum ad mercatum,
[postea
inter homines me deerrare a patre atque inde avehi.
MENAECHMUS II Iuppiter supreme, serva me!
MESSENIO Quid clamas?
[Quin taces?
Quot eras annos gnatus quom te pater a patria avehit?
MENAECHMUS I Septuennis: nam tunc dentes mihi cadebant
[primulum.
Neque patrem numquam postilla vidi.
MESSENIO Quid? Vos tum patri
filii quot eratis?
MENAECHMUS I Ut nunc maxume memini, duo.
MESSENIO Uter eratis, tun an ille, maior?
MENAECHMUS I Aeque ambo pares.
MESSENIO Qui id potest?
MENAECHMUS I Geminei ambo eramus.
MENAECHMUS II Di me servatum
[volunt.
MESSENIO Si interpellas, ego tacebo.
MENAECHMUS II Potius taceo.

MENECMO I Comincia pure a far domande quando ti pare. Risponderò, senza tralasciare nulla di quel che so.
MESSENIONE Ti chiami Menecmo?
MENECMO I Sì.
MESSENIONE E tu ti chiami nello stesso modo?
MENECMO II Sì.
MESSENIONE Dici che tuo padre fu Mosco?
MENECMO I Sì.
MENECMO II Fu anche il mio.
MESSENIONE Sei siracusano?
MENECMO I Certo.
MESSENIONE E tu?
MENECMO II Anch'io.
MESSENIONE Fino ad ora le prove combaciano alla perfezione. Continuate a seguirmi. Dimmi, qual è il ricordo più lontano che hai della tua patria?
MENECMO I Mi ricordo di essere andato alla fiera di Taranto con mio padre, di essermi poi allontanato da lui e perso tra la folla e infine portato qui.
MENECMO II Giove, re degli dei, salvami!
MESSENIONE Perché gridi? Taci piuttosto. (*A Menecmo I*) Quanti anni avevi quando tuo padre ti portò via da casa?
MENECMO I Ne avevo sette: cominciavano allora a cadermi i denti. Da quel momento non ho più visto mio padre.
MESSENIONE E tuo padre quanti figli aveva?
MENECMO I A mio ricordo, due.
MESSENIONE E chi era il maggiore? Tu o l'altro?
MENECMO I Avevamo la stessa età.
MESSENIONE Come è possibile?
MENECMO I Eravamo gemelli.
MENECMO II Gli dei vogliono la mia salvezza!
MESSENIONE Se tu mi interrompi, io taccio.
MENECMO II No, no. Sto zitto!

MESSENIO Dic mihi:
uno nomine ambo eratis?
MENAECHMUS I Minime. Nam mihi hoc erat,
quod nunc est, Menaechmo: illum tum vocabant Sosiclem.
MENAECHMUS II Signa adgnovi, contineri quin complectar
[non queo.
Mi germane, gemine frater, salve. Ego sum Sosicles.
MENAECHMUS I Quo modo igitur post Menaechmo nomen
[est factum tibi?
MENAECHMUS II Postquam ad nos renuntiatum est te ***
*** et patrem esse mortuom,
avo' noster mutavit: quod tibi nomen est, fecit mihi.
MENAECHMUS I Credo ita esse factum ut dicis. Sed mihi hoc
[responde.
MENAECHMUS II [Roga.
MENAECHMUS I Quid erat nomen nostrae matri?
MENAECHMUS II Teuximarchae.
MENAECHMUS I [Convenit.
O salve, insperate, multis annis post quem conspicor.
MENAECHMUS II Frater, et tu, quem ego multis miserieis,
[laboribus
usque adhuc quaesivi quemque ego esse inventum gaudeo.
MESSENIO Hoc erat quod haec te meretrix huius vocabat
[nomine:
hunc censebat te esse, credo, quom vocat te ad prandium.
MENAECHMUS I Namque edepol iussi hic mihi hodie
[prandium apparariér,
clam meam uxorem, quoi pallam surrupui dudum domo,
eam dedi huic.
MENAECHMUS II Hanc, dicis, frater, pallam quam ego habeo?
MENAECHMUS I [‹Haec east.›
Quo modo haec ad te pervenit?
MENAECHMUS II Meretrix huc ad prandium
me abduxit, me sibi dedisse aiebat. Prandi perbene,
potavi atque accubui scortum, pallam et aurum hoc ‹apstuli›.
MENAECHMUS I Gaudeo edepol si quid propter me tibi evenit
[boni.
Nam illa quom te ad se vocabat, memet esse credidit.

MESSENIONE Dimmi: avevate lo stesso nome?

MENECMO I No. Io avevo il nome che ho ancora, Menecmo, ma lui allora si chiamava Sosicle.

MENECMO II Ormai è tutto chiaro, non posso più trattenermi dall'abbracciarlo. Fratello mio, mio gemello, salve! Io sono Sosicle.

MENECMO I Ma in che modo poi ti è stato dato il nome di Menecmo?

MENECMO II Dopo che ci arrivò l'annunzio ‹della tua scomparsa›[97] e della morte di nostro padre, il nonno mi cambiò nome e mi diede il tuo.

MENECMO I Credo proprio che sia andata come tu dici. Ma ho ancora una domanda da farti.

MENECMO II Chiedi pure.

MENECMO I Qual era il nome di nostra madre?

MENECMO II Teussimarca.

MENECMO I Giusto! Salve dunque, fratello, che insperatamente rivedo dopo tanti anni!

MENECMO II Salve anche a te, fratello! Con molti affanni e fatiche ti ho finora cercato e ora gioisco di averti ritrovato.

MESSENIONE Questo era il motivo per cui quella meretrice ti chiamava col suo nome. Credeva, penso, che tu fossi lui quando ti invitava a pranzo.

MENECMO I Eh, già! Io le avevo chiesto di prepararmi il pranzo qui in casa sua, per Polluce, di nascosto da mia moglie, cui avevo portato via un mantello per darlo appunto a questa donna.

MENECMO II Parli del mantello che io ho in mano?

MENECMO I Proprio così. Come è capitato in mano tua?

MENECMO II Quella donna mi ha invitato a mangiare da lei: sosteneva che io le avevo regalato questo. Ho fatto un ottimo pranzo, ho bevuto, lei è stata sdraiata al mio fianco, e poi mi son portato via il mantello e questo braccialetto.

MENECMO I Sono contento se per causa mia tu te la sei goduta. Certo lei, invitandoti, credeva si trattasse di me.

MESSENIO Numquid me morare quin ego liber, ut iusti, siem?
MENAECHMUS I Optumum atque aequissumum orat, frater:
[fac caussa mea.
MENAECHMUS II Liber esto.
MENAECHMUS I Quom tu es liber, gaudeo,
[Messenio.
MESSENIO Sed meliorest opus auspicio, ut liber perpetuo siem.
MENAECHMUS II Quoniam haec evenere, frater, nostra ex
[sententia,
in patriam redeamus ambo.
MENAECHMUS I Frater, faciam, ut tu voles.
Auctionem hic faciam et vendam quidquid est. Nunc interim
eamus intro, frater.
MENAECHMUS II Fiat.
MESSENIO Scitin quid ego vos rogo?
MENAECHMUS I Quid?
MESSENIO Praeconium mi ut detis.
MENAECHMUS II Dabitur.
MESSENIO Ergo
[nunciam
vis conclamari auctionem?
MENAECHMUS I Fore equidem dieseptumi.
MESSENIO Auctio fiet Menaechmi mane sane septumi.
Venibunt servi, supellex, fundi, aedes, omnia.
Venibunt quiqui licebunt, praesenti pecunia.
Venibit – uxor quoque etiam, si quis emptor venerit.
Vix credo tota auctione capiet quinquagesies.
Nunc, spectatores, valete et nobis clare plaudite.

MESSENIONE (*a Menecmo II*) Che cosa aspetti a liberarmi, come avevi promesso?
MENECMO I Sta chiedendo una cosa sacrosanta, fratello. Fallo per amor mio.
MENECMO II Sii libero!
MENECMO I Sono felice che tu sia libero, Messenione!
MESSENIONE Ma occorrono auspici migliori, perché io sia veramente libero per sempre![98]
MENECMO II Dato che tutto si è concluso secondo i nostri desideri, fratello, torniamo tutti e due in patria!
MENECMO I Farò come tu vuoi, fratello! Metterò tutto all'asta, venderò tutto. Ma intanto, entriamo in casa.
MENECMO II Bene.
MESSENIONE Sapete che cosa desidererei?
MENECMO I Che cosa?
MESSENIONE Che mi affidaste il compito di bandire l'asta.
MENECMO II Ti sarà concesso.
MESSENIONE Vuoi che la bandisca subito?
MENECMO I Tra sette giorni.
MESSENIONE La vendita all'asta della proprietà di Menecmo avverrà tra sette giorni, di mattina. Si venderanno i servi, i mobili, la terra, la casa, tutto. Si venderanno a qualunque prezzo, pagamento in contanti. Si venderà... anche la moglie, se si troverà un acquirente. Credo che da tutta l'asta si ricaveranno a stento cinquanta assi.[99] E ora, tanti saluti a voi, spettatori, e fateci un bell'applauso.

RUDENS

LA GOMENA

PERSONAE

ARCTURUS (Prologus)
SCEPARNIO (servus)
PLESIDIPPUS (adulescens)
DAEMONES (senex)
PALAESTRA (mulier)
AMPELISCA (mulier)
PTOLEMOCRATIA (sacerdos Veneris)
PISCATORES
TRACHALIO (servus)
LABRAX (leno)
CHARMIDES (senex)
LORARII
GRIPUS (piscator)

SCAENA CYRENIS

PERSONAGGI[1]

ARTURO (Prologo)
SCEPARNIONE (servo)
PLESIDIPPO (giovane)
DEMONE (vecchio)
PALESTRA (donna)
AMPELISCA (donna)
PTOLEMOCRAZIA (sacerdotessa di Venere)
PESCATORI
TRACALIONE (servo)
LABRACE (lenone)
CARMIDE (vecchio)
SCHIAVI FUSTIGATORI
GRIPO (pescatore)

(*La scena è ambientata a Cirene.*)

ARGUMENTUM

Reti piscator de mari extraxit vidulum,
Ubi erant erilis filiae crepundia,
Dominum ad lenonem quae subrepta venerat.
Ea in clientelam suipte inprudens patris
Naufragio eiecta devenit: cognoscitur
Suoque amico Plesidippo iungitur.

ARGOMENTO[2]

Un pescatore con la sua rete tirò su dal mare un bauletto in cui erano contenuti i giocattoli della figlia del padrone.[3] Questa era stata rapita ed era andata a finire in mano a un lenone ma, sbalzata fuori dalla nave in seguito a un naufragio, fu gettata a terra e capitò senza saperlo proprio sotto la protezione di suo padre. Viene riconosciuta e può sposare il suo amico Plesidippo.

PROLOGUS

ARCTURUS

Qui gentis omnis mariaque et terras movet,
eiius sum civis civitate caelitum.
Ita sum ut videtis splendens stella candida,
signum quod semper tempore exoritur suo
hic atque in caelo: nomen Arcturo est mihi.
Noctu sum in caelo clarus atque inter deos,
inter mortalis ambulo interdius.
Et alia signa de caelo ad terram accidunt:
qui est imperator divom atque hominum Iuppiter,
is nos per gentis alios alia disparat
qui facta hominum moresque, pietatem et fidem
noscamus, ut quemque adiuvet opulentia.
Qui falsas litis falsis testimoniis
petunt quique in iure abiurant pecuniam,
eorum referimus nomina exscripta ad Iovem;
cottidie ille scit quis hic quaerat malum:
qui hic litem apisci postulant peiiurio
mali, res falsas qui impetrant apud iudicem,
iterum ille eam rem iudicatam iudicat;
maiore multa multat quam litem auferunt.
Bonos in aliis tabulis exscriptos habet.
Atque hoc scelesti in animum inducunt suom,
Iovem se placare posse donis, hostiis:
et operam et sumptum perdunt; id eo fit quia
nihil ei acceptumst a peiiuris supplici;
facilius si qui pius est a dis supplicans
quam qui scelestust inveniet veniam sibi.

PROLOGO

ARTURO

Di colui che tutto governa, popoli, mari e terre io sono un suddito, cittadino della città dei celesti.[4] Sono, come mi vedete, una stella dallo splendore abbagliante, che sorge sempre in un determinato periodo qui e in cielo: il mio nome è Arturo. In cielo di notte resto e vi splendo in mezzo agli dei, di giorno invece mi trattengo tra i mortali. Ci sono anche altre stelle che scendono dal cielo in terra. È Giove, lui che domina sugli dei e sugli uomini, a distribuirci chi in un luogo chi nell'altro, col compito di renderci conto delle azioni compiute dagli uomini, delle loro abitudini, della loro pietà e della loro fede, perché egli possa poi largamente beneficare ciascuno dei meritevoli. Quelli invece che intentano cause fraudolente, usando falsi testimoni, e quelli che in tribunale negano con giuramento di dovere del denaro, ebbene, di costoro noi registriamo i nomi e li riferiamo a Giove: quotidianamente egli viene messo al corrente di chi sulla terra meriti un castigo. A quei malvagi[5] che cercano di vincere una causa spergiurando, a quelli che ottengono dal giudice favori ingiustamente pretesi, a loro Giove rifà il processo e li punisce con una pena che supera i vantaggi spuntati nella causa. I buoni invece li iscrive in altri registri. Dal canto loro, i malvagi concepiscono nell'animo la speranza di poter placare Giove con offerte e vittime, ma perdono tempo e denaro. Egli infatti non gradisce dagli spergiuri nessuna supplica. Sarà più facile che un uomo pio ottenga il perdono supplicando gli dei che non un mal-

Idcirco moneo vos ego haec, qui estis boni
quique aetatem agitis cum pietate et cum fide:
***
retinete porro, post factum ut laetemini.
Nunc huc qua caussa veni argumentum eloquar.
Primumdum huic esse nomen urbi Diphilus
Cyrenas voluit. Illic habitat Daemones
in agro atque villa proxuma propter mare,
senex, qui huc Athenis exsul venit, hau malus;
neque is adeo propter malitiam patria caret,
sed dum alios servat se impedivit interim,
rem bene paratam comitate perdidit.
Huïc filiola virgo periit parvola.
Eam de praedone vir mercatur pessumus,
is eam huc Cyrenas leno advexit virginem.
Adulescens quidam civis huiius Atticus
eam vidit ire e ludo fidicinio domum,
amare occepit: ad lenonem devenit,
minis triginta sibi puellam destinat
datque arrabonem et iure iurando alligat.
Is leno, ut se aequom est, flocci non fecit fidem
neque quod iuratus adulescenti dixerat.
Ei erat hospes par sui, Siculus senex
scelestus, Agrigentinus, urbis proditor;
is illius laudare infit formam virginis
et aliarum itidem quae eius erant mulierculae.
Infit lenoni suadere ut secum simul
eat in Siciliam: ibi esse homines voluptarios
dicit, potesse ibi eum fieri divitem,
ibi esse quaestum maxumum meretricibus.
Persuadet. Navis clanculum conducitur,
quidquid erat noctu in navem comportat domo
leno; adulescenti qui puellam ab eo emerat
ait sese Veneri velle votum solvere
(id hic est Veneris fanum) et eo ad prandium
vocavit adulescentem huc. Ipse hinc ilico
conscendit navem, avehit meretriculas.
Adulescenti alii narrant ut res gesta sit,

vagio. Perciò a voi che siete buoni e vivete nella pietà e nella fede, io rivolgo questo ammonimento...[6] Continuate così per potervene poi rallegrare. Ora vi esporrò l'argomento della commedia per cui sono venuto qui. Anzitutto Difilo[7] volle che la città in cui l'azione si svolge si chiamasse Cirene. Là,[8] in quel campo, in quella casa che si affaccia sul mare, abita Demone, un buon vecchio che lasciò Atene per venire qui. Il suo esilio non fu dovuto a malvagità, ma al fatto che, per aiutare gli altri, si mise nei pasticci e proprio per la sua disponibilità vide sfumare quel patrimonio che si era onestamente procurato. Aveva una figlia, ma la perse quando ancora era piccola. Dalle mani di colui che l'aveva rapita ella passò poi in quelle di un uomo estremamente malvagio, un lenone che la comprò e la portò qui a Cirene. Un giovane dell'Attica, concittadino di Demone, la vide tornare a casa dalla scuola di musica e fu preso d'amore per lei. Si recò dal lenone, se la fece riservare, promettendo trenta mine di cui diede una caparra, e si fece confermare l'impegno con un giuramento. Ma questo impegno il lenone, come era logico aspettarsi da lui, non lo tenne in nessun conto e se ne infischiò del giuramento fatto al giovane. Aveva il lenone come ospite un vecchio siciliano, un par suo, un malvivente di Agrigento che aveva tradito la sua città. Costui comincia a lodare la bellezza della ragazza nonché delle altre donnette che appartengono al lenone e cerca di persuaderlo ad andare con lui in Sicilia: dice che là ci sono uomini passionali e lussuriosi e che là avrà l'occasione di diventare ricco, perché con le meretrici si fanno enormi guadagni. Lo convince. Viene affittata segretamente una nave e il lenone di notte vi trasporta tutto quel che ha in casa. Al giovane che aveva versato una caparra per la fanciulla dice di voler sciogliere un voto fatto a Venere (quello che vedete qui infatti è il tempio di Venere) e convoca perciò qui il giovanotto per il banchetto.[9] Invece sale subito sulla nave portandosi via le donnette. C'è chi racconta al giovane come è andata la cosa e lo informa che il

lenonem abiisse. Ad portum adulescens venit:
illorum navis longe in altum apscesserat.
Ego quoniam video virginem asportarier,
tetuli et ei auxilium et lenoni exitium simul:
increpui hibernum et fluctus movi maritumos.
Nam Arcturus signum sum omnium ‹unum› acerrumum:
vehemens sum exoriens, quom occido vehementior.
Nunc ambo, leno atque hospes, in saxo simul
sedent eiecti: navis confracta est eis.
Illa autem virgo atque altera itidem ancillula
de navi timidae desuluerunt in scapham.
Nunc eas ab saxo fluctus ad terram ferunt
ad villam illius, exsul ubi habitat senex,
quoius deturbavit ventus tectum et tegulas;
et servos illic est eius qui egreditur foras.
Adulescens huc iam adveniet, quem videbitis,
qui illam mercatust de lenone virginem.
Valete, ut hostes vostri diffidant sibi. –

lenone ha tagliato la corda. Il giovane corre al porto ma la nave è già lontana, in alto mare. Io, vedendo che la fanciulla viene rapita, mi dedico subito a portare aiuto a lei e contemporaneamente rovina al lenone. Suscito una fragorosa tempesta, mettendo in agitazione le onde del mare perché io, Arturo, sono tra tutti gli astri il più terribile: sono violento quando sorgo ma ancor più quando tramonto. Adesso tutti e due, sia il lenone che il suo ospite, sono stati gettati su uno scoglio a cui stanno aggrappati insieme mentre la loro nave si è sfasciata. La fanciulla che mi interessa e la sua servetta, piene di timore, sono balzate in una scialuppa e ora le onde le trascinano via dagli scogli, verso terra, proprio in direzione della villa in cui abita il vecchio esule; il vento ne ha portato via le tegole, scoperchiando il tetto. Quello che esce adesso è il suo servo. E tra poco vedrete sopraggiungere anche quel giovane che voleva comprare la ragazza dal lenone. Mantenetevi in salute, così scoraggerete i vostri nemici.[10]

ACTUS I

SCEPARNIO

Pro di inmortales, tempestatem quoiusmodi
Neptunus nobis nocte hac misit proxuma!
Detexit ventus villam – quid verbis opust?
Non ventus fuit, verum Alcumena Euripidi,
ita omnis de tecto deturbavit tegulas;
inlustriores fecit fenstrasque indidit.

PLESIDIPPUS SCEPARNIO DAEMONES

PLESIDIPPUS Et vos a vostris abduxi negotiis
neque id processit qua vos duxi gratia
neque quivi ad portum lenonem prehendere.
Sed mea desidia spem deserere nolui:
eo vos, amici, detinui diutius.
Nunc huc ad Veneris fanum venio visere,
ubi rem divinam se facturum dixerat.
SCEPARNIO Si sapiam, hoc quod me mactat concinnem lutum.
PLESIDIPPUS Prope me hic nescioquis loquitur.
DAEMONES Heus, Sceparnio!
SCEPARNIO Qui nominat me?
DAEMONES Qui pro te argentum dedit.
SCEPARNIO Quasi me tuom esse servom dicas, Daemones.

ATTO I

Scena I
SCEPARNIONE

Per gli dei immortali, che razza di tempesta ci ha mandato Nettuno la scorsa notte! Il vento ha scoperchiato la casa... che bisogno c'è di dilungarsi? Non si è trattato di un vento ma di un effetto degno dell'Alcmena di Euripide,[11] tale è stata la furia con cui ha rovesciato giù dal tetto tutte le tegole. Ha reso più luminosa la casa con tutte le finestre che ha aperto!

Scena II
PLESIDIPPO SCEPARNIONE DEMONE

PLESIDIPPO (*rivolto ad alcuni compagni*) Ho distolto anche voi dai vostri affari ma lo scopo per cui vi ho disturbato non si è raggiunto: non ho potuto fermare il lenone al porto. Ciò nonostante non ho voluto abbandonare la speranza per mia negligenza: perciò, amici miei, vi ho trattenuto più a lungo. Ora vengo qui, al santuario di Venere, per prendere visione del luogo ove il lenone diceva di voler compiere una funzione in onore della dea.

SCEPARNIONE (*tra sé*) Sarebbe cosa sensata ch'io mi accingessi a impastare quest'argilla che mi fa dannare.

PLESIDIPPO Sento qualcuno che parla qui, vicino a me.

DEMONE Ehi, tu, Sceparnione!

SCEPARNIONE Chi mi chiama?

DEMONE Chi ti ha comprato.

SCEPARNIONE È come se volessi precisare che sono tuo servo, Demone.

DAEMONES Luto usust multo, multam terram confode.
Villam integundam intellego totam mihi,
nam nunc perlucet ea quam cribrum crebrius.
PLESIDIPPUS Pater salveto, amboque adeo.
DAEMONES Salvo' sis.
SCEPARNIO Sed utrum tu masne an femina es, qui illum [patrem
voces?
PLESIDIPPUS Vir sum equidem.
SCEPARNIO Quaere vir porro patrem.
DAEMONES Filiolam ego unam habui, eam unam perdidi:
virile sexus numquam ullum habui.
PLESIDIPPUS At di dabunt.
SCEPARNIO Tibi quidem hercle, quisquis es, magnum malum,
qui oratione hic occupatos occupes.
PLESIDIPPUS Isticin vos habitatis?
SCEPARNIO Quid tu id quaeritas?
Quon furatum mox venias, vestigas loca?
PLESIDIPPUS Peculiosum esse addecet servom et probum,
quem ero praesente †praetereat† oratio
aut qui inclementer dicat homini libero.
SCEPARNIO Et inpudicum et inpudentem hominem addecet
molestum ultro advenire ad alienam domum,
quoi debeatur nihil.
DAEMONES Tace, Sceparnio.
Quid opust, adulescens?
PLESIDIPPUS Istic infortunium,
qui praefestinet, ubi erus adsit, praeloqui.
Sed nisi molestumst paucis percontarier
volo ego ex te.
DAEMONES Dabitur opera atque in negotio.
SCEPARNIO Quin tu in paludem is exsicasque harundinem
qui pertegamus villam, dum sudumst?
DAEMONES Tace.
Tu si quid opus est dice.
PLESIDIPPUS Dic quod te rogo,
ecquem tu hic hominem crispum, incanum videris,
malum, peiiurum, palpatorem –

DEMONE C'è bisogno di molta argilla, scava dunque molta terra. Vedo che bisogna ricoprire tutta la casa, che ora lascia passare più luce di uno staccio.[12]

PLESIDIPPO Salve, padre! Salute a tutti e due!

DEMONE Altrettanto a te!

SCEPARNIONE Ma tu sei maschio o femmina, per chiamarlo padre?[13]

PLESIDIPPO È chiaro che sono un uomo.

SCEPARNIONE Allora come uomo cercati un padre altrove.

DEMONE Intende dire che io ho avuto una sola figlioletta e l'ho perduta; di maschi non ne ho mai avuti.

PLESIDIPPO Ma gli dei te ne daranno.

SCEPARNIONE E a te, per Ercole, gli dei daranno dei guai grossi, dato che con le tue chiacchiere distogli gente occupata dalla sua occupazione.

PLESIDIPPO Abitate da queste parti?

SCEPARNIONE Perché lo chiedi? Stai facendo un'indagine per venir poi a rubare?

PLESIDIPPO Deve esser ben ricco e stimato un servo che alla presenza del padrone si lasci andare a queste osservazioni e che si rivolga in modo così petulante a un uomo libero!

SCEPARNIONE E deve essere un uomo spudorato e sfacciato colui che si presenta senza essere invitato a dar noia in casa altrui, quando non gli si deve nulla.

DEMONE Taci, Sceparnione. Che cosa ti serve, giovanotto?

PLESIDIPPO Anzitutto bisognerebbe punire questo servo che si affretta a prendere la parola per primo, pur essendo presente il padrone. Poi, se non ti dispiace, ti vorrei chiedere qualche piccola informazione.

DEMONE Ti presterò attenzione, anche se sono occupato.

SCEPARNIONE Perché piuttosto non vai nella palude a tagliar delle canne per coprire il tetto della casa, finché il tempo è buono?

DEMONE (*a Sceparnione*) Ti ho detto di tacere. (*A Plesidippo*) E tu chiedimi quello di cui hai bisogno.

PLESIDIPPO Rispondi a questa domanda: hai visto per caso un uomo con una testa di capelli crespi e bianchi, un manigoldo, spergiuro, pieno di lusinghe?

DAEMONES Plurumos,
nam ego propter eiusmodi viros vivo miser.
PLESIDIPPUS Hic dico, in fanum Veneris qui mulierculas
duas secum adduxit, quique adornaret sibi
ut rem divinam faciat, aut hodie aut heri.
DAEMONES Non hercle, adulescens, iam hos dies complusculos
quemquam istic vidi sacruficare neque potest
clam me esse si qui sacruficat: semper petunt
aquam hinc aut ignem aut vascula aut cultrum aut veru
aut aulam extarem, aut aliquid – quid verbis opust?
Veneri paravi vasa et puteum, non mihi.
Nunc intervallum iam hos dies multos fuit.
PLESIDIPPUS Ut verba praehibes, me periisse praedicas.
DAEMONES Mea quidem hercle caussa salvos sis licet.
SCEPARNIO Heus tu qui fana ventris caussa circumis,
iubere meliust prandium ornari domi.
DAEMONES Fortasse tu huc vocatus es ad prandium,
ill' qui vocavit nullus venit?
PLESIDIPPUS Admodum.
SCEPARNIO Nullumst periclum te hinc ire inpransum domum:
Cererem te melius‹t› quam Venerem sectarier:
amori haec curat; tritico curat Ceres.
PLESIDIPPUS Deludificavit me ille homo indignis modis.
DAEMONES Pro di inmortales! Quid illuc est, Sceparnio,
hominum secundum litus?
SCEPARNIO Ut mea opiniost
propter viam illi sunt vocati ad prandium.
DAEMONES Qui?
SCEPARNIO Quia post cenam, credo, laverunt heri.
DAEMONES Confracta navis in mari est illis.

DEMONE Figurati! Moltissimi! Sono proprio uomini di questo genere la causa della mia vita disgraziata!

PLESIDIPPO Io intendo se l'hai visto qui, diretto al tempio di Venere con due ragazze, a far preparativi per un rito sacro, oggi oppure ieri.

DEMONE No, per Ercole, ragazzo mio. Già da un bel po' di giorni non ho visto nessuno venir qui a far sacrifici; e non può avvenire che mi sfugga uno che si appresti a compiere un rito. Vengono sempre da me a chiedere acqua o fuoco o qualche recipiente o un coltello o uno spiedo o una pentola ove mettere le viscere... e chi più ne ha più ne metta! Che cosa devo dirvi? È per Venere non per me che ho scavato un pozzo e ho comprato i recipienti! Però adesso si è verificata una pausa di molti giorni.

PLESIDIPPO Se le cose stanno come tu dici, mi annunci la fine.

DEMONE Ma no, per Ercole! Per quel che mi riguarda io vorrei che tu continuassi a vivere in salute!

SCEPARNIONE Senti, tu che vai in giro per i templi per riempirti la pancia,[14] è meglio che ordini ai tuoi di prepararti il pranzo in casa.

DEMONE Forse sei stato invitato qui per un pranzo ma il tuo ospite non si è fatto vedere?

PLESIDIPPO Proprio così.

SCEPARNIONE Non c'è rischio che tu te ne vada a casa senza mangiare.[15] Comunque è meglio che tu segua Cerere piuttosto che Venere, perché quella lì si preoccupa dell'amore mentre l'altra pensa al pane.

PLESIDIPPO Quel tipaccio si è preso gioco di me in modo indegno!

DEMONE (*guardando verso il mare*) Per gli dei immortali, Sceparnione, chi sono quei naufraghi vicino alla spiaggia?

SCEPARNIONE Io penso che siano stati invitati a un banchetto in occasione del viaggio.

DEMONE Come mai?

SCEPARNIONE Perché ieri, penso io, dopo cena si sono lavati.[16]

DEMONE La loro nave si è fracassata in mare.

SCEPARNIO Ita est.
At hercle nobis villa in terra et tegulae.
DAEMONES Hui!
Homunculi quanti estis! Eiecti ut natant!
PLESIDIPPUS Ubi sunt ei homines, opsecro?
DAEMONES Hac ad dexteram
(viden?) secundum litus.
PLESIDIPPUS Video. Sequimini.
Utinam is sit quem ego quaero, vir sacerrumus.
Valete. –
SCEPARNIO Si non moneas, nosmet meminimus.
Sed, o Palaemo[n], sancte Neptuni comes,
qui Herculei socius esse diceris,
quod facinus video!
DAEMONES Quid vides?
SCEPARNIO Mulierculas
video sedentis in scapha solas duas.
Ut adflictantur miserae! Euge euge, perbene!
Ab saxo avortit fluctus ad litus scapham
neque gubernator umquam potuit tam bene.
Non vidisse undas me maiores censeo.
Salvae sunt si illos fluctus devitaverint.
Nunc, nunc periclumst. ‹Unda› eiecit alteram.
At in vadost, iam facile enabit. Eugepae!
Viden alteram illam ut fluctus eiecit foras?
Surrexit, horsum se capessit. Salva res.
Desiluit haec autem altera in terram e scapha.
Ut prae timore in genua in undas concidit!
Salvast, evasit ex aqua. Iam in litore est.
Sed dextrovorsum avorsa it in malam crucem.
Hem! Errabit illaec hodie.
DAEMONES Quid id refert tua?
SCEPARNIO Si ad saxum quo capessit ea deorsum cadet,
errationis fecerit compendium.
DAEMONES Si tu de illarum cenaturus vesperi es,
illis curandum censeo, Sceparnio;
si apud med essuru's [es], mihi dari operam volo.
SCEPARNIO Bonum aequomque oras.

SCEPARNIONE Proprio così. Ma a noi in terra, per Ercole, si è fracassata la casa e il tetto!

DEMONE Ohimè! Poveri uomini, come valete poco! Guardali lì, i naufraghi, come nuotano!

PLESIDIPPO Ma dove sono quegli uomini, per favore?

DEMONE Non li vedi? Sono lì, a destra, lungo la spiaggia.

PLESIDIPPO Ah! sì, li vedo. (*Rivolto agli amici*) Venite con me! Speriamo che sia quel maledetto che sto cercando. (*A Demone e Sceparnione*) Salute a voi! (*Esce*)

SCEPARNIONE Non c'è bisogno che ce lo auguri. Ci pensiamo da soli! O Palemone,[17] tu che fai parte della sacra schiera di Nettuno e hai fama di essere compagno di Ercole,[18] che cosa vedo mai?

DEMONE Che cosa vedi?

SCEPARNIONE Vedo[19] due ragazze in una scialuppa, sole sole. Come sono sbatacchiate dalle onde, poverette! Evviva! Evviva! Benissimo! La corrente strappa la scialuppa dagli scogli e la fa dirigere verso la spiaggia con tale precisione che un nocchiero non potrebbe far meglio. Credo di non aver mai visto cavalloni più imponenti! Se riescono a superarli, sono in salvo! Oh no! Adesso, adesso sono in pericolo! Le onde ne hanno fatto cadere una in mare! Per fortuna l'acqua è bassa, ne uscirà facilmente a nuoto. Ahi! Ahi! Vedi come l'onda l'ha sbattuta fuori?[20] Ma è riemersa, si dirige da questa parte. È fuori pericolo. Ecco che anche l'altra balza a terra dalla scialuppa. È terrorizzata! È caduta in ginocchio in mezzo all'acqua. È salva! Ne è uscita! È già sulla spiaggia! Ma se si dirige verso destra va a finir male! Ne avrà di strada da fare oggi quella lì!

DEMONE E a te che importa?

SCEPARNIONE Se finisce su quella scogliera verso cui si dirige e ne cade giù avrà bell'e finito il viaggio!

DEMONE Se pensi di pranzare a loro spese,[21] allora devi prenderti cura di loro: ma se mangerai a casa mia, voglio che tu ti occupi di me.

SCEPARNIONE Non fa una grinza!

DAEMONES Sequere me hac ergo. –
SCEPARNIO [Sequor. –

PALAESTRA

Nimio hominum fortunae minus miserae memorantur
quam in usu, experiundo is datur acerbum.
‹Satin› hoc deo complacitumst, med hoc ornatu ornatam
in incertas regiones timidam eiectam?
Hancine ego ad rem natam miseram me memorabo? Han-
cine ego partem capio ob pietatem praecipuam?
Nam hoc mi sat laborist laborem hunc potiri,
si erga parentem aut deos me inpiavi;
sed id si parate curavi ut caverem,
tum hoc mi indecore, inique, inmodeste
dati' di; nam quid habebunt sibi signi inpii posthac,
si ad hunc modum est innoxiis honor apud vos?
Nam me si sciam
197a fecisse aut parentes sceleste, minus me miserer;
sed erile scelus me sollicitat, eiius me inpietas male habet.
Is navem atque omnia perdidit in mari:
haec bonorum eiiu' sunt reliquiae; etiam quae simul
vecta mecum in scaphast excidit. Ego nunc sola sum.
Quae mihi si foret salva saltem, labor
lenior esset hic mi eiius opera.
Nunc quam spem aut opem aut consili quid capessam?
Ita hic sola solis locis compotita
[sum]. Hic saxa sunt, hic mare sonat,
206a neque quisquam homo mi obviam venit.
***
Hoc quod induta sum, summae opes oppido,
nec cibo nec loco tecta quo sim scio:
quae mihist spes qua me vivere velim?
Nec loci gnara sum nec †diu† hic fui.
Saltem aliquem velim qui mihi ex his locis

DEMONE Vieni con me dunque.
SCEPARNIONE Vengo.

Scena III
PALESTRA[22]

Quando si parla dei casi che toccano agli uomini li si dipinge sempre molto meno terribili di quanto di fatto siano! Solo sperimentandoli se ne scopre l'asprezza. Dovrò dire che il dio si è compiaciuto di farmi approdare, conciata in questo modo, naufraga e piena di terrore, in una terra che non conosco? E di essere nata per subire questo triste destino? Questo è il compenso per la mia devozione e pietà? Sarebbe già molto pesante affrontare questa prova se l'avessi meritata, comportandomi empiamente verso i genitori o gli dei. Ma se son sempre stata bene attenta a non macchiarmi di questa colpa, allora è una vergogna che mi diate questa pena, o dei! È ingiusta, è spropositata! Che cosa distinguerà d'ora in avanti gli scellerati dagli innocenti se a questi ultimi riservate un tale trattamento? Se sapessi di qualche misfatto, compiuto da me o dai miei genitori, non avrei motivo di piangermi addosso. Ma è il mio padrone che è uno scellerato ed è causa del mio tormento, è la sua empietà che mi rovina. Ora lui ha perso in mare la nave e tutti i suoi beni: quello che resta dei suoi averi, eccolo qui![23] Perfino la ragazza che era riuscita a salvarsi con me nella scialuppa è caduta in mare. Adesso sono sola. Se almeno lei si fosse salvata, tutto sarebbe più facile, col suo aiuto. E ora che speranza posso avere, quale sostegno? Quale soluzione trovare? Sono così sola qui, in questo luogo deserto! Non ci sono che scogli e non si sente che il rimbombo del mare: non c'è anima viva che mi venga incontro...[24] Quello che indosso è tutto quel che mi resta. Non so dove trovare cibo o un tetto per ripararmi. A quale speranza devo attaccarmi per ritrovare la voglia di vivere? Non conosco il paese, non ci sono mai stata.[25] Potessi almeno trovare qualcuno che mi indicasse una strada, un

aut viam aut semitam monstret, ita nunc
hac an illac eam incerta sum consili;
nec prope usquam hic quidem cultum agrum conspicor.
Algor, error, pavor, me omnia tenent.
Haec parentes mei haud sciti' miseri
me nunc miseram esse ita uti sum:
leibera ego prognata fui maxume, nequiquam fui.
Nunc qui minu' servio quasi serva forem nata?
Neque quicquam umquam illis profuit qui me sibi eduxerunt.

AMPELISCA PALAESTRA

AMPELISCA Quid mihi meliust, quid magis in remst, quam a corpore vitam ut secludam?
Ita male vivo atque ita mihi multae in pectore sunt curae exanimales.
Ita res se habent: vitae hau parco, perdidi spem qua me oblectabam.
Omnia iam circumcursavi atque omnibu' latebris perreptavi
quaerere conservam, voce, oculis, auribus ut pervestigarem.
Neque eam usquam invenio neque quo eam neque qua quaeram consultumst,
neque quem rogitem responsorem quemquam interea convenio,
neque magi' solae terrae solae sunt quam haec loca atque hae regiones;
neque, si vivit, eam viva umquam quin inveniam desistam.
PALAESTRA Quoianam vox mihi
prope hic sonat?
AMPELISCA Pertimui, quis hic loquitur prope?
PALAESTRA Spes bona, opsecro,
subventa mihi,
AMPELISCA Eximes ex hoc miseram metu?
PALAESTRA Certo vox muliebris auris tetigit meas.
AMPELISCA Mulier est, muliebris vox mi ad auris venit.

sentiero per uscire di qui, perché proprio non ho idea se muovermi in questa direzione o in quella. Non riesco a scorgere da nessuna parte, qui nelle vicinanze, un campo che riveli la cura dell'uomo. Sono tutta gelata, non so che fare, son morta di paura. Voi, infelici miei genitori, non sapete fino a che punto io sono ora infelice! Io nacqui libera, ma invano. Forse che adesso non sono nelle condizioni di una serva, come se fossi nata schiava? Del resto non hanno mai ottenuto alcun vantaggio nemmeno quelli che mi hanno allevato[26] per il loro interesse.

Scena IV
AMPELISCA PALESTRA

AMPELISCA[27] Quale soluzione migliore e più opportuna per me che togliermi la vita? Sono talmente malconcia e tali sono le preoccupazioni che nel mio cuore si agitano, mozzandomi il respiro![28] È proprio così: non ho più voglia di vivere perché ho perso la speranza che mi sosteneva. Sono corsa in giro dappertutto, mi sono insinuata in tutti i nascondigli per riuscire a trovare una traccia della mia compagna di schiavitù, chiamandola, indagando con gli occhi e tendendo le orecchie: niente! Non l'ho trovata in nessun posto e non so più né dove né come andare a cercarla. Non ho nemmeno incontrato nessuno che rispondesse alle mie domande. Non esiste deserto più deserto di questi luoghi e di questo paese! Ma fin ch'io viva, se lei è in vita, non smetterò mai di cercarla.

PALESTRA Di chi è mai la voce che sento risuonare qui vicino?

AMPELISCA Che paura! Chi c'è qui? Chi parla?

PALESTRA O Speranza benevola, ti prego, vienimi in aiuto!

AMPELISCA Me infelice! Mi libererai[29] da questa paura?

PALESTRA Non ho dubbi! È una voce femminile quella che ha colpito le mie orecchie!

AMPELISCA Qui c'è una donna! È una voce di donna quella che ho sentito!

PALAESTRA Num Ampelisca opsecrost?
AMPELISCA Ten, Palaestra, audio?
PALAESTRA Quin voco ut me audiat nomine illam suo?
Ampelisca!
AMPELISCA Hem quis est?
PALAESTRA Ego Palaestra.
AMPELISCA Dic ubi es?
PALAESTRA Pol ego nunc in malis plurumis.
AMPELISCA Socia sum nec minor pars meast quam tua.
Sed videre expeto te.
PALAESTRA Mihi es aemula.
AMPELISCA Consequamur gradu vocem. Ubi es?
PALAESTRA Ecce me.
Accede ad me atque adi contra.
AMPELISCA Fit sedulo.
PALAESTRA Cedo manum.
AMPELISCA Accipe.
PALAESTRA Dic, vivisne? Opsecro.
AMPELISCA Tu facis me quidem vivere ut nunc velim,
quom mihi te licet tangere. Ut vix mihi
credo ego hoc, te tenere! Opsecro, amplectere,
spes mea. Ut me omnium iam laborum levas!
PALAESTRA Occupas praeloqui quae mea oratiost.
Nunc abire hinc decet nos.
AMPELISCA Quo, amabo, ibimus?
PALAESTRA Litus hoc persequamur.
AMPELISCA Sequor quo lubet.
Sicine hic cum uvida veste grassabimur?
PALAESTRA Hoc quod est, id necessarium est perpeti.
Sed quid hoc, opsecro, est?
AMPELISCA Quid?
PALAESTRA Viden, amabo,
fanum [videsne] hoc?
AMPELISCA Ubi est?
PALAESTRA Ad dexteram.
AMPELISCA Video decorum dis locum viderier.
PALAESTRA Hau longe abesse oportet homines hinc, ita hic
[lepidust locus.

PALESTRA Che sia Ampelisca?
AMPELISCA Sei tu, Palestra?
PALESTRA Che aspetto a pronunziare il suo nome perché mi senta? Ampelisca!
AMPELISCA Chi mi chiama?
PALESTRA Io, Palestra!
AMPELISCA Dove sei?
PALESTRA Per Polluce, mi trovo in un mare di guai!
AMPELISCA Anch'io! Non sono in condizioni migliori delle tue! Ma non vedo l'ora di riuscire a scorgerti!
PALESTRA E io non di meno!
AMPELISCA Facciamoci guidare dalla voce. Dove sei?
PALESTRA Eccomi! Avvicinati! Vienimi incontro!
AMPELISCA Subito!
PALESTRA Dammi la mano!
AMPELISCA Prendila!
PALESTRA Allora sei viva, per fortuna!
AMPELISCA Adesso che posso toccarti, mi fai ritornare la voglia di vivere! Quasi non ci credo, che ti tengo tra le mie braccia! Abbracciami anche tu, speranza mia! Tu mi sollevi da tutte le angosce!
PALESTRA Mi togli le parole di bocca! Ma ora dobbiamo pensare ad andarcene di qui.
AMPELISCA Ma dove andremo?
PALESTRA Camminiamo lungo la spiaggia.
AMPELISCA Ti seguo dove vuoi. Ma cammineremo così, con questi vestiti bagnati?
PALESTRA Bisogna accettare le cose come sono. Ma scusa, che è mai questo?
AMPELISCA Che cosa?
PALESTRA Ma non lo vedi questo tempietto?
AMPELISCA Dove?
PALESTRA Qui, a destra.
AMPELISCA Quel che vedo è un luogo che sembra degno degli dei.
PALESTRA Ci deve essere della gente non lontano: il posto è così ben curato! Chiunque sia il dio a cui è dedicato, lo

Quisquis est deu', veneror ut nos ex hac aerumna eximat,
miseras, inopes, aerumnosas ut aliquo auxilio adiuvet.

PTOLEMOCRATIA PALAESTRA AMPELISCA

PTOLEMOCRATIA Qui sunt qui a patrona preces mea expetessunt?
Nam vox me precantum huc foras excitavit.
Bonam atque opsequentem deam atque haud gravatam
patronam exsequontur benignamque multum.
PALAESTRA Iubemus te salvere, mater.
PTOLEMOCRATIA Salvete,
puellae. Sed und' vos
ire cum uvida veste dicam, opsecro,
tam maestiter vestitas?
PALAESTRA Ilico hinc imus, hau longule ex hoc loco;
verum longe hinc abest unde advectae huc sumus.
PTOLEMOCRATIA Nempe equo ligneo per vias caerulas
estis vectae?
PALAESTRA Admodum.
PTOLEMOCRATIA Ergo aequius vos erat
candidatas venire hostiatasque: ad hoc
fanum ad istunc modum non veniri solet.
PALAESTRA Quaene eiectae e mari simus ambae, opsecro,
unde nos hostias agere voluisti huc?
Nunc tibi amplectimur genua egentes opum,
quae in locis nesciis nescia spe sumus,
ut tuo recipias tecto servesque nos
miseriarumque te ambarum uti misereat,
quibus nec locust ullus nec spes parata,
neque hoc amplius [quam] quod vides nobis quicquamst.
PTOLEMOCRATIA Manus mihi date, exsurgite a genibus ambae.
Misericordior nulla me est feminarum.
Sed haec pauperes res sunt inopes[que], puellae:
egomet vix vitam colo; Veneri cibo meo servio.
AMPELISCA Veneris fanum, opsecro, hoc est?

prego che ci faccia uscire da questa angosciosa situazione e che ci aiuti in qualche modo, povere donne che siamo, senza sostegno e piene di affanni!

Scena V
PTOLEMOCRAZIA PALESTRA AMPELISCA

PTOLEMOCRAZIA Chi sono costoro che rivolgono preghiere alla dea mia signora? Ho sentito voci di supplici che mi hanno indotto a venire qui fuori. Si stanno rivolgendo a una divinità benevola, condiscendente, che non sia sdegnosa ma protettiva e pronta a esaudire le preghiere.

PALESTRA Ti porgiamo i nostri saluti, madre!

PTOLEMOCRAZIA Salute a voi, fanciulle! Ma spiegatemi, da dove arrivate con quelle vesti fradice, così malconce?

PALESTRA Il luogo da cui adesso veniamo è subito qui, poco lontano. Ma è molto lontano il luogo da cui siamo partite.

PTOLEMOCRAZIA Siete forse giunte su un destriero di legno[30] per le azzurre vie del mare?

PALESTRA Proprio così.

PTOLEMOCRAZIA Allora sarebbe stato più conveniente che foste venute in veste candida, portando vittime: non si viene a questo tempio in tale stato!

PALESTRA Ma scusa! Noi due siamo state scaraventate a terra dal mare! Dove dovevamo andare a prendere delle vittime da portare qui? Ora ti preghiamo, abbracciandoti le ginocchia: abbiamo bisogno di aiuto, siamo in un paese sconosciuto, non abbiamo speranza! Accoglici sotto il tuo tetto, salvaci e abbi pietà della nostra infelicità! Non sappiamo dove andare e non intravediamo soluzione alcuna. Abbiamo solo quel che ci vedi addosso.

PTOLEMOCRAZIA Datemi le vostre mani, staccatevi dalle mie ginocchia, alzatevi! Non esiste donna capace di pietà più di quanto io lo sia. Ma dispongo solo di povere cose senza valore, fanciulle, e io stessa campo a stento. Quel che possiedo lo metto al servizio di Venere.

AMPELISCA È possibile? Questo è il tempio di Venere?

PTOLEMOCRATIA Fateor. Ego huius fani sacerdos clueo.
Verum quidquid est comiter fiet a me,
quo nunc copia valebit.
Ite hac mecum.
PALAESTRA Amice benigneque honorem,
mater, nostrum habes. –
PTOLEMOCRATIA Oportet. –

PTOLEMOCRAZIA Certo. E io sono nota per esserne la sacerdotessa. Comunque io vi accoglierò amichevolmente nei limiti delle mie possibilità. Venite con me.
PALESTRA Tu ci tratti con benevolenza e rispetto, madre.
PTOLEMOCRAZIA Così si deve fare.

ACTUS II

PISCATORES

Omnibu' modis qui pauperes sunt homines miseri vivont,
praesertim quibu' nec quaestus est nec didicere artem ullam:
necessitate quidquid est domi id sat est habendum.
Nos iam de ornatu propemodum ut locupletes simus scitis:
hisce hami atque haec harundines sunt nobis quaestu et cultu.
Cottidie ex urbe ad mare huc prodimus pabulatum:
pro exercitu gymnastico et palaestrico hoc habemus;
echinos, lopadas, ostreas, balanos captamus, conchas,
marinam urticam, musculos, plagusias striatas;
postid piscatum hamatilem et saxatilem adgredimur.
Cibum captamus e mari: si eventus non evenit
neque quicquam captumst piscium, salsi lautique pure
domum redimus clanculum, dormimus incenati.
Atque ut nunc valide fluctuat mare, nulla nobis spes est:
nisi quid concharum capsimus, incenati sumu' profecto.
Nunc Venerem hanc veneremur bonam, ut nos lepide adiverit [hodie.

TRACHALIO PISCATORES

TRACHALIO Animum advorsavi sedulo ne erum usquam [praeterirem;
nam quom modo exibat foras, ad portum se aibat ire,

ATTO II

Scena I
PESCATORI[31]

Non c'è scampo: i poveri vivono male, specie quelli che non riescono a guadagnare perché non hanno imparato nessun mestiere. Per forza ci si deve far bastare quel poco che si ha in casa. È sufficiente guardare come siamo attrezzati e subito si capisce quanto siamo ricchi. Questi ami e queste canne sono i soli mezzi che abbiamo per guadagnare. Veniamo tutti i giorni dalla città qui al mare per procacciarci da vivere. Noi svolgiamo questa attività al posto degli esercizi che fanno gli altri nei ginnasi e nelle palestre. Le nostre prede sono ricci, patelle, ostriche, datteri di mare, conchiglie, ortiche marine, arselle, placusie striate;[32] inoltre peschiamo con l'amo e tra gli scogli.[33] Insomma ci procuriamo il cibo dal mare. Se però ci va male e non riusciamo a pescare nulla, tutti coperti di sale e purificati dall'acqua torniamo a casa quatti quatti e andiamo a letto senza cena. Adesso, visto come è agitato il mare, non abbiamo speranza: se non riusciamo a prendere qualche conchiglia, la cena la saltiamo di sicuro. Preghiamo dunque questa Venere pietosa che oggi ci dia benevolmente una mano.

Scena II
TRACALIONE PESCATORI

TRACALIONE Ho fatto bene attenzione a non passare oltre senza vedere il padrone. Infatti poco fa, uscendo, mi ha detto che andava al porto e mi ha comandato di venirgli in-

me huc obviam iussit sibi venire ad Veneris fanum.
Sed quos perconter commode eccos video astare. Adibo.
Salvete, fures maritumi, conchitae atque hamiotae,
famelica hominum natio. Quid agitis? Ut peritis?
PISCATORES Ut piscatorem aequomst, fame sitique speque falsa.
TRACHALIO Ecquem adulescentem huc, dum hic astatis,
[expedite,
vidistis ire strenua facie, rubicundum, fortem,
qui tris semihomines duceret chlamydatos cum machaeris?
PISCATORES Nullum istac facie ut praedicas venisse huc scimus.
TRACHALIO [Ecquem
recalvom ad Silanum senem, statutum, ventriosum,
tortis superciliis, contracta fronte, fraudulentum,
deorum odium atque hominum, malum, mali viti probrique
[plenum,
qui duceret mulierculas duas secum sati' venustas?
PISCATORES Cum istiusmodi virtutibus operisque natus qui sit,
eum quidem ad carnuficem est aequius quam ad Venerem
[commeare.
TRACHALIO At si vidistis, dicite.
PISCATORES Huc profecto nullus venit.
Vale. –
TRACHALIO Valete. Credidi: factum est quod suspicabar,
data verba ero sunt, leno abit scelestus exsulatum,
in navem ascendit, mulieres avexit: hariolus sum.
Is huc erum etiam ad prandium vocavit, sceleris semen.
Nunc quid mi meliust quam ilico hic opperiar erum dum
[veniat?
Eadem, sacerdos Veneria haec si quid amplius scit,
si videro, exquisivero: faciet me certiorem.

AMPELISCA TRACHALIO

AMPELISCA Intellego: hanc quae proxumast ‹tu› villam
[Veneris fano
pulsare iussisti atque aquam rogare.

contro qui, al tempio di Venere. Ma ecco gente a cui posso benissimo chiedere informazioni. Mi rivolgerò a loro. Salve, ladri marini, conchigliai, amaioli,[34] razza famelica! Che fate? State tirando gli ultimi?[35]

PESCATORI Ce la caviamo come tutti i pescatori: a base di fame, di sete e di speranze deluse.

TRACALIONE Mentre eravate qui, avete visto, ditemi, un giovanotto che camminava con aria decisa, rosso in viso, forte, che aveva con sé tre mezze cartucce vestiti con la clamide e armati di spada?

PESCATORI Non ci risulta che uno con l'aspetto che tu ci descrivi sia venuto qui.

TRACALIONE E un vecchio mezzo pelato come Sileno,[36] ben messo, con una gran pancia e folte sopracciglia, con la fronte aggrottata, un imbroglione in odio agli dei e agli uomini, un furfante, maestro di vizi e di porcherie, che trascinava con sé due donnette piuttosto belline?

PESCATORI Chi abbia queste caratteristiche e questi attributi è meglio che vada dal carnefice piuttosto che al tempio di Venere!

TRACALIONE Però, se l'avete visto, ditemelo.

PESCATORI No, di sicuro non è venuto da queste parti. Addio!

TRACALIONE Addio! L'avevo previsto: è avvenuto quel che supponevo. Il mio padrone s'è preso una fregatura e il gaglioffo se ne è scappato all'estero con una nave, portando via con sé le donne. Sono un indovino! E per di più quello scellerato l'ha anche invitato qui, il mio padrone, a pranzo! Quanto a me, che altro posso fare se non restar dove sono ad aspettarlo finché arriva? Intanto, se vedrò la sacerdotessa di Venere, le chiederò se per caso sa qualcosa di più. Mi darà informazioni.

Scena III
AMPELISCA TRACALIONE

AMPELISCA (*verso l'interno*) Ho capito. Mi hai comandato di andare a battere alla porta della casa qui accanto al tempio di Venere e di chiedere acqua.

TRACHALIO Quoia ad auris
vox mi advolavit?
AMPELISCA Opsecro, quis hic loquitur?
TRACHALIO Quem ego video?
Estne Ampelisca haec quae foras e fano egreditur?
AMPELISCA Estne hic
Trachalio quem conspicor, calator Plesidippi?
TRACHALIO East.
AMPELISCA Is est. Trachalio, salve.
TRACHALIO Salve, Ampelisca.
Quid agis tu?
AMPELISCA Aetatem hau malam male.
TRACHALIO Melius ominare.
AMPELISCA Verum omnis sapientis decet conferre et fabulari.
Sed Plesidippus tuos erus ubi, amabo, est?
TRACHALIO Heia vero,
quasi non sit intus!
AMPELISCA Neque pol est neque huc quidem ullus
[venit.
TRACHALIO Non venit?
AMPELISCA Vera praedicas.
TRACHALIO Non est meum, Ampelisca.
Sed quam mox coctum est prandium?
AMPELISCA Quod prandium,
[opsecro te?
TRACHALIO Nemp' rem divinam facitis hic.
AMPELISCA Quid somnias,
[amabo?
TRACHALIO Certe huc Labrax ad prandium vocavit
[Plesidippum
erum meum eru' voster.
AMPELISCA Pol hau miranda facta dicis:
si deos decepit et homines, lenonum more fecit.
TRACHALIO Non rem divinam facitis hic vos neque erus?
AMPELISCA [Hariolare.
TRACHALIO Quid tu agis hic igitur?
AMPELISCA Ex malis multis metuque
[summo

TRACALIONE Di chi è questa voce che mi è giunta all'orecchio?

AMPELISCA Ma chi parla qui?

TRACALIONE Chi vedo mai? È proprio Ampelisca quella che sta uscendo dal tempio di Venere?

AMPELISCA È Tracalione quello che vedo, il servo[37] di Plesidippo?

TRACALIONE È lei!

AMPELISCA È lui! Salve, Tracalione!

TRACALIONE Salve Ampelisca! Come va?

AMPELISCA Ho un'età in cui si dovrebbe star bene ma io me la passo male.

TRACALIONE Non dir così, che porta scalogna!

AMPELISCA Tra persone sagge, bisogna sempre dirsi la verità! Ma mi dici per favore dov'è il tuo padrone Plesidippo?

TRACALIONE Che domande mi fai? Come se non fosse dentro il tempio![38]

AMPELISCA Non c'è affatto, per Polluce. Del resto qui non è venuto nessuno.

TRACALIONE Non è venuto?

AMPELISCA È la verità.

TRACALIONE Io di solito non la dico, Ampelisca. Ma quanto manca all'ora del pranzo?

AMPELISCA Di che pranzo parli, scusa?

TRACALIONE Mi risulta che abbiate fatto un sacrificio qui.

AMPELISCA Sogni, ragazzo?

TRACALIONE Mi risulta che il vostro padrone, Labrace, ha invitato a pranzo il mio, Plesidippo.

AMPELISCA Quello che dici non mi meraviglia. Se ha imbrogliato gli dei e gli uomini non ha fatto nulla di diverso dal solito.

TRACALIONE Allora niente sacrificio, da parte del vostro padrone e vostra?

AMPELISCA Hai indovinato.

TRACALIONE E tu che ci fai allora qui?

AMPELISCA Due disgraziate, prive del tutto di aiuto e di so-

capitalique ex periculo orbas auxilique opumque huc
recepit ad se Veneria haec sacerdos me et Palaestram.
TRACHALIO An hic Palaestrast, opsecro, eri mei amica?
AMPELISCA Certo.
TRACHALIO Inest lepos in nuntio tuo magnus, mea Ampelisca.
Sed istuc periclum perlubet quod fuerit vobis scire.
AMPELISCA Confracta est, mi Trachalio, hac nocte navis nobis.
TRACHALIO Quid, navis? Quae istaec fabulast?
AMPELISCA Non audivisti, amabo,
quo pacto leno clanculum nos hinc auferre voluit
in Siciliam et quidquid domi fuit in navem imposivit?
Ea nunc perierunt omnia.
TRACHALIO Oh, Neptune lepide, salve!
Nec te aleator nullus est sapientior; profecto
nimi' lepide iecisti bolum: periurum perdidisti.
Sed nunc ubi est leno Labrax?
AMPELISCA Periit potando, opinor:
Neptunus magnis poculis hac nocte eum invitavit.
TRACHALIO Credo hercle anancaeo datum quod biberet. Ut ego amo te,
mea Ampelisca, ut dulcis es, ut mulsa dicta dicis!
Sed tu et Palaestra quomodo salvae estis?
AMPELISCA Scibis faxo.
‹De› navi timidae ambae in scapham insiluimus, quia videmus
ad saxa navem ferrier; properans exsolvi restim,
dum illi timent; nos cum scapha tempestas dextrovorsum
differt ab illis. Itaque nos ventisque fluctibusque
iactatae exemplis plurumis miserae perpetuam noctem;
vix hodie ad litus pertulit nos ventus exanimatas.
TRACHALIO Novi, Neptunus ita solet, quamvis fastidiosus
aedilis est: si quae inprobae sunt merces, iactat omnis.

stegno, stremate dall'enormità delle disgrazie e dal terrore di un rischio mortale, ha accolte qui presso di sé la sacerdotessa di Venere: si tratta di me e di Palestra.

TRACALIONE Non mi dirai che Palestra, l'amica del mio padrone, è qui!

AMPELISCA Te lo confermo.

TRACALIONE Con questa notizia mi dai una grandissima gioia, Ampelisca! Ma sono ansioso di conoscere quale sia stato il pericolo che avete corso!

AMPELISCA Caro il mio Tracalione, questa notte la nostra nave ha fatto naufragio!

TRACALIONE Di che nave parli? Che storia è questa?[39]

AMPELISCA Non avevi sentito dire che il lenone voleva portarci via di nascosto da qui, in Sicilia, e che aveva caricato tutti i suoi averi su una nave? Adesso è andato tutto a fondo!

TRACALIONE O Nettuno, congratulazioni! Come sei stato bravo! Non v'è giocatore di dadi più abile di te. Hai fatto il tuo tiro in modo molto scaltro. Hai mandato alla malora lo spergiuro! Ma lui, il lenone Labrace, adesso dov'è?

AMPELISCA Credo che sia crepato a furia di bere: questa notte Nettuno l'ha invitato a un sontuoso simposio!

TRACALIONE Credo che gli abbia offerto una coppa gigante[40] da cui bere! Come ti voglio bene, Ampelisca, come sei dolce, che parole soavi mi dici! Ma tu e Palestra in che modo siete salve?

AMPELISCA Te lo spiego subito. Piene di timore tutte e due balzammo sulla scialuppa dalla nave, perché vedevamo che questa veniva trascinata verso gli scogli; io sciolsi in fretta la fune mentre gli altri restavano nell'incertezza e nel timore; la violenza dei marosi ci trascinò verso destra, lontano da loro. Restammo così, povere infelici, in balia del vento e delle onde, sbatacchiate in mille modi per tutta la notte. E solo oggi, a mala pena, prive di coscienza, il vento ci ha spinto verso il lido.

TRACALIONE Lo so, Nettuno fa sempre così: si comporta come un edile,[41] quanto mai rigoroso. Se trova della merce avariata, butta via tutto il carico.

AMPELISCA Vae capiti atque aetati tuae!
TRACHALIO Tuo, mea Ampelisca, –
scivi lenonem facere ‹ego› hoc quod fecit; saepe dixi;
capillum promittam optumumst occipiamque hariolari.
AMPELISCA Cavistis ergo tu atque erus ne abiret, quom [scibatis?
TRACHALIO Quid faceret?
AMPELISCA Si amabat, rogas, quid faceret? [Adservaret
dies noctesque, in custodia esset semper. Verum ecastor
ut multi fecit ita probe curavit Plesidippus.
TRACHALIO Qur tu istuc dicis?
AMPELISCA Res palam est.
TRACHALIO Scin tu? Etiam [qui it lavatum
in balineas, quom ibi sedulo sua vestimenta servat,
tamen surrupiuntur, quippe qui quem illorum opservet falsust;
fur facile quem opservat videt: custos qui fur sit nescit.
Sed duce me ad illam ubi est.
AMPELISCA I sane in Veneris fanum huc [intro,
sedentem flentemque opprimes.
TRACHALIO Ut iam istuc mihi molestumst!
Sed quid flet?
AMPELISCA Ego dicam tibi: hoc sese excruciat animi,
quia leno ademit cistulam ei quam habebat ubique habebat
qui suos parentes noscere posset: eam veretur
ne perierit.
TRACHALIO Ubinam ea fuit cistellula?
AMPELISCA Ibidem in navi.
Conclusit ipse in vidulum, ne copia esset eiius
qui suos parentes nosceret.
TRACHALIO O facinus inpudicum,
quam liberam esse oporteat servire postulare!
AMPELISCA Nunc eam cum navi scilicet abiisse pessum in altum.
Et aurum et argentum fuit lenonis omne ibidem.

AMPELISCA Bada a te! Crepa!

TRACALIONE Tu piuttosto, cara la mia Ampelisca... Quanto al lenone, io lo sapevo bene che avrebbe fatto quel che ha fatto! L'avevo detto cento volte! Sarà bene che mi lasci crescere la chioma[42] e cominci a fare l'indovino.

AMPELISCA Allora, se lo sapevate, non potevate fare in modo, tu e il tuo padrone, che non partisse?

TRACALIONE Che cosa avrebbe potuto fare lui?

AMPELISCA E mi chiedi che cosa avrebbe dovuto fare, se era innamorato? Avrebbe dovuto far la guardia notte e giorno, star sempre sul chi va là! Si è visto, per Castore, quanto[43] gli importava di lei al signor Plesidippo, dall'impegno che ha dimostrato!

TRACALIONE Perché dici così?

AMPELISCA Perché è evidente.

TRACALIONE Lo sai, cara mia? Anche colui che va in piscina a fare il bagno, sebbene tenga d'occhio con attenzione i suoi vestiti, tuttavia spesso ne subisce il furto, perché non sa esattamente quali persone deve controllare. Mentre il ladro ha una mira precisa e inquadra facilmente la vittima, questa ignora chi sia il ladro. Comunque conducimi dove si trova Palestra.

AMPELISCA Entra qui nel tempio di Venere: la troverai seduta a piangere.

TRACALIONE Come mi rincresce! Ma perché piange?

AMPELISCA Te lo dico subito: la tormenta il fatto che il lenone le abbia portato via la cassetta dove teneva gli oggetti che le avrebbero permesso di riconoscere i suoi genitori, e adesso ha paura che sia andata perduta.

TRACALIONE Ma dov'era questa cassetta?

AMPELISCA Lì, sulla nave. Il lenone l'aveva rinchiusa in un baule perché la ragazza non avesse il mezzo per riconoscere i suoi genitori.

TRACALIONE Che schifo, pretendere di tenere in schiavitù una persona che ha il diritto di essere libera!

AMPELISCA E adesso la cassetta è evidentemente andata a finire in fondo al mare insieme con la nave. E nel baule c'era anche tutto l'oro e l'argento del lenone!

TRACHALIO Credo aliquem immersisse atque eum excepisse.
AMPELISCA [Id misera maestast
sibi eorum evenisse inopiam.
TRACHALIO Iam istoc magis usus factost,
ut eam intro consolerque eam, ne sic se excruciet animi;
nam multa praeter spem scio multis bona evenisse.
AMPELISCA At ego etiam, qui speraverint spem decepisse
[multos.
TRACHALIO Ergo animus aequos optumum est aerumnae
[condimentum.
Ego eo intro, nisi quid vis. –
AMPELISCA Eas. Ego quod mihi imperavit
sacerdos, id faciam atque aquam hinc de proxumo rogabo;
nam extemplo, si verbis suis peterem, daturos dixit.
Neque digniorem censeo vidisse anum me quemquam
quoi deos atque homines censeam bene facere magi' decere.
Ut lepide, ut liberaliter, ut honeste atque hau gravate
timidas, egentis, uvidas, eiectas, exanimatas
accepit ad sese, hau secus quam si ex se simus natae!
Ut eapse ‹sic› succincta aquam calefactat, ut lavemus!
Nunc, ne morae illi sim, petam hinc aquam unde mi
[imperavit.
Heus ecquis in villast? Ecquis hoc recludit? Ecquis prodit?

SCEPARNIO AMPELISCA

SCEPARNIO Quis est qui nostris tam proterve foribus facit
[iniuriam?
AMPELISCA Ego sum.
SCEPARNIO Hem! Quid hoc boni est? Eu edepol
[specie lepida mulierem!
AMPELISCA Salve, adulescens.

TRACALIONE Credo che qualcuno si sarà tuffato e l'avrà recuperato.

AMPELISCA Per questo l'infelice è affranta: perché non ha più quegli oggetti.

TRACALIONE Tanto più è necessario che io vada là dentro e la consoli, perché smetta di tormentarsi così. So per esperienza che a molti capitano talora delle fortune che non si aspettavano.

AMPELISCA A me invece risulta il contrario: che molti restano delusi nelle loro speranze.

TRACALIONE Conclusione: un certo equilibrio è l'antidoto all'angoscia. Io, se non ti serve altro, vado dentro.

AMPELISCA Vai. (*Tracalione esce di scena*) Io intanto farò quel che la sacerdotessa mi ha comandato: andrò a chiedere l'acqua ai vicini. Lei mi ha assicurato che, se la chiederò a nome suo, me la daranno subito. Sono convinta di non aver mai visto una vecchia signora che più di lei ispiri rispetto, che più meriti di ricevere del bene dagli dei e dagli uomini. Con quale garbo ci ha accolte, con quale generosità e nobiltà, senza mostrarsi per nulla seccata! E noi eravamo piene di paura, prive di tutto, fradice: delle naufraghe mezzo morte! Ma lei ci ha ricevuto in casa sua proprio come se fossimo sue figlie! Si è rimboccata la tunica e ci ha scaldato dell'acqua perché potessimo lavarci! Ora non voglio farla aspettare e chiederò l'acqua a questi vicini, a cui mi ha detto di domandarla. Oh! C'è qualcuno in casa? Chi mi apre la porta? Qualcuno viene fuori?

Scena IV
SCEPARNIONE AMPELISCA

SCEPARNIONE Chi se la prende in modo tanto villano con la nostra porta?

AMPELISCA Io.

SCEPARNIONE Oh! Oh! Guarda che bella fortuna! Che graziosa donnina, per Polluce!

AMPELISCA Salve, giovanotto!

SCEPARNIO Et tu multum salveto,
[adulescentula.
AMPELISCA Ad vos venio.
SCEPARNIO Accipiam hospitio, si mox venies
[vesperi,
item ut adfectam; nam nunc nihil est qui te mane munerem.
Sed quid ais, mea lepida, hilara?
AMPELISCA Aha! Nimium familiariter
me attrectas.
SCEPARNIO Pro di inmortales! Veneris effigia haec quidem
[est.
Ut in ocellis hilaritudo est, heia, corpus quoiusmodi,
subvolturium – illud quidem, 'subaquilum' volui dicere –,
vel papillae quoiusmodi, tum quae indoles in saviost!
AMPELISCA Non ego sum pollucta pago. Potin ut me
[apstineas manum?
SCEPARNIO Non licet †te sic placide bellam† belle tangere?
AMPELISCA Otium ubi erit, tum tibi operam ludo et deliciae
[dabo;
nunc quam ob rem huc sum missa, amabo, vel tu mi aias vel
[neges.
SCEPARNIO Quid nunc vis?
AMPELISCA Sapienti ornatus quid velim
[indicium facit.
SCEPARNIO Meu' quoque hic sapienti ornatus quid velim
[indicium facit.
AMPELISCA Haec sacerdos Veneris hinc me petere aquam
[iussit ‹sibi›.
SCEPARNIO At ego basilicus sum: quem nisi oras guttam non
[feres.
Nostro illum puteum periclo et ferramentis fodimus.
Nisi multis blanditiis a me gutta non ferri potest.
AMPELISCA Qur tu aquam gravare, amabo, quam hostis hosti
[commodat?
SCEPARNIO Qur tu operam gravare mihi quam civis civi
[commodat?
AMPELISCA Immo etiam tibi, mea voluptas, quae voles faciam
[omnia.

SCEPARNIONE Salve anche a te, di cuore, ragazzina!

AMPELISCA Sto venendo da voi.

SCEPARNIONE Ti accoglierò come le tue doti meritano, specie se tornerai stasera: per ora, di mattina, non ho regali da farti. Ma che vuoi, bella gioia mia?

AMPELISCA Altolà! Allunghi le mani con troppa confidenza!

SCEPARNIONE Per gli dei immortali! Ho davanti l'immagine di Venere! Che occhi luminosi, accipicchia! Che corpo, che pelle color del falco, no, meglio, dell'aquila, che razza di seno, che bocca da baci!

AMPELISCA Non son mica qui alla mercé di tutti! Sei capace di tener le mani a posto?

SCEPARNIONE Perché non si può darti una toccatina, bellezza?[44]

AMPELISCA Quando avremo tempo ti darò il modo di divertirti e di godertela. Per ora limitati a darmi o rifiutarmi quello per cui sono stata mandata qui.

SCEPARNIONE Dimmi che cos'è.

AMPELISCA Per una persona intelligente questo arnese spiega la mia richiesta.

SCEPARNIONE Anche il mio arnese spiega che cosa voglio a una persona intelligente![45]

AMPELISCA La sacerdotessa di Venere, la tua vicina, mi ha comandato di venir qui a chiedere acqua.

SCEPARNIONE Ma io sono un'autorità! Se non mi preghi, non ne otterrai nemmeno una goccia. Quel pozzo l'abbiamo scavato lavorandoci coi nostri attrezzi e con molto rischio. Non se ne può avere una goccia da me se non a prezzo di molte moine.

AMPELISCA Perché ti fai tanto pregare a darmi dell'acqua, scusa, quando la si dà anche a un nemico?

SCEPARNIONE E tu perché ti ostini a negarmi quella cordialità che si usa tra concittadini?

AMPELISCA Va bene, amore mio, farò per te quello che vorrai!

SCEPARNIO Eugepae! Salvos sum, haec iam me suam [voluptatem vocat.
Dabitur tibi aqua, ne nequiquam me ames. Cedo mi urnam.
AMPELISCA [Cape.
Propera, amabo, ecferre.
SCEPARNIO Manta, iam hic ero, voluptas mea. –
AMPELISCA Quid sacerdoti me dicam hic demoratam tam diu?
Ut etiam nunc misera timeo ubi oculis intueor mare!
Sed quid ego misera video procul in litore?
Meum erum lenonem Siciliensemque hospitem,
quos periisse ambos misera censebam in mari.
Iam illud mali plus nobis vivit quam ratae.
Sed quid ego cesso fugere in fanum ac dicere haec
Palaestrae, in aram ut confugiamus priu' quam huc
scelestus leno veniat nosque hic opprimat?
Confugiam huc, ita res suppetit, subita via.

SCEPARNIO

Pro di inmortales! In aqua numquam credidi
voluptatem inesse tantam. Ut hanc traxi lubens!
Nimio minus altus puteus visust quam prius.
Ut sine labore hanc extraxi! Praefiscine!
Sati' nequam sum, utpote qui hodie amare inceperim.
Em tibi aquam, mea tu belliata. Em sic volo
te ferre honeste ut ego fero, ut placeas mihi.
Sed ubi tu es, delicata? Cape aquam hanc sis. Ubi es?
Amat hercle me, ut ego opinor. Delituit mala.
Ubi tu es? Etiamne hanc urnam acceptura's? Ubi es?
Commodule meliust. Tandem vero serio,
etiam acceptura es urnam hanc? Ubi tu es gentium?
Nusquam hercle equidem illam video. Ludos me facit.
Adponam hercle urnam iam ego hanc in media via.
Sed autem, quid si hanc hinc apstulerit quispiam,
sacram urnam Veneris? Mi exhibeat negotium.
Metuo hercle ne illa mulier mi insidias locet,

SCEPARNIONE Evviva! Sono a posto! Mi chiama già "amore mio"! Ti darò l'acqua, perché tu non sprechi "gratis" il tuo amore. Dammi la brocca.

AMPELISCA Eccola. E riportamela in fretta, per favore.

SCEPARNIONE Aspettami qui! Torno subito, gioia mia!

AMPELISCA Che dirò alla sacerdotessa per giustificarmi di essermi fermata qui tanto tempo? E tremo ancora tutta, me infelice, se rivolgo lo sguardo al mare! Ma che c'è laggiù, sulla spiaggia? Che vedo? È il lenone, il mio padrone con il suo ospite siciliano! E io che speravo che fossero morti tutti e due in mare! È inutile! Per noi quel malanno dura di più di quanto credevamo. Devo sbrigarmi a tornare al tempio e dire tutto a Palestra, perché possiamo rifugiarci presso l'altare prima che quello scellerato arrivi e ci trovi qui! Devo correre dentro immediatamente![46] La situazione lo impone.

Scena V
SCEPARNIONE

Per gli dei immortali! Non avrei mai pensato che ci fosse tanta goduria nell'acqua! Come l'ho attinta volentieri! Il pozzo mi è sembrato molto meno profondo di prima! L'ho tirata su proprio senza fatica, non faccio per vantarmi![47] Sono un bel salame, che oggi ci son cascato, nell'amore! Eccoti l'acqua, bellezza mia! Voglio che tu, per compiacermi, abbia riguardo nel portarla come faccio io. Ma dove sei andata a finire, bambolina? Su, prendi quest'acqua! Ma dove sei? Lei mi ama, penso, e per far la preziosa si è nascosta. Dove sei? La vuoi sì o no quest'acqua? Dove sei? Facciamo pure con calma. Però, alla fine, senza scherzi, hai ancora intenzione di prenderti quest'acqua? Dove sei andata a finire? Non riesco proprio a scovarla. Mi sta prendendo in giro. E va bene! Depositerò questa brocca qui in mezzo alla strada! Ma se poi qualcuno verrà a portarsi via quest'oggetto sacro a Venere? Mi procurerebbe delle noie. Mi è venuto il sospetto, per Ercole, che quella mi stia pre-

ut comprehendar cum sacra urna Veneria.
Nempe optumo ‹me› iure in vinclis enicet
magistratus si quis me hanc habere viderit.
Nam haec litteratast, eapse cantat quoia sit.
Iam hercle evocabo hinc hanc sacerdotem foras,
ut hanc accipiat urnam. Accedam huc ad fores.
Heus, Agasi Ptolemocratia, cape hanc urnam tibi:
muliercula hanc nescioquae huc ad me detulit.
Intro ferundast. Repperi negotium,
siquidem mihi his ultro adgerunda etiam est aqua. –

LABRAX CHARMIDES

LABRAX †Qui homo sese miserum et mendicum volet†,
Neptuno credat sese atque aetatem suam:
nam si quis cum eo quid rei commiscuit,
ad hoc exemplum amittit ornatum domum.
Edepol, Libertas, lepida es quae numquam pedem
voluisti in navem cum Hercule una imponere.
Sed ubi ille meus est hospes qui me perdidit?
Atque eccum incedit!
CHARMIDES Quo malum properas, Labrax?
Nam equidem te nequeo consequi tam strenue.
LABRAX Utinam te priu' quam oculis vidissem meis
malo cruciatu in Sicilia perbiteres,
quem propter hoc mihi optigit misero mali.
CHARMIDES Utinam, quom in aedis me ad te adduxisti [‹domum›,
in carcere illo potius cubuissem die.
Deosque inmortalis quaeso, dum vivas, uti
omnis tui similis hospites habeas tibi.
LABRAX Malam Fortunam in aedis te adduxi meas.
Quid mihi scelesto tibi erat auscultatio?
Quidve hinc abitio? Quidve in navem inscensio?
Ubi perdidi etiam plus boni quam mihi fuit.
CHARMIDES Pol minime miror navis si fractast tibi,

parando una trappola, per farmi cogliere in fallo con in mano la brocca di Venere! Certo il magistrato avrebbe tutto il diritto di sbattermi in prigione se qualcuno me ne sorprendesse in possesso: perché c'è sopra un'iscrizione che dichiara a chi appartiene. Farò così: chiamerò fuori la sacerdotessa perché se la riprenda. Vado alla porta del tempio. Ehi, tu, Ptolemocrazia,[48] prendi la tua brocca! Una ragazza che non conosco me l'ha portata qui. E va bene! La devo portare dentro. Ho trovato il mio bel da fare se mi tocca anche portare l'acqua a domicilio a questi qui!

Scena VI
LABRACE CARMIDE

LABRACE Chi vuol ridursi povero e infelice affidi se stesso e la sua vita a Nettuno! Se si ha a che fare, anche poco, con lui, ci si riduce in questo modo e così si vien rispediti a casa. Per Polluce, fosti ben furba, Libertà, che non volesti mettere piede sulla nave insieme a Ercole![49] Ma dov'è il mio ospite, lui che è responsabile della mia rovina? Eccolo lì che viene!

CARMIDE Alla malora, Labrace, dove corri? Non riesco a tenerti dietro se vai così in fretta.

LABRACE Oh, se almeno, prima di comparirmi davanti agli occhi, fossi crepato di mala morte in Sicilia, tu che sei stato la causa di questa mia disgrazia!

CARMIDE Ah, se quel giorno in cui mi hai tirato in casa tua avessi dormito in carcere, piuttosto! Prego gli dei immortali che, fin che stai al mondo, tu abbia solo ospiti che ti somiglino!

LABRACE Con te ho introdotto in casa mia la Sfortuna! Perché mai ho dato ascolto a uno scellerato come te? Che motivo c'era di partire da qui? E di salire su una nave?[50] Così ho perso addirittura di più di quel che avevo!

CARMIDE E io, per Polluce, non mi meraviglio affatto se la tua

scelu' te et sceleste parta quae vexit bona.
LABRAX Pessum dedisti me blandimentis tuis.
CHARMIDES Scelestiorem cenam cenavi tuam
quam quae Thyestae quondam aut posita est Tereo.
LABRAX Perii! Animo male fit. Contine quaeso caput.
CHARMIDES Pulmoneum edepol nimi' velim vomitum vomas.
LABRAX Eheu! Palaestra atque Ampelisca, ubi esti' nunc?
CHARMIDES Piscibus in alto, credo, praebent pabulum.
LABRAX Mendicitatem mi optulisti opera tua,
dum tuis ausculto magnidicis mendaciis.
CHARMIDES Bonam est quod habeas gratiam merito mihi,
qui te ex insulso salsum feci opera mea.
LABRAX Quin tu hinc is a me in maxumam malam crucem?
CHARMIDES Eas. Easque res agebam commodum.
LABRAX Eheu! Quis vivit me mortalis miserior?
CHARMIDES Ego multo tanto miserior quam tu, Labrax.
LABRAX Qui?
CHARMIDES Quia ego indignus sum, tu dignus qui sies.
LABRAX O scirpe, scirpe, laudo fortunas tuas,
qui semper servas gloriam aritudinis.
CHARMIDES Equidem me ad velitationem exerceo,
nam omnia corusca prae tremore fabulor.
LABRAX Edepol, Neptune, es balineator frigidus:
cum vestimentis postquam aps te abii, algeo.
CHARMIDES Ne thermopolium quidem ullum instruit,
ita salsam praehibet potionem et frigidam.
LABRAX Ut fortunati sunt fabri ferrarii
qui apud carbones adsident! Semper calent.
CHARMIDES Utinam fortuna nunc anetina uterer,
ut quom exiissem ex aqua, arerem tamen.
LABRAX Quid si aliquo ad ludos me pro manduco locem?
CHARMIDES Quapropter?

nave è andata in pezzi, dato che portava uno scellerato come te e quei beni che ti sei procurato con le tue malefatte.

LABRACE Mi hai mandato alla malora con le tue lusinghe.

CARMIDE Tu mi hai offerto una cena maledetta, ancor più di quella che fu apparecchiata per Tieste o per Tereo.[51]

LABRACE Mi sento male da morire! Sorreggimi la testa, per favore!

CARMIDE Vorrei proprio che tu vomitassi anche i polmoni!

LABRACE Ahimè! Palestra, Ampelisca, dove siete adesso?

CARMIDE Credo che siano in pasto ai pesci, in fondo al mare.

LABRACE Mi hai ridotto a mendicare colle tue magniloquenti menzogne!

CARMIDE A buon diritto mi dovresti invece ringraziare, e molto, per averti reso un po' sapido, insulso com'eri![52]

LABRACE Vuoi sì o no allontanarti da me e andartene alla malora?

CARMIDE Vacci tu! Era quello che stavo proprio ora pensando di fare.

LABRACE Ahi! Ahi! Chi c'è di più infelice di me?

CARMIDE Io lo sono molto di più, Labrace.

LABRACE Perché?

CARMIDE Perché io non me lo merito, mentre tu sì.

LABRACE O giunco, giunco,[53] come sei fortunato! Non perdi mai la tua baldanzosa aridità!

CARMIDE Sto saltellando come i veliti[54] e tremo tutto, tanto che le parole mi escono smozzicate!

LABRACE Per Polluce, i bagni che ci offri, Nettuno, sono ben freddi! Dopo che ne sono uscito, con tutti i vestiti, gelo!

CARMIDE Già! Non ha nemmeno messo su un bar per offrire bevande calde, ma solo salate e gelide!

LABRACE Come sono fortunati i fabbri che stanno sempre vicino ai carboni ardenti! Così hanno sempre caldo.

CARMIDE Come sono fortunate le anatre! Se fossi come loro mi sentirei asciutto pur essendo appena uscito dall'acqua!

LABRACE E se mi proponessi per qualche rappresentazione a far la parte del mangione?[55]

CARMIDE Perché?

LABRAX Quia pol clare crepito dentibus.
CHARMIDES Iure optumo me †lavisse† arbitror.
LABRAX Qui?
CHARMIDES Quia auderem tecum in navem ascendere,
qui a fundamento mi usque movisti mare.
LABRAX Tibi auscultavi, tu promittebas mihi
illi esse quaestum maxumum meretricibus,
ibi me conruere posse aiebas ditias.
CHARMIDES Iam postulabas te, inpurata belua,
totam Siciliam devoraturum insulam?
LABRAX Quaenam ballaena meum voravit vidulum,
aurum atque argentum ubi omne compactum fuit?
CHARMIDES Eadem illa, credo, quae meum marsuppium,
quod plenum argenti fuit in sacciperio.
LABRAX Eheu! Redactus sum usque ad unam hanc tuniculam
et ad hoc misellum pallium. Perii oppido!
CHARMIDES Vel consociare mihi quidem tecum licet:
aequas habemus partis.
LABRAX Saltem si mihi
mulierculae essent salvae, spes aliquae forent.
Nunc si me adulescens Plesidippus viderit,
quo ab arrabonem pro Palaestra acceperam,
iam is exhibebit hic mihi negotium.
CHARMIDES Quid, stulte, ploras? Tibi quidem edepol copiast,
dum lingua vivet, qui rem solvas omnibus.

SCEPARNIO LABRAX CHARMIDES

SCEPARNIO Quid illuc, opsecro, negoti quod duae mulierculae
hic in fano Veneris signum flentes amplexae tenent,
nescioquem metuentes miserae? Nocte hac aiunt proxuma
se iactatas atque eiectas hodie esse aiunt e mari.
LABRAX Opsecro hercle, adulescens, ubi istaec sunt quas
[memoras mulieres?

LABRACE Perché, per Polluce, il battito dei miei denti si sente da lontano.

CARMIDE Mi sembra che sia giusto che mi sia bagnato tutto!

LABRACE Perché?

CARMIDE Perché ho avuto il coraggio di salire su una nave con te che mi hai sconvolto il mare da cima a fondo.

LABRACE È te che sono stato a sentire. Tu mi avevi promesso che in quel paese là avrei potuto fare grandi affari con le mie donnette, che avrei potuto accumulare grandi ricchezze!

CARMIDE Che cosa pretendevi, bestia schifosa? Di divorarti tutta la Sicilia?

LABRACE A proposito, chissà quale balena si è inghiottita il mio baule ove era stivato tutto il mio oro e il mio argento!

CARMIDE La stessa, credo, che s'è pappata la mia borsa, piena di denaro, che stava nella sacca da viaggio.[56]

LABRACE Ahimè! Sono ridotto a questa unica misera tunica e a questo straccetto di mantello! Sono distrutto!

CARMIDE Adesso possiamo perfino fare società: possediamo parti uguali.

LABRACE Se almeno le mie ragazze si fossero salvate, ci sarebbe qualche speranza. Se invece ora mi becca Plesidippo, che mi aveva dato un anticipo per Palestra, quello lì mi procurerà dei guai.

CARMIDE Sciocco, perché ti lamenti? Fintanto che hai la lingua in bocca non hai problemi a sbrogliartela con tutti.

Scena VII
SCEPARNIONE LABRACE CARMIDE

SCEPARNIONE (*uscendo dal tempio*) Che storia è questa? Come mai due povere ragazze stanno abbracciate alla statua di Venere, qui, nel suo tempio, per paura di non so chi? Dicono di esser state la notte scorsa sballottate in mare e di esserne state rigettate fuori oggi.

LABRACE Ti prego, giovanotto, dimmi dove sono queste ragazze di cui parli!

SCEPARNIO Hic in fano Veneris.
LABRAX Quot sunt?
SCEPARNIO Totidem quot ego [et tu sumus.
LABRAX Nemp' meae?
SCEPARNIO Nemp' nescio istuc.
LABRAX Qua sunt facie?
SCEPARNIO Scitula.
Vel ego amare utramvis possum, si probe adpotus siem.
LABRAX Nemp' puellae?
SCEPARNIO Nemp' molestus es. I vise, si lubet.
LABRAX Meas oportet intus esse hic mulieres, mi Charmides.
CHARMIDES Iuppiter te perdat, et si sunt et si non sunt tamen.
LABRAX Intro rumpam iam huc in Veneris fanum. –
CHARMIDES In barathrum [mavelim.
Opsecro, hospes, da mihi aliquid ubi condormiscam loci.
SCEPARNIO Istic ubi vis condormisce; nemo prohibet, [puplicum est.
CHARMIDES At vides me ornatus ut sim vestimentis uvidis:
recipe me in tectum, da mihi vestimenti aliquid aridi
dum arescunt mea; in aliquo tibi gratiam referam loco.
SCEPARNIO Tegillum eccillud, mihi unum id aret; id si vis dabo:
eodem amictus, eodem tectus esse soleo, si pluit.
Tu istaec mihi dato: exarescent faxo.
CHARMIDES Eho an te paenitet,
in mari quod elavi, ni hic in terra iterum eluam?
SCEPARNIO Eluas tu anne exunguare ciccum non interduim.
Tibi ego numquam quicquam credam nisi si accepto pignore.
Tu vel suda vel peri algu vel tu aegrota vel vale.
Barbarum hospitem mi in aedis nil moror. Sat litiumst. –
CHARMIDES Iamne abeis? Venalis illic ductitavit, quisquis est;
non est misericors. Sed quid ego hic asto infelix uvidus?
Quin abeo huc in Veneris fanum, ut edormiscam hanc [crapulam,
quam potavi praeter animi quam libuit sententiam?

SCEPARNIONE Qui, nel tempio di Venere.
LABRACE Quante sono?
SCEPARNIONE Tante quante io e te.
LABRACE Sono forse le mie?
SCEPARNIONE Io questo non lo so.
LABRACE Che aspetto hanno?
SCEPARNIONE Assai grazioso. Se fossi ubriaco a dovere potrei fare all'amore sia con l'una che con l'altra.
LABRACE È evidente che sono giovani.
SCEPARNIONE È altrettanto evidente che mi stai seccando. Va' dentro e guarda tu, se vuoi.
LABRACE Carmide mio, vedrai che lì dentro ci sono proprio le mie ragazze!
CARMIDE Che Giove ti maledica, che ci siano o no.
LABRACE Mi precipito nel tempio di Venere! (*Vi entra*)
CARMIDE Precipitati in un burrone, piuttosto! (*A Sceparnione*) Ti prego, straniero, indicami un luogo dove possa schiacciare un sonnellino.
SCEPARNIONE Fallo qui, dove vuoi: nessuno te lo impedisce, è luogo pubblico.
CARMIDE Ma guarda come sono conciato con queste vesti tutte bagnate. Accoglimi in casa e dammi degli abiti asciutti finché si seccano i miei. Prima o poi ti restituirò il favore.
SCEPARNIONE Di asciutto ho solo questo straccio di stuoia: se vuoi te lo do. Mi serve per vestirmi e per riparami se piove. Tu dammi le tue vesti: te le farò asciugare.
CARMIDE Non ti basta che mi sia lavato in mare? Vuoi che sia ripulito anche qui in terra?[57]
SCEPARNIONE Che tu ti lavi o ti profumi non me ne importa una cicca! Non ti darò mai nulla se non mi dai una garanzia. Suda a piacer tuo, crepa di freddo, ammalati o sta' sano! Io un barbaro in casa mia come ospite non lo voglio. Basta seccature! (*Esce*)
CARMIDE Già te ne vai? Deve essere un qualche mercante di schiavi quello lì; non ha un po' di pietà! Ma perché me ne sto qui, povero disgraziato, tutto bagnato? Perché non entro nel tempio di Venere per smaltire col sonno questa strana sbornia che mi son preso senza averne nessuna vo-

Quasi vinis Graecis Neptunus nobis suffudit mare,
itaque alvom prodi speravit nobis salsis poculis;
quid opust verbis? Si invitare nos paulisper pergeret,
ibidem obdormissemus: nunc vix vivos amisit domum.
Nunc lenonem quid agit intus visam, convivam meum. –

glia? Come se fossimo dei vini greci,[58] Nettuno ci ha allungato con l'acqua di mare! Si riprometteva di farci uscire le budella con quel beveraggio salato! Che dire di più? Se avesse continuato a propinarci quella roba ancora per un po', saremmo rimasti a dormire lì: invece ci ha rimandato a casa, ma mezzo morti! Ora andrò a vedere che cosa fa lì dentro il mio ospite, il lenone.

ACTUS III

DAEMONES

Miris modis di ludos faciunt hominibus,
mirisque exemplis somnia in somnis danunt:
ne dormientis quidem sinunt quiescere.
Velut ego hac nocte quae processit proxuma
mirum atque inscitum somniavi somnium.
Ad hirundininum nidum visa est simia
ascensionem ut faceret admolirier:
ut in omnibus ***
neque eas eripere quibat inde. Postibi
videtur ad me simia adgredirier,
rogare scalas ut darem utendas sibi.
Ego ad hoc exemplum simiae respondeo,
***
natas ex Philomela ac [ex] Progne esse hirundines.
Ago cum illa ne quid noceat meis popularibus.
Atque illa nimio iam fieri ferocior;
videtur ultro mihi malum minitarier.
In ius vocat med. Ibi ego nescioquo modo
iratus videor mediam arripere simiam;
concludo in vincla bestiam nequissumam.
Nunc quam ad rem dicam hoc attinere somnium
numquam hodie quivi ad coniecturam evadere.
Sed quid hic in Veneris fano meae viciniae
clamoris oritur? Animus miratur ‹meus›.

ATTO III

Scena I
DEMONE

È sorprendente come gli dei si prendano gioco degli uomini.[59] Mandano loro nel sonno dei sogni pieni di simboli strani: non li lasciano riposare nemmeno quando dormono. Io, per esempio, la scorsa notte ho fatto un sogno strano, anzi assurdo. Mi sembrava che una scimmia stesse tentando l'ascensione verso un nido di rondini; come in tutti...[60] non riusciva a strappare i piccoli dal nido. Poi subito mi pare che la scimmia si rivolga a me e che mi chieda una scala per portare a termine l'operazione. Io allora le rispondo così... che le rondini erano nate da Filomela e Progne.[61] Mi metto a litigare con lei perché non disturbi le mie concittadine; quella diventa sempre più aggressiva e rivolge a me le sue minacce. Mi convoca in giudizio: a questo punto io, arrabbiato, ho l'impressione nel sogno di afferrare la scimmia per la vita e di incatenare quella bestia malvagia. Oggi ci ho pensato su per capire a che cosa potesse riferirsi questo sogno ma non son riuscito ad arrivare a una conclusione. Be'! Che cos'è questo baccano che si sente esplodere nel tempio di Venere, mia vicina? Resto di stucco.

TRACHALIO DAEMONES

TRACHALIO Pro Cyrenenses populares! Vostram ego imploro [fidem,
agricolae, accolae propinqui qui estis his regionibus,
ferte opem inopiae atque exemplum pessumum pessum date.
Vindicate, ne inpiorum potior sit pollentia
quam innocentum, qui se scelere fieri nolunt nobilis.
Statuite exemplum inpudenti, date pudori praemium,
facite hic lege potius liceat quam vi victo vivere.
Currite huc in Veneris fanum, vostram iterum imploro [fidem,
qui prope hic adestis quique auditis clamorem meum,
ferte suppetias qui Veneri Veneriaeque antistitae
more antiquo in custodelam suom commiserunt caput,
praetorquete iniuriae priu' collum quam ad vos pervenat.
DAEMONES Quid istuc est negoti?
TRACHALIO Per ego haec genua te [optestor, senex,
quisquis es –
DAEMONES Quin tu ergo omitte genua et quid sit mi expedi
quod tumultues.
TRACHALIO Teque oro et quaeso, si speras tibi
hoc anno multum futurum sirpe et laserpicium
eamque eventuram exagogam Capuam salvam et sospitem,
atque – ab lippitudine usque siccitas ut sit tibi, –
DAEMONES Sanun es?
TRACHALIO Seu tibi confidis fore multam magydarim,
ut te ne pigeat dare operam mihi quod te orabo, senex.
DAEMONES At ego te per crura et talos tergumque optestor [tuom,
ut tibi ulmeam uberem esse speres virgidemiam
et tibi eventuram hoc anno uberem messem mali.
Ut mi istuc dicas negoti quid sit quod tumultues.
TRACHALIO Qui lubet maledicere? Equidem tibi bona [exoptavi omnia.

Scena II
TRACALIONE DEMONE

TRACALIONE Cittadini di Cirene! Imploro il vostro sostegno, agricoltori che abitate nei paesi qui intorno, venite in aiuto a chi ne è privo, annientate quel campione di furfanteria, fatelo fuori! Difendete gli innocenti che non vogliono che il loro nome sia legato a un delitto! Non permettete che gli scellerati prevalgano. Date un esempio, punendo gli svergognati e premiando gli onesti! Fate in modo che qui si possa vivere nell'osservanza della legge piuttosto che sopraffatti dalla violenza. Correte qui, al tempio di Venere! Chiedo di nuovo aiuto a voi che abitate qui vicino e udite le mie grida: venite a darci sostegno, voi che da tempo, secondo la tradizione, vi siete posti sotto la tutela di Venere e della sua sacerdotessa! Torcete il collo all'ingiustizia prima che vi contagi!

DEMONE Che succede?

TRACALIONE Ti scongiuro per le tue ginocchia, vecchio, chiunque tu sia...

DEMONE Lascia andare le ginocchia e spiegami che cosa ti mette in agitazione.

TRACALIONE Ti prego, ti scongiuro, se ti attendi un abbondante raccolto di sirpe e laserpicio[62] e speri che il carico giunga intatto a Capua e... che i tuoi occhi siano sempre sani senza cispa...

DEMONE Hai la testa a posto?

TRACALIONE ... e se speri di raccogliere magudari in abbondanza, non esitare a darmi l'aiuto che ti chiedo, vecchio!

DEMONE E io ti prego per le tue gambe, per i tuoi talloni e per la tua schiena, così tu possa attenderti un abbondante raccolto di vergate[63] e avere quest'anno una bella messe di malanni, di sbrigarti a dirmi che cosa è successo e che ti fa tanto agitare.

TRACALIONE Perché ti diverti ad augurarmi del male? Io invece ti ho augurato del bene.

DAEMONES Bene equidem tibi dico, qui te digna ut eveniant
[precor.
TRACHALIO Opsecro, hoc praevortere ergo.
DAEMONES Quid negotist?
TRACHALIO Mulieres
duae innocentes intus hic sunt, tui indigentes auxili,
quibus advorsum ius legesque insignite iniuria hic
facta est fitque in Veneris fano; tum sacerdos Veneria
indigne adflictatur.
DAEMONES Quis homo est tanta confidentia
qui sacerdotem violare audeat? Sed eae mulieres
quae sunt? Aut quid is iniqui fit?
TRACHALIO Si das operam, eloquar.
Veneris signum sunt amplexae. Nunc ‹homo audacissumus›
eas deripere volt. Eas ambas esse oportet ‹liberas›.
DAEMONES Quis istic est qui deos tam parvi pendit?
TRACHALIO Vis ‹dicam
[tibi?›
Fraudis, sceleris, parricidi, peiiuri plenissumus,
legerupa inpudens, inpurus, inverecundissumus,
uno verbo apsolvam, lenost: quid illum porro praedicem?
DAEMONES Edepol infortunio hominem praedicas donabilem.
TRACHALIO Qui sacerdoti scelestus faucis interpresserit.
DAEMONES At malo cum magno suo fecit hercle. Ite istinc
[foras,
Turbalio, Sparax. Ubi estis?
TRACHALIO I opsecro intro, subveni
illis.
DAEMONES Iterum haud imperabo. Sequimini hac.
TRACHALIO Age
[nunciam,
iube oculos elidere, itidem ut sepiis faciunt coqui.
DAEMONES Proripite hominem pedibus huc itidem quasi
[occisam suem. –
TRACHALIO Audio tumultum. Opinor, leno pugnis pectitur.
Nimi' velim inprobissumo homini malas edentaverint.
Sed eccas ipsae huc egrediuntur timidae e fano mulieres.

DEMONE Anch'io ti auguro del bene, cioè quello che ti meriti.

TRACALIONE Ti prego, adesso sta' attento a quel che ti dico.

DEMONE Che c'è?

TRACALIONE Ci sono qui nel tempio due donne, senza colpa alcuna, che hanno bisogno del tuo aiuto. È stata loro fatta, e ancora si sta loro facendo, palesemente violenza contro ogni diritto e ogni legge, proprio nel tempio di Venere. E in più vien maltrattata indegnamente anche la sacerdotessa di Venere.

DEMONE Chi è tanto audace da osar toccare una sacerdotessa? Ma chi sono queste donne? E che male stanno loro facendo?

TRACALIONE Se mi ascolti, ti dico tutto. Si sono aggrappate alla statua di Venere, abbracciandola, ma un manigoldo le vuole strappare da lì. Bisogna liberarle tutte e due.

DEMONE Chi è costui che ha così poco rispetto della divinità?

TRACALIONE Subito detto! Un campione di inganni e di scelleratezze, un parricida, uno spergiuro, uno che viola impunemente le leggi, un porco, uno spudorato, in una parola: un lenone. Vuoi altre spiegazioni?

DEMONE Mi dipingi un uomo, per Polluce, degno di pagarla cara.

TRACALIONE Pensa che il furfante ha tentato di strozzare la sacerdotessa.

DEMONE Ma sconterà amaramente quel che ha fatto. (*Verso l'interno della casa*) Venite fuori, Turbalione, Sparace,[64] dove siete?

TRACALIONE Va' nel tempio, ti prego, aiutale!

DEMONE (*ai servi*) Non fatevelo ripetere. Seguitemi!

TRACALIONE Coraggio! Ordina loro di strappargli gli occhi come fanno i cuochi con le seppie.

DEMONE Prendetelo per i piedi e trascinatelo qui, come un maiale scannato! (*Entrano nel tempio*)

TRACALIONE Sento delle grida. Penso che stiano strigliando il lenone a furia di pugni. Mi auguro che gli facciano sputare i denti, a quel gaglioffo! Ma ecco che le due donne, tutte spaventate, escono dal tempio.

PALAESTRA TRACHALIO AMPELISCA

PALAESTRA Nunc id est quom omnium copiarum atque opum,
auxili, praesidi viduitas nos tenet.
‹Nec salust› nec viast quae salutem adferat,
‹nec quam in partem› ingredi persequamur
scimus: tanto in metu nunc sumus ambae,
‹tanta› inportunitas tantaque iniuria
orta in nos est modo hic intus ab nostro ero,
quin scelestus sacerdotem anum praecipes
reppulit, propulit perquam indignis modis
nosque ab signo intumo vi deripuit sua.
Sed nunc sese ut ferunt res fortunaeque nostrae,
par moriri est. Neque est melius morte in malis
rebus miseris.
TRACHALIO Quid est? Quae illaec oratiost?
Cesso ego has consolari. Heus Palaestra!
PALAESTRA Qui vocat?
TRACHALIO Ampelisca.
AMPELISCA Opsecro, quis est qui vocat?
PALAESTRA Quis is est qui nominat?
TRACHALIO Si respexis, scies.
PALAESTRA O salutis meae spes.
TRACHALIO Tace ac bono animo es.
Me vide.
PALAESTRA Si modo id liceat, vis ne opprimat,
quae vis vim mi adferam ipsa adigit.
TRACHALIO Ah! Desine,
nimis inepta es.
PALAESTRA Desiste dictis nunciam miseram me consolari;
nisi quid re praesidium apparas, Trachalio, acta haec res est.
AMPELISCA Certumst moriri quam hunc pati ‹saevire›
[lenonem in me.
Sed muliebri animo sum tamen: miserae ‹quom venit› in
[mentem
mihi mortis, metu' membra occupat. Edepol diem hunc
[acerbum!

Scena III
PALESTRA TRACALIONE AMPELISCA

PALESTRA È proprio giunto il momento in cui non abbiamo più niente: né denaro, né aiuto, né appoggio alcuno. Non c'è via che porti alla salvezza e non sappiamo dove andare a sbattere! Tutte e due moriamo di paura, tanto siamo state oltraggiate e offese dall'aggressione che il nostro padrone ci ha fatto subire poco fa, qui nel tempio. Quel disgraziato si è buttato sulla vecchia sacerdotessa, l'ha spinta e strattonata in modo indegno e poi ha strappato via a tutta forza noi, che stavamo in fondo al tempio, accanto alla statua. Visto come stanno adesso le cose e come si prospetta la nostra sorte, ci è indifferente morire. Anzi, in mezzo ai malanni, la morte è per i disgraziati la cosa migliore.

TRACALIONE Che dice? Che razza di discorso sta facendo? Andrò a consolarle. Olà! Palestra!

PALESTRA Chi mi chiama?

TRACALIONE Ampelisca!

AMPELISCA Per gli dei, chi mi chiama?

PALESTRA Chi pronuncia il mio nome?

TRACALIONE Se ti volti, lo saprai.

PALESTRA O speranza di salvezza!

TRACALIONE Sta' zitta e tranquilla! Sono qua!

PALESTRA Oh! se solo fosse possibile sfuggire a quella violenza che mi induce a pensare di uccidermi!

TRACALIONE Ma smettila! Non far la stupida!

PALESTRA E tu smettila di consolarmi a parole: se non sei in grado di aiutarmi coi fatti, Tracalione, è bell'e finita!

AMPELISCA Anch'io sono decisa a morire piuttosto di tollerare che il lenone infierisca su di me. Tuttavia sono una donna e quando penso alla morte, povera me, la paura mi invade! Per Polluce, che giornata tremenda!

TRACHALIO Bonum animum habete.
PALAESTRA Nam, opsecro, unde iste
[animus mi invenitur?
TRACHALIO Ne, inquam, timete; adsidite hic in ara.
AMPELISCA Quid istaec
[ara
prodesse nobis ‹plus› potest quam signum in fano hic intus
Veneris, quod amplexae modo, unde abreptae per vim
[miserae?
TRACHALIO Sedete hic modo, ego hinc vos tamen tutabor.
[Aram habete hanc
vobis pro castris, moenia hinc ego vos defensabo;
praesidio Veneris malitiae lenonis contra incedam.
PALAESTRA Tibi auscultamus et, Venus alma, ambae te
[opsecramus,
aram amplexantes hanc tuam lacrumantes, genibus nixae,
in custodelam nos tuam ut recipias et tutere;
illos scelestos qui tuom fecerunt fanum parvi
fac ut ulciscare nosque ut hanc tua pace aram opsidere
patiare: lautae ambae sumus opera Neptuni noctu,
ne indignum id habeas neve idcirco nobis vitio vortas,
si quippiamst minu' quod bene esse lautum tu arbitrare.
TRACHALIO Venus, aequom has petere intellego: decet aps te
[id impetrari;
ignoscere his te convenit: metus has id ut faciant subigit.
Te ex concha natam esse autumant, cave tu harum conchas
[spernas.
Sed optume eccum exît senex, patronus mihique et vobis.

DAEMONES TRACHALIO LABRAX
LORARII

DAEMONES Exi e fano, natum quantum est hominum
[sacrilegissume.
Vos in aram abite sessum. Sed ubi sunt?
TRACHALIO Huc respice.
DAEMONES Optume, istuc volueramus. Iube modo accedat
[prope.

TRACALIONE Abbiate fiducia.
PALESTRA Ma dove la troviamo, scusa?
TRACALIONE Vi ripeto: non temete: sedete qui, vicino all'altare.[65]
AMPELISCA Ma come può quest'altare difenderci meglio della statua di Venere, che sta dentro, nel cuore del tempio? Stavamo abbracciate a quella poco fa noi due infelici, ma ne siamo state strappate a forza!
TRACALIONE Sedete lì, vi dico; io da qui vi proteggerò. Pensate che quest'altare sia il vostro accampamento di cui io difenderò gli spalti; con l'aiuto di Venere mi opporrò alla malvagità del lenone.
PALESTRA Ti obbediamo! E in ginocchio supplichiamo te, alma Venere, abbracciando in lacrime il tuo altare, di accoglierci sotto la tua tutela e di proteggerci! Vendicati di quei delinquenti che hanno oltraggiato il tuo tempio e permettici di restar qui sedute, col tuo consenso, presso la tua ara. Stanotte ci siamo lavate per opera di Nettuno; te lo diciamo perché tu non ritenga inadeguata questa purificazione e non attribuisca a nostra colpa se qualche parte del corpo non ti sembra purificata abbastanza bene.
TRACALIONE Venere, sento che queste donne ti rivolgono una giusta preghiera: meritano di essere esaudite. Tu perdonale e considera che è il timore a costringerle a comportarsi così. Si dice che tu sia nata da una conchiglia:[66] a tua volta, tu non disprezzare le loro.[67] Ma ecco che, proprio al momento giusto per me e per voi, esce di casa il padrone.

Scena IV
DEMONE TRACALIONE LABRACE SCHIAVI FUSTIGATORI

DEMONE Esci dal tempio, canaglia sacrilega come nessun'altra! (*In direzione delle donne*) Voi andate a sedervi sull'altare. Ma dove sono?
TRACALIONE Guarda lì.
DEMONE Perfetto. Volevo proprio questo. (*Al servo*) Digli che

Tun legerupionem hic nobis cum dis facere postulas?
Pugnum in os impinge.
LABRAX Iniqua haec patior cum pretio tuo.
DAEMONES At etiam minitatur audax?
LABRAX Ius meum ereptum est
[mihi,
meas mihi ancillas invito me eripis.
TRACHALIO Habe iudicem
de senatu Cyrenensi quemvis opulentum virum,
si tuas esse oportet nive eas esse oportet liberas
neu te in carcerem compingi aequom est aetatemque ibi
te usque habitare, donec totum carcerem contriveris.
LABRAX Non hodie isti rei auspicavi, ut cum furcifero fabuler.
Te ego appello.
DAEMONES Cum istoc primum, qui te novit disputa.
LABRAX Tecum ago.
TRACHALIO Atqui mecum agendumst. Suntne illae
[ancillae tuae?
LABRAX Sunt.
TRACHALIO Agedum ergo, tange utramvis digitulo minimo
[modo.
LABRAX Quid si attigero?
TRACHALIO Extemplo hercle ego te follem
[pugilatorium
faciam et pendentem incursabo pugnis, peiiurissume.
LABRAX Mihi non liceat meas ancillas Veneris de ara abducere?
DAEMONES Non licet: ita est lex apud nos –
LABRAX Mihi cum vostris
[legibus
nihil est commerci. Equidem istas iam ambas educam foras.
Tu, senex, si istas amas, huc arido argentost opus;
si autem Veneri complacuerunt, habeat, si argentum dabit.
DAEMONES Di tibi argentum! Nunc adeo meam ut scias
[sententiam,
occipito modo illis adferre vim ioculo pauxillulum,
ita ego te hinc ornatum amittam tu ipsus te ut non noveris.
Vos adeo, ubi ego innuero vobis, ni ei caput exoculassitis,
quasi murteta iunci, item ego vos virgis circumvinciam.

si avvicini. (*Al lenone*) Tu pretendi di infrangere le leggi tra noi e i nostri dei? (*Al servo*) Dagli un pugno sul muso!

LABRACE È un affronto! Ma me la pagherai!

DEMONE E ha anche il coraggio di minacciare, lo sfrontato?

LABRACE Mi si toglie un mio diritto, mi porti via le mie schiave contro la mia volontà.

TRACALIONE Scegliti pure un giudice tra i senatori di Cirene, uno dei più importanti, che decida se debbano essere tue o invece libere, e se non sia giusto che tu venga rinchiuso in prigione per passarci tutta la vita, finché non avrai logorato, passeggiando su e giù, tutto il pavimento del carcere!

LABRACE Io non sono disposto oggi a parlare con questo pendaglio da forca. Mi rivolgo a te, Demone.

DEMONE No, no. Parla prima con costui, che ti conosce.

LABRACE Io tratto solo con te.

TRACALIONE E invece devi trattare con me. Quelle lì sono tue schiave?

LABRACE Certo.

TRACALIONE Avanti dunque! Prova a toccarne una col dito mignolo.

LABRACE E se la tocco?

TRACALIONE Ti farò subito diventare un bersaglio[68] per pugili, ti appenderò e ti scaricherò addosso i miei pugni, spergiuro!

LABRACE Non posso portar via le mie schiave dall'ara di Venere?

DEMONE No. Così vuole la nostra legge.

LABRACE Io non ho niente a che fare con le vostre leggi. E me le porterò via subito tutte e due. Se poi tu, vecchio, ti sei innamorato di loro, non hai che da pagarmele in soldoni. Se invece le vuole Venere, le avrà, a patto che anche lei paghi.

DEMONE Gli dei dovrebbero darti dei soldi? Sta' a sentire quel che penso: prova a far loro del male, appena un pochino, per scherzo, e io ti manderò via di qui conciato in modo che tu stesso non ti riconoscerai più! (*Ai servi*) Quanto a voi, appena vi farò cenno, se non gli caverete gli occhi vi scatenerò intorno un carosello di verghe come i giunchi circondano e legano i mazzi di mirto.[69]

LABRAX Vi agis [mecum].
TRACHALIO Etiam vim proportas, flagiti flagrantia?
LABRAX Tun, trifurcifer, mihi audes inclementer dicere?
TRACHALIO Fateor, ego trifurcifer sum, tu es homo adprime [probus:
numqui minus hasce esse oportet liberas?
LABRAX Quid, liberas?
TRACHALIO Atque eras tuas quidem hercle atque ex germana [Graecia;
nam altera haec est nata Athenis ingenuis parentibus.
DAEMONES Quid ego ex te audio?
TRACHALIO Hanc Athenis esse natam [liberam.
DAEMONES Mea popularis, opsecro, haec est?
TRACHALIO Non tu Cyrenensis [es?
DAEMONES Immo Athenis natus altusque educatusque Atticis.
TRACHALIO Opsecro, defende civis tuas, senex.
DAEMONES O filia
mea, quom hanc video, mearum me apsens miseriarum [commones;
trima quae periit mi iam tanta esset, si vivit, scio.
LABRAX Argentum ego pro istisce ambabus quoiae erant [domino dedi;
quid mea refert Athenis natae an Thebis sient,
dum mihi recte servitutem serviant?
TRACHALIO Itane, inpudens?
Tune hic, feles virginalis, liberos parentibus
sublectos habebis atque indigno quaestu conteres?
Nam huic alterae quae patria sit profecto nescio,
nisi scio probiorem hanc esse quam te, inpuratissume.
LABRAX Tuae istae sunt?
TRACHALIO Contende ergo uter sit tergo – verior:
ni offerrumentas habebis pluris in tergo tuo
quam ulla navis longa clavos, tum ego ero mendacissumus:
postea aspicito meum, quando ego tuom inspectavero:
ni erit tam sincerum ut quivis dicat ampullarius
optumum esse operi faciundo corium et sincerissumum,

LABRACE Abusi del tuo potere.

TRACALIONE Hai il coraggio di parlare di abuso, furfante incallito?

LABRACE E tu, canaglia tre volte, osi parlarmi così villanamente?

TRACALIONE Sì, sì, io sono una gran canaglia, lo ammetto, e tu sei un fior di galantuomo. È per questo che costoro non devono essere libere?

LABRACE Come, libere?

TRACALIONE Libere, anzi, padrone tue, per Ercole, loro che vengono dalla Grecia autentica. Una di loro è nata ad Atene, da genitori liberi.

DEMONE Che cosa sento?

TRACALIONE Ho detto che costei è nata ad Atene ed è libera.

DEMONE Allora è mia concittadina?

TRACALIONE Ma come? Tu non sei di Cirene?

DEMONE No. Sono nato ad Atene e son stato cresciuto ed educato nel cuore dell'Attica.

TRACALIONE Allora, vecchio, coraggio, difendi le tue concittadine!

DEMONE O figlia mia! Al vedere questa ragazza il pensiero di te, che pur non sei qui con me, mi fa ricordare delle mie disgrazie! Aveva tre anni quando l'ho perduta. E ora, se vive, dovrebbe essere grande come quella fanciulla lì.

LABRACE Io ho pagato fior di soldi per queste due ragazze al loro padrone. Che cosa me ne frega se son nate ad Atene o a Tebe, purché mi servano bene?

TRACALIONE Ah, è così, svergognato? Tu, ladro di fanciulle, ti terrai la prole sottratta ai genitori e la sfrutterai con un guadagno immondo? Quale sia la patria di quest'altra non lo so, ma so di certo che è più onesta di te, porco!

LABRACE Sono forse tue queste due?

TRACALIONE Ti sfido a gareggiare con me sulle nostre schiene, per vedere chi dice la verità: se sulla tua non avrai più cicatrici di quanti chiodi ha una nave da guerra, allora io sarò bugiardissimo. Dopo che io avrò esaminato il tuo groppone, allora verifica tu il mio: se non sarà così intatto che un qualunque fabbricante d'otri lo possa ritenere un

quid caussaest quin virgis te usque ad saturitatem
[sauciem?
Quid illas spectas? Quas si attigeris, oculos eripiam tibi.
LABRAX Atqui, quia votas, utramque iam mecum abducam
[semul.
DAEMONES Quid facies?
LABRAX Volcanum adducam, is Venerist
[advorsarius.
TRACHALIO Quo illic it?
LABRAX Heus, ecquis hic est? Heus!
DAEMONES Si attigeris
[ostium,
iam hercle tibi messis in ore fiet mergis pugneis.
LORARII Nullum habemus ignem, ficis victitamus aridis.
DAEMONES Ego dabo ignem, siquidem in capite tuo conflandi
[copiast.
LABRAX Ibo hercle aliquo quaeritatum ignem.
DAEMONES Quid quom
[inveneris?
LABRAX Ignem magnum hic faciam.
DAEMONES Quin inhumanum exuras tibi?
LABRAX Immo hasce ambas hic in ara ut vivas comburam, id
[volo.
DAEMONES Iam hercle ego te continuo barba arripiam, in
[ignem coniciam
teque ambustulatum obiciam magnis avibus pabulum.
Quom coniecturam egomet mecum facio, haec illast simia
quae has hirundines ex nido volt eripere ingratieis,
quod ego in somnis somniavi.
TRACHALIO Scin quid tecum oro, senex?
Ut illas serves, vim defendas, dum ego erum adduco meum.
DAEMONES Quaere erum atque adduce.
TRACHALIO At hic ne –
DAEMONES Maxumo
[malo suo
si attigerit sive occeptassit.
TRACHALIO Cura.
DAEMONES Curatumst, abi.

cuoio eccellente e purissimo, adatto per le sue confezioni, chi mi impedirà di coprirti di vergate finché non ne potrò più? Che hai da guardare le ragazze? Se provi solo a toccarle, ti strapperò gli occhi.

LABRACE Proprio perché cerchi di impedirmelo me le porterò via subito tutte e due.

DEMONE Che vuoi fare?

LABRACE (*dirigendosi verso la casa di Demone*) Porterò qui Vulcano che ce l'ha con Venere.[70]

TRACALIONE Ma dove va?

LABRACE Olà! C'è qualcuno qui?

DEMONE Se t'azzardi, per Ercole, a sfiorare quella porta, nella tua bocca ti ritroverai una quantità di covoni fatti a suon di pugni.[71]

SCHIAVI FUSTIGATORI Non abbiamo fuoco: tiriamo avanti coi fichi secchi.

DEMONE Il fuoco te lo darò io, a patto di accenderlo sulla tua testa.

LABRACE E va bene! Andrò in qualche altro posto a chiederlo.

DEMONE E quando l'avrai trovato?

LABRACE Farò qui un gran falò.

DEMONE Per bruciarvi la tua mancanza di umanità?[72]

LABRACE Al contrario, voglio bruciar vive queste due sull'altare.

DEMONE E io, per Ercole, ti afferrerò subito per la barba, ti sbatterò nel fuoco e ti butterò, ben abbrustolito, a far da cibo agli avvoltoi. (*Tra sé*) Adesso che ci ripenso, deduco che è lui quella scimmia che ho visto in sogno, quella che voleva strappare con la forza dal nido le rondini![73]

TRACALIONE Sai qual è la preghiera che ti rivolgo, vecchio? Di far loro la guardia, impedire che si faccia loro violenza fintanto che io faccio venir qui il mio padrone.

DEMONE Va' a cercarlo e portalo qui.

TRACALIONE Ma che costui non...

DEMONE La pagherà cara se le toccherà o se solo tenterà di farlo.

TRACALIONE Sta' attento!

DEMONE Non preoccuparti, va'!

TRACHALIO Hunc quoque adserva ipsum ne quo abitat; nam [promissimus
carnufici aut talentum magnum aut hunc hodie sistere.
DAEMONES Abi modo, ego dum hoc ‹curabo› recte.
TRACHALIO Iam ego [revenero.

DAEMONES LABRAX LORARII

DAEMONES Utrum tu, leno, cum malo lubentius
quiescis an sic sine malo, si copiast?
LABRAX Ego quae tu loquere flocci non facio, senex.
Meas quidem te invito et Venere et summo Iove
de ara capillo iam deripiam.
DAEMONES Tangedum.
LABRAX Tangam hercle vero.
DAEMONES Agedum ergo, accede huc modo.
LABRAX Iubedum recedere istos ambo illuc modo.
DAEMONES Immo ad te accedent.
LABRAX Non hercle equidem censeo.
DAEMONES Quid ages si accedent propius?
LABRAX Ego recessero.
Verum, senex, si te umquam in urbe offendero,
numquam hercle quisquam me lenonem dixerit
si te non ludos pessumos dimissero.
DAEMONES Facito istuc quod minitare; sed nunc interim,
si illas attigeris, dabitur tibi magnum malum.
LABRAX Quam magnum vero?
DAEMONES Quantum lenoni sat est.
LABRAX Minacias ego flocci non faciam tuas,
equidem has te invito iam ambas rapiam.
DAEMONES Tangedum.
LABRAX Tangam hercle vero.
DAEMONES Tanges, at scin quo modo?
I dum, Turbalio, curriculo, adfert‹o domo›
duas clavas.

TRACALIONE E controlla anche lui, questo bel tomo, che non tagli la corda! Ho promesso al carnefice che oggi gli metterò in mano un grande talento[74] o questo gaglioffo.

DEMONE Tu pensa ad andare! Intanto mi prenderò cura io di costui, come si deve!

TRACALIONE Torno subito.

Scena V
DEMONE LABRACE SCHIAVI FUSTIGATORI

DEMONE Dimmi che cosa hai deciso, lenone: preferisci calmarti con le cattive o con le buone, se te lo si concede?

LABRACE Delle tue parole, caro il mio vecchio, me ne frego altamente. Senza curarmi né di te, né di Venere, né del sommo Giove le tirerò giù dall'ara per i capelli.

DEMONE Prova a toccarle!

LABRACE Lo farò subito, per Ercole!

DEMONE Coraggio, allora! Avvicinati!

LABRACE E tu ordina a quei due[75] di ritirarsi.

DEMONE Al contrario avanzeranno verso di te.

LABRACE Non sono d'accordo.

DEMONE Che farai se ti si avvicineranno ancor di più?

LABRACE Farò marcia indietro. Però sappi, vecchio, che se per caso ti incontrerò in città non mi chiamerò più lenone se non te l'avrò fatta pagare nel modo più atroce.

DEMONE In tal caso sarai libero di fare quel che minacci; ma se le toccherai adesso sarai tu a pagarla cara.

LABRACE Quanto cara?

DEMONE Quanto merita un lenone.

LABRACE Dei tuoi propositi bellicosi io continuerò a fregarmene e porterò via queste due, alla faccia tua.

DEMONE Prova a toccarle!

LABRACE Lo faccio subito, per Ercole!

DEMONE Ah, sì? Vedrai come. Su, Turbalione, corri in casa a prendere due bastoni.

LABRAX Clavas?
DAEMONES Sed probas. Propera cito.
Ego te hodie faxo recte acceptum ut dignus es.
LABRAX Eheu! Scelestus galeam in navi perdidi;
nunc mi opportuna hic esset, salva si foret.
Licet saltem istas mi appellare?
DAEMONES Non licet.
Ehem! Optume edepol eccum clavator advenit.
LABRAX Illud quidem edepol tinnimentum est auribus.
DAEMONES Age accipe illinc alteram clavam, Sparax.
Age, alter istinc, alter hinc adsistite.
Adsistite ambo. Sic. Audite nunciam:
si hercle illic illas hodie digito tetigerit
invitas, nei istunc istis invitassitis
usque adeo donec qua domum abeat nesciat,
periistis ambo. Si appellabit quempiam,
vos respondetote istinc istarum vicem;
sin ipse abitere hinc volet, quantum potest
extemplo amplectitote crura fustibus.
LABRAX Etiam me abire hinc non sinent?
DAEMONES Dixi satis.
Et ubi ille cum ero servos huc advenerit,
qui erum accersivit, itote extemplo domum.
Curate haec sultis magna diligentia. –
LABRAX Heu hercle! Ne istic fana mutantur cito:
iam hoc Herculei est, Veneris fanum quod fuit,
ita duo destituit signa hic cum clavis senex.
Non hercle quo hinc nunc gentium aufugiam scio,
ita nunc mi utrumque saevit, et terra et mare.
Palaestra!
LORARIUS Quid vis?
LABRAX Apage, controvorsia est,
haec quidem Palaestra quae respondit non mea est.
Heus, Ampelisca!
LORARIUS ALTER Cave sis infortunio.
LABRAX †ut potest, ignavi† homines sati' recte monent.
Sed vobis dico, heus vos! Num molestiaest
me adire ad illas propius?

LABRACE Bastoni?

DEMONE E di quelli grossi. Sbrigati! (*A Labrace*) Oggi avrai l'accoglienza che ti meriti.

LABRACE Oh! Me disgraziato! Ho perso l'elmo sulla nave! Adesso mi servirebbe se ce l'avessi! Posso parlare con le ragazze?

DEMONE No. Oh! Molto bene, per Polluce! Ecco il picchiatore che arriva.

LABRACE Per Polluce! Mi sento già il rimbombo nelle orecchie!

DEMONE Sparace, prendi il secondo bastone. Mettetevi ai lati di costui. Piazzatevi lì e non vi muovete. Avanti!... Così! E adesso ascoltatemi: se per caso quello lì oggi tocca anche solo con un dito le ragazze contro la loro volontà e voi non lo accogliete a suon di bastonate finché non sappia più come scappare a casa, siete bell'e morti tutti e due. Se si rivolgerà alle ragazze, rispondetegli voi dal vostro posto, in vece loro. Se tenterà di andarsene, giù bastonate a mulinello sulle gambe!

LABRACE Come? Non mi permetteranno nemmeno di filarmela?

DEMONE Mi sono già espresso. (*Ai servi*) Voi poi, non appena quel servo che se ne è andato a cercare il padrone giungerà qui con lui, tornate subito a casa. Eseguite attentamente questi ordini.

LABRACE Per Ercole! Come cambiano in fretta proprietario in questi posti i templi! Questo qui prima era di Venere, ora è di Ercole, dato che il vecchio ci ha piantato davanti quelle due statue con le clave! E adesso non so dove andare a sbattere! Mi sono ostili sia la terra che il mare! Palestra!

SCHIAVO Che vuoi?

LABRACE Smettila tu! C'è uno sbaglio: questa che risponde non è la mia Palestra! Ampelisca!

L'ALTRO SCHIAVO Attento a te!

LABRACE Questi brutti ceffi, a loro modo, mi consigliano giustamente. Allora parlo con voi. Ehi, voi! C'è rischio se mi avvicino un po' a loro?

LORARIUS Nihil – nobis quidem.
LABRAX Numquid molestum mihi erit?
LORARIUS Nihil, si caveris.
LABRAX Quid est quod caveam?
LORARIUS Em! A crasso infortunio.
LABRAX Quaeso hercle abire ut liceat.
LORARIUS Abeas, si velis.
LABRAX Bene hercle factum. Habeo vobis gratiam.
Non cedam potius.
LORARIUS Illic astato ilico.
LABRAX Edepol proveni nequiter multis modis.
Certumst hasce hodie usque opsidione vincere.

PLESIDIPPUS TRACHALIO LABRAX
CHARMIDES LORARII

PLESIDIPPUS Meamne ille amicam leno vi, violentia
de ara deripere Veneris voluit?
TRACHALIO Admodum.
PLESIDIPPUS Quin occidisti extemplo?
TRACHALIO Gladius non erat.
PLESIDIPPUS Caperes aut fustem aut lapidem.
TRACHALIO Quid? Ego quasi [canem
hominem insectarer lapidibus nequissumum?
LABRAX Nunc pol ego perii, Plesidippus eccum adest.
Convorret iam hic me totum cum pulvisculo.
PLESIDIPPUS Etiamne in ara tunc sedebant mulieres,
quom ad me profectu's ire?
TRACHALIO Ibidem nunc sedent.
PLESIDIPPUS Quis illas nunc illic servat?
TRACHALIO Nescioquis senex,
vicinus Veneris; is dedit operam optumam.
Is nunc cum servis servat. Ego mandaveram.
PLESIDIPPUS Duc me ad lenonem recta. Ubi illic est homo?

SERVO No, per noi almeno, no.
LABRACE Allora ce n'è per me?
SERVO No, se starai attento.
LABRACE A che cosa devo stare attento?
SERVO Eh! A evitare un guaio solenne!
LABRACE Per favore, posso andarmene?
SERVO Affari tuoi!
LABRACE Benone! Vi ringrazio. No, meglio che non mi ritiri. (*Tenta di avvicinarsi alle ragazze*)
SERVO Fermo lì!
LABRACE Per Polluce, mi è andata a finir male sotto ogni aspetto! Ma non rinuncio a spuntarla oggi con queste due: continuerò l'assedio.

Scena VI
PLESIDIPPO TRACALIONE LABRACE
CARMIDE SCHIAVI FUSTIGATORI

PLESIDIPPO (*ignorando i presenti*) È possibile che quel lenone volesse strappare a forza dall'ara di Venere la mia amica?
TRACALIONE È così.
PLESIDIPPO E perché non l'hai fatto fuori subito?
TRACALIONE Non avevo a disposizione una spada.
PLESIDIPPO Avresti dovuto usare un bastone o una pietra.
TRACALIONE Che volevi? Che inseguissi a sassate quella canaglia, come un cane?
LABRACE (*tra sé*) Sono perduto! Ecco qua Plesidippo! Mi striglierà da capo a piedi fino a togliermi l'ultimo granello di polvere!
PLESIDIPPO Le due fanciulle erano ancora sedute presso l'altare quando ti sei deciso a venire da me?
TRACALIONE Sì. E sono ancora lì.
PLESIDIPPO E chi pensa a proteggerle?
TRACALIONE Un vecchio, non so bene chi, che abita vicino al tempio di Venere. Mi ha aiutato moltissimo. È lui che ora fa loro la guardia con i suoi servi. Io gli ho dato quest'incarico.
PLESIDIPPO Portami dritto filato dal lenone. Dove si trova?

LABRAX Salve.
PLESIDIPPUS Salutem nil moror. Opta ocius:
rapi te optorto collo mavis an trahi?
Utrumvis opta dum licet.
LABRAX Neutrum volo.
PLESIDIPPUS Abi sane ad litus curriculo, Trachalio,
iube illos in urbem ire obviam ad portum mihi,
quos mecum duxi, hunc qui ad carnuficem traderent.
Post huc redito atque agitato hic custodiam.
Ego hunc scelestum in ius rapiam exsulem.
Age, ambula in ius.
LABRAX Quid ego deliqui?
PLESIDIPPUS Rogas?
Quin arrabonem a me accepisti ob mulierem
et eam hinc abduxti?
LABRAX Non avexi.
PLESIDIPPUS Qur negas?
LABRAX Quia pol provexi: avehere non quivi miser.
Equidem tibi me dixeram praesto fore
apud Veneris fanum: ‹num› quid muto? Sumne ibi?
PLESIDIPPUS In iure caussam dicito, hic verbum sat est:
sequere.
LABRAX Opsecro te, subveni mi, Charmides.
Rapior optorto collo.
CHARMIDES Quis me nominat?
LABRAX Viden me ut rapior?
CHARMIDES Video, atque inspecto lubens.
LABRAX Non subvenire mi audes?
CHARMIDES Quis homo te rapit?
LABRAX Adulescens Plesidippus.
CHARMIDES Ut nanctu's habe.
Bono animo meliust te in nervom conrepere.
Tibi optigit quod plurumi exoptant sibi.
LABRAX Quid id est?
CHARMIDES Ut id quod quaerant inveniant sibi.
LABRAX Sequere, opsecro, me.

LABRACE Eccomi! Salute a te!

PLESIDIPPO C'è poco da salutare. Scegli piuttosto, e sbrigati: preferisci esser preso per il collo e trasportato in giudizio oppure esservi trascinato? Fai la tua scelta finché ne hai la possibilità.

LABRACE Non mi va né una cosa né l'altra.

PLESIDIPPO Allora tu, Tracalione, corri alla spiaggia e di' a quelli che ho condotto con me per consegnare costui al carnefice di venirmi incontro in direzione della città, al porto. Poi torna e fa' la guardia qui. Io trascinerò in giudizio questo scellerato che vuol scappare. (*Al lenone*) Sbrigati, avviati verso il tribunale.

LABRACE Ma che ho fatto di male?

PLESIDIPPO E hai il coraggio di chiederlo? Hai ricevuto o no una caparra da parte mia per l'acquisto di questa donna e poi te la sei portata via?

LABRACE Ma non l'ho portata via.

PLESIDIPPO Perché lo neghi?

LABRACE Perché l'ho caricata, sì, sulla nave, povero me, ma non ce l'ho fatta a portarla via. D'altra parte ti avevo detto che mi sarei trovato presso il tempio di Venere. Ho forse cambiato idea? Non sono qui?

PLESIDIPPO Ti difenderai in tribunale. Per ora, basta chiacchiere. Seguimi.

LABRACE Carmide, ti prego, vieni in mio aiuto! Sono trascinato via contro la mia volontà.

CARMIDE Chi mi chiama?

LABRACE Non vedi come mi strattonano?

CARMIDE Lo vedo e son felice di assistervi.

LABRACE Avresti il coraggio di negarmi il tuo aiuto?

CARMIDE Chi ti trascina via?

LABRACE Il giovane Plesidippo.

CARMIDE Te la sei cercata e ora tientela! È meglio che tu affronti il carcere[76] di buon grado! Ti tocca quello che molti desiderano.

LABRACE E sarebbe?

CARMIDE Di trovare quello che cercano.[77]

LABRACE Vieni con me, ti prego.

CHARMIDES Pariter suades qualis es:
tu in nervom rapere, eo me opsecras ut te sequar.
Etiam retentas?
LABRAX Perii!
PLESIDIPPUS Verum sit velim.
Tu, mea Palaestra et Ampelisca, ibidem ilico
manete dum ego huc redeo.
LORARIUS Equidem suadeo
ut ad nos abeant potius, dum recipis.
PLESIDIPPUS Placet,
bene facitis.
LABRAX Fures mi estis.
LORARIUS Quid, fures? Rape.
LABRAX Oro, opsecro, Palaestra.
PLESIDIPPUS Sequere, carnufex.
LABRAX Hospes –
CHARMIDES Non sum hospes, repudio hospitium tuom.
LABRAX Sicine me spernis?
CHARMIDES Sic ago. Semel bibo.
LABRAX Di te infelicent! –
CHARMIDES Isti capiti dicito.
Credo alium in aliam beluam hominem vortier:
illic in columbum, credo, leno vortitur,
nam in columbari collus haud multo post erit;
in nervom ille hodie nidamenta congeret.
Verum tamen ibo ei advocatus ut siem,
si qui mea opera citius – addici potest. –

CARMIDE La richiesta è degna di te: tu sei trascinato in prigione e mi preghi di seguirti lì. Ci riprovi?

LABRACE Sono finito!

PLESIDIPPO Speriamo che sia vero! E voi, Palestra mia e Ampelisca, aspettate qui finché io ritorno.

SCHIAVO Io riterrei più opportuno che si ritirassero piuttosto a casa nostra, fino al tuo ritorno.

PLESIDIPPO D'accordo. Fate bene.

LABRACE Siete dei ladri!

SCHIAVO Noi, ladri? Portalo via.

LABRACE Palestra, ti prego e ti scongiuro...

PLESIDIPPO Seguimi, boia!

LABRACE Ospite mio...

CARMIDE Non sono tuo ospite, rinnego la tua ospitalità.

LABRACE Così mi sprezzi?

CARMIDE Certo. Non bevo due volte: me ne basta una![78]

LABRACE Che gli dei ti coprano di malanni!

CARMIDE Auguralo a te stesso! (*Tra sé*) Io sono dell'idea che ciascun uomo si tramuti in bestia, chi in una, chi in un'altra. Credo che il lenone si tramuterà in colombo; infatti tra poco il suo collo sarà infilato nel colombaio[79] e lui costruirà il suo nido in prigione. Ma voglio andare a fargli da avvocato: chissà che col mio aiuto... non possa essere condannato più in fretta!

ACTUS IV

DAEMONES

Bene factum et volup est me hodie his mulierculis
tetulisse auxilium. Iam clientas repperi,
atque ambas forma scitula atque aetatula.
Sed uxor scelesta me omnibus servat modis,
ne quid significem quippiam mulierculis.
Sed Gripus servos noster quid rerum gerat
miror, de nocte qui abiit piscatum ad mare.
Pol magi' sapisset si dormivisset domi,
nam nunc et operam ludos facit et retiam,
ut tempestas est nunc atque ut noctu fuit.
In digitis hodie percoquam quod ceperit,
ita fluctuare video vehementer mare.
Sed ad prandium uxor me vocat. Redeo domum.
Iam meas opplebit auris vaniloquentia. –

GRIPUS

Neptuno has ago gratias meo patrono,
qui salsis locis incolit pisculentis,
quom me ex suis locis pulchre ornatum expedivit,
templis redducem, pluruma praeda onustum,
salute horiae, quae in mari fluctuoso
piscatu novo me uberi compotivit
miroque modo atque incredibili hic piscatus mihi lepide [evenit,
neque piscium ullam unciam hodie pondo cepi, nisi hoc [quod fero hic in rete.

ATTO IV

Scena I
DEMONE

Sono felice di aver fatto oggi questa buona opera e di aver portato aiuto a queste due povere donne. Mi sono accaparrato due che mi sono debitrici e per di più belline e giovani. Ma quella disgraziata di mia moglie mi sorveglia in tutti i modi, perché non faccia qualche segno d'intesa alle fanciulle. E Gripo, il mio servo? Che cosa sta facendo? È andato stanotte a pescare in mare ma sarebbe stato molto più saggio se fosse rimasto a dormire a casa. Con la tempesta che c'è stata stanotte, e che ancora dura, ha buttato via la sua fatica e le reti. Avrà preso solo una manciata di pesci, tanto agitato vedo ancora il mare. Ma mia moglie mi chiama per il pranzo. Torno a casa. Sarà pronta a riempirmi le orecchie col suo cianciare a vanvera.

Scena II
GRIPO[80]

Ringrazio Nettuno, mio protettore, che abita nelle profondità salse e pescose,[81] per avermi consentito di far ritorno dalle sue ampie sedi, ben fornito e carico di abbondante preda! E per di più con la barca intatta che, pur in mezzo a un mare agitato, mi ha procurato una pesca mai vista e ricca. È strano e incredibile il modo con cui è avvenuta, per mia fortuna, questa pesca! Oggi non ho preso nemmeno un grammo di pesce, ma ho questo bottino nella rete! Mi

Nam ut de nocte multa inpigreque exsurrexi,
lucrum praeposivi sopori et quieti:
tempestate saeva experiri expetivi
paupertatem eri qui et meam servitutem
tolerarem, opera hau fui parcu' mea.
Nimis homo nihilist quis piger nimisque id genus odi ego [male.
Vigilare decet hominem qui volt sua temperi conficere officia.
Non enim illum exspectare ‹id› oportet, dum eru' se ad [suom suscitet officium.
Nam qui dormiunt lubenter sine lucro et cum malo [quiescunt.
Nam ego nunc mihi, qui inpiger fui,
repperi ut piger si velim siem:
hoc ego in mari quidquid hic inest
repperi. Quidquid inest, grave quidemst; aurum hic
ego inesse reor; nec mihi conscius est ullus homo.
†nunc haec tibi occasio, Gripe, optigit ut liberes ex populo [praeter te.†
Nunc sic faciam, sic consilium est: ad erum veniam docte [atque astu[te].
Pauxillatim pollicitabor pro capite argentum ut sim liber.
Iam ubi liber ero, igitur demum instruam agrum atque aedis, [mancupia,
navibu' magnis mercaturam faciam, apud reges rex [perhibebor.
Post animi caussa mihi navem faciam atque imitabor [Stratonicum,
oppida circumvectabor.
Ubi nobilitas mea erit clara,
oppidum magnum communibo;
ei ego urbi Gripo indam nomen,
monumentum meae famae et factis,
ibi qui regnum magnum instituam.
Magnas res hic agito in mentem
instruere. Nunc hunc vidulum condam.
Sed hic rex cum aceto pransurust
et sale sine bono pulmento.

sono alzato dal letto in piena notte tutto arzillo, pensando più al guadagno che al sonno e al riposo. Malgrado l'infuriare della tempesta mi son proposto di tentar di porre rimedio alle ristrettezze del mio padrone e di migliorare la mia condizione di schiavo: non mi sono risparmiato! Non vale assolutamente niente un uomo pigro: è una razza che io non posso vedere. Uno che voglia sbrigare i suoi affari tempestivamente deve stare sempre ben sveglio, senza aspettare che il padrone lo richiami al dovere. Quelli che si crogiolano nel sonno non ci guadagnano niente, anzi fanno il loro danno. Io, che in ozio non sono stato, ho trovato il modo di starmene ora ozioso, se voglio. Ho scovato infatti in mare questo po' po' di fardello, che non so cosa contiene, ma è pesante. Io credo che ci sia dentro dell'oro, e nessuno è al corrente della mia fortuna! Così forse ora, caro il mio Gripo, ti è capitata l'occasione di ottenere la libertà dal pretore.[82] Ho pensato di far così: mi presenterò al mio padrone astutamente preparato e gli prometterò di dargli del denaro a piccole rate per comprare la mia libertà. Poi, quando sarò libero, mi costruirò una casa con un podere intorno, avrò schiavi, allestirò grandi navi per far commercio, avrò fama di potente presso i potenti. Poi mi procurerò una nave solo per il mio piacere e farò come Stratonico,[83] viaggerò di città in città. Quando la mia notorietà si sarà diffusa, fonderò una grande città e la chiamerò Gripo, a testimonianza delle mie gesta famose, e la farò diventare capitale di un grande regno. Ho in mente grandi progetti da attuare. Ma per ora mi limiterò a nascondere questo bauletto. E questo importante personaggio dovrà accontentarsi di un pranzo a base di sale e aceto senza buone pietanze![84]

TRACHALIO GRIPUS

TRACHALIO Heus, mane.
GRIPUS Quid maneam?
TRACHALIO Dum hanc tibi quam
[trahi' rudentem complico.
GRIPUS Mitte modo.
TRACHALIO At pol ego te adiuvo nam bonis quod
[bene fit hau perit.
GRIPUS Turbida tempestas heri fuit,
nil habeo, adulescens, piscium, ne tu mihi esse postules;
non vides referre me uvidum retem sine squamoso pecu?
TRACHALIO Non edepol piscis expeto quam tui sermonis
[sum indigens.
GRIPUS Enicas iam me odio, quisquis es.
TRACHALIO Non sinam ego abire
[hinc te. Mane.
GRIPUS Cave sis malo. Quid tu, malum, nam me retrahis?
TRACHALIO Audi.
GRIPUS Non audio.
TRACHALIO At pol qui audies post.
GRIPUS Quin loquere quid vis.
TRACHALIO Eho modo est operae pretium quod tibi ego
[narrare volo.
GRIPUS Eloqueren quid id est?
TRACHALIO Vide num quispiam consequitur
[prope nos.
GRIPUS Ecquid est quod mea referat?
TRACHALIO Scilicet.
Sed boni consili ecquid in te mihi est?
GRIPUS Quid negoti est modo dice.
TRACHALIO Dicam, tace,
si fidem modo das mihi te non fore infidum.
GRIPUS Do fidem tibi, fidus ero, quisquis es.
TRACHALIO Audi.
Furtum ego vidi qui faciebat;
noveram dominum, id quoi fiebat,

Scena III
TRACALIONE GRIPO

TRACALIONE Ehi! Aspetta!

GRIPO Perché dovrei?

TRACALIONE Voglio darti una mano ad arrotolare questa fune[85] che ti trascini dietro.

GRIPO Lascia stare.

TRACALIONE Voglio solo aiutarti: se si fa del bene alla brava gente ci si ricava sempre qualcosa.

GRIPO Ieri c'è stata una tremenda tempesta e non ho preso alcun pesce, perché tu non ti illuda, ragazzo, che io ne abbia! Non vedi che riporto a casa la rete stillante senza il suo carico di animali squamosi?

TRACALIONE Non miravo tanto ai pesci quanto a parlare con te.

GRIPO Mi dai un fastidio da morire, chiunque tu sia!

TRACALIONE Non ti lascerò andar via di qui: aspetta!

GRIPO Bada a non cacciarti nei guai! Perché mi trattieni, disgraziato?

TRACALIONE Ascolta!

GRIPO Non ne ho voglia.

TRACALIONE Ma sarai costretto a farlo.

GRIPO E va bene! Di' quel che vuoi.

TRACALIONE Vale la pena di ascoltare quel che ti voglio dire.

GRIPO Allora sbrigati a parlare.

TRACALIONE Attento! Controlla se qualcuno ci segue da vicino.

GRIPO C'è qualcosa che dovrebbe interessarmi?

TRACALIONE Certo. Ma io posso contare su un tuo buon consiglio?

GRIPO Purché mi spieghi la faccenda.

TRACALIONE Zitto! Ti dirò tutto, a patto che tu mi prometta di non tradirmi.

GRIPO Te lo prometto. Non ti tradirò, chiunque tu sia.

TRACALIONE Ascolta! Ho visto uno che rubava a un tale che io conoscevo. Allora mi accosto al ladro e gli pongo le mie

post ad furem egomet devenio
957a feroque ei condicionem hoc pacto:
'ego istuc furtum scio quoi factum est;
958a nunc mihi si vis dare dimidium,
indicium domino non faciam.'
959a Is mihi nihil etiam respondit.
Quid inde aequom est dari mihi? Dimidium
volo ut dicas.
GRIPUS Immo hercle etiam plus,
961a nam nisi dat, domino dicundum
censeo.
TRACHALIO Tuo consilio faciam.
962a Nunc advorte animum; namque hoc om-
962b ne attinet ad te.
GRIPUS Quid factumst?
TRACHALIO Vidulum istum quoius est novi ego hominem iam
[pridem.
GRIPUS [Quid est?
TRACHALIO Et quo pacto periit.
GRIPUS At ego quo pacto inventust scio
et qui invenit hominem novi et dominus qui nunc est scio.
Nihilo pol pluris tua hoc quam quanti illud refert mea:
ego illum novi quoius nunc est, tu illum quoius antehac fuit.
Hunc homo feret a me nemo, ne tu te speres potis.
TRACHALIO Non ferat si dominus veniat?
GRIPUS Dominus huic, ne
[frustra sis,
nisi ego nemo natust, hunc qui cepi in venatu meo.
TRACHALIO Itane vero?
GRIPUS Ecquem esse dices in mari piscem meum?
Quos cum capio, siquidem cepi, mei sunt; habeo pro meis,
nec manu adseruntur neque illinc partem quisquam postulat.
In foro palam omnis vendo pro meis venalibus.
Mare quidem commune certost omnibus.
TRACHALIO Adsentio:
qui minus hunc communem quaeso mihi esse oportet
[vidulum?
In mari inventust communi.

condizioni: «So chi hai derubato: se accetti di darmi metà del bottino non ti denuncerò al padrone». Non mi ha ancora dato la risposta. Quanto pensi che sia giusto che mi tocchi? Suppongo che risponderai: «La metà».

GRIPO Anche di più, per Ercole! E se non te la dà, tu denunzialo al padrone.

TRACALIONE Seguirò il tuo consiglio. Ora stammi attento, perché tutta questa storia ti riguarda.

GRIPO Come mai?

TRACALIONE Io conosco da tempo la persona a cui appartiene questo bauletto.

GRIPO Che dici?

TRACALIONE E so come l'ha perduto.

GRIPO Ma io so come è stato trovato e conosco l'uomo che l'ha trovato e che ora ne è il padrone. Questa faccenda non deve interessarti più di quanto interessino a me le tue informazioni, per Polluce! Io conosco quello a cui ora appartiene, tu quello che lo possedeva prima. Sappi che nessuno me lo porterà via, tanto perché tu non ti aspetti di riuscirci.

TRACALIONE E se venisse il padrone, non te lo porterebbe via?

GRIPO Non illuderti! Questo non ha altro padrone che me, che l'ho conquistato pescando!

TRACALIONE La pensi così?

GRIPO Tu sosterresti che nel mare c'è qualche pesce che mi appartiene? No, vero? Però quelli che prendo, se li prendo, sono miei. Miei li ritengo e non possono essere liberati[86] e nessuno può chiederne una parte. Li vendo al mercato, sotto gli occhi di tutti, come pesca che mi appartiene. Non si discute: il mare è proprietà di tutti.

TRACALIONE D'accordo. E allora perché non può essere proprietà comune il bauletto? È stato trovato nel mare che è di tutti.

GRIPUS Esne inpudenter inpudens?
Nam si istuc ius sit quod memoras, piscatores perierint.
Quippe quom extemplo in macellum pisces prolati sient,
nemo emat, suam quisque partem piscium poscant sibi,
dicant in mari communi captos.
TRACHALIO Quid ais, inpudens?
Ausu's etiam comparare vidulum cum piscibus?
Eadem tandem res videtur?
GRIPUS In manu non est mea:
ubi demisi rete atque hamum, quidquid haesit extraho.
Meum quod retem atque hami nancti sunt meum [potissumumst.
TRACHALIO Immo hercle haud est, siquidem quod vas [excepisti.
GRIPUS [Philosophe!
TRACHALIO Sed tu enumquam piscatorem vidisti, venefice,
vidulum piscem cepisse aut protulisse ullum in forum?
Non enim tu hic quidem occupabis omnis quaestus quos [voles:
et vitorem et piscatorem te esse, inpure, postulas.
Vel te mihi monstrare oportet piscis qui sit vidulus,
vel quod in mari non natum est neque habet squamas ne feras.
GRIPUS Quid, tu numquam audisti esse antehac vidulum [piscem?
TRACHALIO [Scelus,
nullus est.
GRIPUS Immo est profecto; ego qui sum piscator scio;
verum raro capitur, nullus minu' saepe ad terram venit.
TRACHALIO Nil agis, dare verba speras mihi te posse, furcifer.
GRIPUS Quo colore est, hoc colore capiuntur pauxilluli;
sunt alii puniceo corio, magni item; atque atri.
TRACHALIO Scio.
Tu hercle, opino, in vidulum te bis convortes, nisi caves:
fiet tibi puniceum corium, postea atrum denuo.
GRIPUS Quod scelus hodie hoc inveni!
TRACHALIO Verba facimus, it dies.
Vide sis quoiius arbitratu nos vis facere.
GRIPUS Viduli
arbitratu.

GRIPO Sfacciato! E insisti con la tua sfacciataggine? Se esistesse la legge che tu dici, sarebbe la fine per i pescatori. Appena i pesci fossero portati al mercato, nessuno li comprerebbe ma ciascuno reclamerebbe la sua parte, sostenendo che sono stati pescati nel mare, che è di tutti.

TRACALIONE Sfacciato sarai tu! Osi mettere sullo stesso piano il cofanetto coi pesci? Ti sembrano la stessa cosa?

GRIPO Non dipende da me: io getto la rete e l'amo e poi tiro su tutto quel che vi si è impigliato. Quello che la mia rete e i miei ami hanno pescato è senz'altro mio.

TRACALIONE Ma, per Ercole, se trovi qualche oggetto non è certo tuo.

GRIPO Che filosofo sei!

TRACALIONE E tu un farabutto! Hai mai visto un pescatore tirar su un pesce-bauletto ed esibirlo al mercato? Non puoi certo attribuirti tutti i mestieri che vuoi. Tu pretendi di essere contemporaneamente costruttore di bauletti e pescatore, manigoldo! Allora: o bisogna che tu mi dimostri quale pesce sia il baule, o che non pretenda di impadronirti di ciò che non è nato nel mare e non ha squame.

GRIPO Come? Non hai mai sentito dire che esiste un pesce-bauletto?

TRACALIONE Disgraziato, certo che non esiste!

GRIPO E invece sì. Io che sono un pescatore lo so di sicuro; è vero peraltro che vien pescato di raro e che non c'è pesce che più raramente sia portato a terra.

TRACALIONE Non concludi niente! Speri solo di potermi imbrogliare, canaglia da forca!

GRIPO Del colore che ha questo se ne pescano ben pochi; ce ne sono altri con la pelle rossa, grandi come questo; altri neri.

TRACALIONE Ho capito. E penso che tu allora ti cambierai due volte in baule, per Ercole, se non la smetti: la tua pelle diventerà prima rossa e poi nera!

GRIPO Guarda un po' che delinquente ho incontrato!

TRACALIONE Sprechiamo parole e intanto il giorno se ne va! Pensa a chi dobbiamo affidarci per un giudizio.

GRIPO Al bauletto.

‹TRACHALIO Itane?
GRIPUS› Ita enim vero.
TRACHALIO Stultus es.
GRIPUS Salve, Thales.
TRACHALIO Tu istunc hodie non feres, nisi das sequestrum
[aut arbitrum
quoiius haec res arbitratu fiat.
GRIPUS Quaeso, sanun es?
TRACHALIO Elleborosus sum.
GRIPUS [At] ego cerritus, hunc non
[amittam tamen.
TRACHALIO Verbum etiam adde unum, iam in cerebro
[colaphos apstrudam tuo;
iam ego te hic, itidem quasi peniculus novos exurgeri solet,
ni hunc amittis, exurgebo quidquid umoris tibist.
GRIPUS Tange: adfligam ad terram te itidem ut piscem soleo
[polypum.
Vis pugnare?
TRACHALIO Quid opust? Quin tu potius praedam divide.
GRIPUS Hinc tu nisei malum fruniscei nihil potes, ne postules.
Abeo ego hinc.
TRACHALIO At ego hinc offlectam navem, ne quo abeas.
[Mane.
GRIPUS Sei tu proreta isti navi es, ego gubernator ero.
Mitte rudentem, sceleste.
TRACHALIO Mittam: omitte vidulum.
GRIPUS Numquam hercle hinc hodie ramenta fies fortunatior.
TRACHALIO Non probare pernegando mihi potes, nisi pars
[datur
aut ad arbitrum redeitur aut sequestro ponitur.
GRIPUS Quemne ego excepi in mari –
TRACHALIO At ego inspectavi e litore.
GRIPUS Mea opera, labore et rete et horia?
TRACHALIO Numqui minus,
si veniat nunc dominus quoiiust, ego qui inspectavi procul
te hunc habere, fur sum quam tu?
GRIPUS Nihilo.
TRACHALIO Mane, mastigia:

TRACALIONE Ah! Dici?
GRIPO Certo.
TRACALIONE Sei un cretino.
GRIPO E tu un Talete.[87]
TRACALIONE Tu oggi non te lo porterai via se non proponi un depositario[88] o un arbitro che dirima la questione.
GRIPO Sei folle?
TRACALIONE Sì. Mi curo coll'elleboro.
GRIPO E io sono pazzo furioso.[89] Ma questo non lo mollo.
TRACALIONE Di' ancora una sola parola e ti scarico sulla testa una raffica di pugni. Anzi, se non lo molli subito, ti spremerò fuori tutto il sangue che hai, come si spreme una spugna nuova.
GRIPO Tu prova a toccarlo e ti sbatterò sul terreno come faccio di solito coi polipi. Vuoi la guerra?
TRACALIONE Che bisogno c'è? Dividi piuttosto il bottino.
GRIPO Smettila di chiedermelo, perché tu qui non spunterai[90] altro che guai. Io me ne vado.
TRACALIONE (*tirando la gomena*) E io farò virare la nave, perché tu non possa muoverti. Resta!
GRIPO Se tu stai alla prora della nave, io sarò il timoniere.[91] Molla la gomena, gaglioffo!
TRACALIONE La lascerò andare se tu lasci il bauletto.
GRIPO Scordatelo! Tu non ci guadagnerai nemmeno un filo oggi da qui.
TRACALIONE Non mi convincerai continuando a rifiutare: o mi dai una parte del contenuto, o si elegge un arbitro, o si deposita presso un garante il malloppo.
GRIPO Quello che io ho pescato dal mare?...
TRACALIONE ... Ma che io ho visto dalla spiaggia.
GRIPO ... Che io ho tirato su, con la mia fatica, la mia rete, la mia barca?
TRACALIONE E se adesso venisse il padrone di quell'oggetto, io che da lontano ti ho visto mentre te ne impossessavi sarei meno ladro di te?
GRIPO Affatto.
TRACALIONE Aspetta un po', schiena da frustate! Per qual

quo argumento socius non sum et fur sum? Facdum ex te
[sciam.
GRIPUS Nescio neque ego istas vostras leges urbanas scio,
nisi quia hunc meum esse dico.
TRACHALIO Et ego item esse aio meum.
GRIPUS Mane, iam repperi quo pacto nec fur nec socius sies.
TRACHALIO Quo pacto?
GRIPUS Sine me hinc abire, tu abi tacitus
[tuam viam;
nec tu me quoiquam indicassis neque ego tibi quicquam dabo;
tu taceto, ego mussitabo: hoc optumum atque
[aequissumum est.
TRACHALIO Ecquid condicionis audes ferre?
GRIPUS Iam dudum fero:
ut abeas, rudentem amittas, mihi molestus ne sies.
TRACHALIO Mane dum refero condicionem.
GRIPUS Te, opsecro
[hercle, aufer modo.
TRACHALIO Ecquem in heis locis novisti?
GRIPUS Oportet vicinos meos.
TRACHALIO Ubi tu hic habitas?
GRIPUS Porro illic longe usque in
[campis ultumis.
TRACHALIO Vin qui in hac villa habitat, eiius arbitratu fieri?
GRIPUS Paullisper remitte restem dum concedo et consulo.
TRACHALIO Fiat.
GRIPUS Eugae! Salva res est, praeda haec perpetua
[est mea;
ad meum erum arbitrum vocat me hic intra praesepis meas:
numquam hercle hodie abiudicabit ab suo triobolum.
Ne iste hau scit quam condicionem tetulerit. Ibo ad
[arbitrum.
TRACHALIO Quid igitur?
GRIPUS Quamquam istuc esse ius meum
[certo scio,
fiat istuc potius quam nunc pugnem tecum.
TRACHALIO Nunc places.

motivo non sono socio nell'affare ma sono ugualmente ladro? Spiegamelo.

GRIPO Non lo so e non ci capisco niente in queste vostre leggi di città. So solo che questo è mio.

TRACALIONE E io dico che è mio.

GRIPO Alt! Ho trovato il modo per fare che tu non sia né socio né ladro.

TRACALIONE E sarebbe?

GRIPO Lasciami andar via di qui. E tu vattene in silenzio per la tua strada, senza denunciarmi a nessuno. Io non ti darò niente; tu starai zitto e io terrò la bocca cucita. È la cosa migliore e più giusta.

TRACALIONE Hai il coraggio di farmi una tale proposta?

GRIPO Te la faccio senz'altro. Vattene, molla la gomena, smettila di seccarmi.

TRACALIONE Adesso te la faccio io, la mia proposta.

GRIPO Ma scansati, per Ercole!

TRACALIONE Conosci qualcuno da queste parti?

GRIPO È logico che conosca i miei vicini.

TRACALIONE Dove abiti?

GRIPO Laggiù, in fondo a quei campi, lontano.

TRACALIONE Accetti che proponiamo l'arbitrato a quel tipo che sta in quella casa là? (*Indica la casa di Demone*)

GRIPO Molla un po' la corda. Mi allontano e ci penso.

TRACALIONE Va bene.

GRIPO (*a parte*) Evviva! Sono salvo! La mia preda mi appartiene per sempre! Mi vuol convocare davanti al mio padrone, proponendo lui come arbitro, nella mia casa! Non sarà mai, per Ercole, che il padrone privi un suo servo anche solo di tre miseri soldi! Questo stupido non sa che proposta ha fatto! Mi presenterò a quest'arbitro.

TRACALIONE Allora?

GRIPO Sebbene sia certo che questo mi spetta di diritto, accetto, piuttosto di litigare con te.

TRACALIONE Adesso mi piaci.

GRIPUS Quamquam ad ignotum arbitrum me appellis, si
[adhibebit fidem,
etsi ignotust, notus: si non, notus ignotissumust.

DAEMONES GRIPUS TRACHALIO
PALAESTRA AMPELISCA

DAEMONES Serio edepol, quamquam vobis ‹volo› quae voltis,
[mulieres,
metuo propter vos ne uxor mea me extrudat aedibus,
quae me paelices adduxe dicet ante oculos suos.
Vos confugite in aram potius quam ego.
PALAESTRA, AMPELISCA Miserae periimus.
DAEMONES Ego vos salvás sistam, ne timete. Sed quid vos
[foras
prosequimini? Quoniam ego adsum, faciet nemo iniuriam;
ite, inquam, domum ambo nunciam ex praesidio praesides.
GRIPUS O ere, salve.
DAEMONES Salve, Gripe. Quid fit?
TRACHALIO Tuo'ne hic servos est?
GRIPUS Hau pudet.
TRACHALIO Nil ago tecum.
GRIPUS Ergo abi hinc sis.
TRACHALIO Quaeso
[responde, senex:
tuos hic servost?
DAEMONES Meus est.
TRACHALIO Em istuc optume, quando tuost.
Iterum te saluto.
DAEMONES Et ego te. Tune es qui hau multo prius
abiisti hinc erum accersitum?
TRACHALIO Ego is sum.
DAEMONES Quid nunc vis tibi?
TRACHALIO Nempe hic tuos est?
DAEMONES Meus est.

GRIPO Malgrado tu mi conduca davanti a un arbitro che non conosco, se si comporterà lealmente, sarà come se lo conoscessi, anche se non lo conosco; altrimenti anche se lo conosco, sarà per me del tutto sconosciuto!

Scena IV
DEMONE GRIPO TRACALIONE PALESTRA AMPELISCA

DEMONE Sapete, donne? Benché io voglia esaudire i vostri desideri, ho una gran paura, per Polluce, che a causa vostra mia moglie mi sbatta fuori, adducendo la scusa che io le porto in casa, sotto i suoi occhi, delle meretrici. È meglio che vi rifugiate voi vicino all'altare, piuttosto che debba farlo io.

PALESTRA e AMPELISCA Per noi poverette è finita!

DEMONE No, no! Io vi metterò in salvo, non temete! (*Ai servi*) Perché mi seguite qui fuori? Alla mia presenza nessuno farà loro del male. Ormai potete smettere di fare la guardia! Lasciate il vostro posto e rientrate tutti e due in casa.

GRIPO Salve, padrone!

DEMONE Salve Gripo! Come va?

TRACALIONE Ma costui è un tuo servo?

GRIPO E me ne vanto.

TRACALIONE Non sto parlando con te.

GRIPO Allora vattene!

TRACALIONE Vecchio, ti prego, rispondimi: costui è un tuo servo?

DEMONE Certo.

TRACALIONE Ah! Complimenti, dal momento che è tuo servo! Ti saluto per la seconda volta.

DEMONE E io saluto te! Non sei tu quello che poco fa te ne sei andato per chiamare il tuo padrone?

TRACALIONE Proprio io.

DEMONE E adesso che cosa vuoi?

TRACALIONE Ma è proprio vero che questo qui è servo tuo?

DEMONE Te l'ho già detto.

TRACHALIO Istuc optume,
[quando tuost.
DAEMONES Quid negotist?
TRACHALIO Vir scelestus illic est.
DAEMONES Quid fecit tibi
vir scelestus?
TRACHALIO Homini ego isti talos subfringi volo.
DAEMONES Quid est? Qua de re litigatis nunc inter vos?
TRACHALIO [Eloquar.
GRIPUS Immo ego eloquar.
TRACHALIO Ego, opinor, rem facesso.
GRIPUS Si quidem
sis pudicus, hinc facessas.
DAEMONES Gripe, animum advorte ac tace.
GRIPUS Utin istic priu' dicat?
DAEMONES Audi. Loquere tu.
GRIPUS Alienon prius
quam tuo dabis orationem?
TRACHALIO Ut nequitur comprimi!
Ita ut occepi dicere, illum quem dudum ‹e fano foras›
lenonem extrusisti, hic eiius vidulum eccillum ‹tenet›.
GRIPUS Non habeo.
TRACHALIO Negas quod oculis video?
GRIPUS At ne videas velim.
Habeo, non habeo: quid tu me curas quid rerum geram?
TRACHALIO Quo modo habeas, id refert, iurene anne iniuria.
GRIPUS Ni istum cepi, nulla caussa est quin me condones cruci;
si in mari retia prehendi, qui tuom potiust quam meum?
TRACHALIO Verba dat. Hoc modo res gesta est ut ego dico.
GRIPUS [Quid tu ais?
TRACHALIO Quod primarius vir dicat: comprime hunc sis, si
[tuost.
GRIPUS Quid? Tu idem mihi vis fieri quod erus consuevit tibi?
Si ille te comprimere solitust, hic noster nos non solet.
DAEMONES Verbo illo modo ille vicit. Quid nunc tu vis? Dic
[mihi.
TRACHALIO Equidem ego neque partem posco mihi istinc
[de istoc vidulo

TRACALIONE Complimenti, se è tuo servo!
DEMONE Che vuoi dire?
TRACALIONE È una canaglia di prim'ordine!
DEMONE Che ti ha fatto questa canaglia?
TRACALIONE Vorrei che gli fossero fracassate le caviglie!
DEMONE Che c'è? Qual è il motivo per cui litigate fra voi?
TRACALIONE Te lo dirò.
GRIPO No! Te lo dirò io!
TRACALIONE Sono io, mi pare, a intentare[92] la causa!
GRIPO Tu, se avessi un po' di pudore, te ne andresti di qui!
DEMONE Gripo, sta' attento e taci!
GRIPO Devo tacere perché questo qui parli per primo?
DEMONE Sì. Per ora ascolta! (*A Tracalione*) Parla tu!
GRIPO Dai la parola a un estraneo prima che al tuo servo?
TRACALIONE Guarda un po' se è capace di stare al suo posto! (*A Demone*) Come ti dicevo, hai presente il lenone che hai scacciato dal tempio? Ebbene, costui (*indica Gripo*) ha il suo bauletto. Eccolo lì!
GRIPO Non è vero.
TRACALIONE Hai il coraggio di negare quello che vedo coi miei occhi?
GRIPO Vorrei che tu fossi cieco! Se ce l'ho o no, che t'interessa? Sono fatti miei!
TRACALIONE L'importante è sapere come ce l'hai, se giustamente o no.
GRIPO Se non l'ho pescato io, fa' pure, condannami a esser crocifisso. Ma se l'ho preso calando la mia rete in mare, perché dovrebbe essere tuo piuttosto che mio?
TRACALIONE Costui imbroglia. È andata come dico io.
GRIPO E che cos'è che dici?
TRACALIONE Quello che spetta all'accusatore dire! (*A Demone*) Fallo star zitto, se è vero che è tuo schiavo.
GRIPO Che c'entra? Tu vuoi che il mio padrone si comporti con me come il tuo fa di solito con te? Se il tuo vi tiranneggia,[93] il nostro non lo fa.
DEMONE In questo ha ragione. (*A Tracalione*) Ma tu infine che cosa vuoi? Dimmelo.
TRACALIONE Io non domando parte del contenuto di que-

neque meum esse hodie umquam dixi; sed isti inest cistellula
huiius mulieris, quam dudum dixi fuisse liberam.
DAEMONES Nemp' tu hanc dicis quam esse aiebas dudum
[popularem meam?
TRACHALIO Admodum; et ea quae olim parva gestavit
[crepundia
istic in ista cistula insunt, quae istic inest in vidulo.
Hoc neque isti usust et illi miserae suppetias feret,
si id dederit qui suos parentes quaerat.
DAEMONES Faciam ut det. Tace.
GRIPUS Nihil hercle ego sum isti daturus.
TRACHALIO Nihil peto nisi cistulam
et crepundia.
GRIPUS Quid si ea sunt aurea?
TRACHALIO Quid istuc tua?
Aurum auro expendetur, argentum argento exaequabimus.
GRIPUS Fac sis aurum ut videam, post ego faciam ut videas
[cistulam.
DAEMONES Cave malo ac tace tu. Tu perge ut occepisti dicere.
TRACHALIO Unum te opsecro ut ted huiius commiserescat
[mulieris
si quidem hic lenonis eius est vidulus, quem suspicor;
hic nisi de opinione certum nihil dico tibi.
GRIPUS Viden? Scelestus aucupatur.
TRACHALIO Sine me ut occepi loqui.
Si scelesti illius est hic quoiius dico vidulus,
haec poterunt novisse: ostendere his iube.
GRIPUS Ain? Ostendere?
DAEMONES Haud iniquom dicit, Gripe, ut ostendatur vidulus.
GRIPUS Immo hercle insignite inique.
DAEMONES Quidum?
GRIPUS Quia, si
[ostendero,
continuo hunc novisse dicent scilicet.
TRACHALIO Scelerum caput,
ut tute es item omnis censes esse, peiiuri caput?
GRIPUS Omnia istaec ego facile patior, dum hic hinc a me
[sentiat.

sto bauletto, né oggi ho mai detto che fosse mio.[94] Ma dentro c'è una cassettina che appartiene a quella donna (*indica Palestra*) che io già ti ho detto esser nata libera.

DEMONE Alludi a questa qui, che tu prima sostenevi essere mia concittadina?

TRACALIONE Proprio così. E i giocattoli che ella usava da piccola sono in una piccola cassa che è contenuta nel bauletto! A quel tipo lì non servono di certo mentre a quella disgraziata saranno d'aiuto, se glieli restituirà, per ritrovare i suoi genitori.

DEMONE Gli ordinerò di darglieli. (*A Gripo*) Tu sta' zitto.

GRIPO Non ho nessuna intenzione di dar qualcosa a costui, per Ercole!

TRACALIONE Io non chiedo che la cassettina e i giocattoli.

GRIPO E se sono d'oro?

TRACALIONE Che t'importa? Se sono d'oro saranno ripagati con oro, se d'argento, con argento.

GRIPO Mostrami quest'oro e poi io ti farò vedere la cassettina.

DEMONE Tu taci e non cercar guai. (*A Tracalione*) Tu continua il tuo discorso.

TRACALIONE Di una cosa sola ti prego: di aver pietà di questa povera donna se, come penso, il bauletto appartiene al lenone. Non è sicuro, ma io sospetto che sia così.

GRIPO Lo vedi? Lo scellerato cerca di accalappiarti.[95]

TRACALIONE Lasciami finire! Se il baule appartiene a quella canaglia di cui ti parlo, queste donne saranno in grado di riconoscerlo. Ordina al tuo servo che glielo mostri!

GRIPO Che dici? Dovrei mostrarglielo?

DEMONE Non ti propone mica una cosa assurda se ti chiede di mostrar loro il baule!

GRIPO Assurda, per Ercole, e ingiusta!

DEMONE Perché?

GRIPO Perché se glielo mostrerò è evidente che diranno subito di riconoscerlo.

TRACALIONE Farabutto e spergiuro, credi che siano tutti come te?

GRIPO I tuoi insulti non mi toccano, purché il mio padrone stia dalla mia parte.

TRACHALIO Atqui nunc aps te stat, verum hinc cibit [testimonium.
DAEMONES Gripe, advorte animum. Tu paucis expedi quid [postulas.
TRACHALIO Dixi equidem, sed si parum intellexti, dicam [denuo.
Hasce ambas, ut dudum dixi, ita esse oportet liberas:
haec Athenis parva fuit virgo surrupta.
GRIPUS Dic mihi,
quid id ad vid[u]lum pertinet, servae sint istae an liberae?
TRACHALIO Omnia iterum vis memorari, scelus, ut defiat dies.
DAEMONES Apstine maledictis et mihi quod rogavi dilue.
TRACHALIO Cistellam isti inesse oportet caudeam in isto vidulo,
ubi sunt signa qui parentes noscere haec possit suos,
quibu'cum periit parva Athenis, sicuti dixi prius.
GRIPUS Iuppiter te dique perdant! Quid ais, vir venefice?
Quid, istae mutae sunt, quae pro se fabulari non queant?
TRACHALIO Eo tacent, quia tacita bonast mulier semper [quam loquens.
GRIPUS Tum pol tu pro portione nec vir nec mulier mihi es.
TRACHALIO Quidum?
GRIPUS Quia enim neque loquens es neque [tacens umquam bonus.
Quaeso, enumquam hodie licebit mihi loqui?
DAEMONES Si praeterhac
‹unum› verbum faxis hodie, ego tibi comminuam caput.
TRACHALIO Ut id occepi dicere, senex, eam te quaeso cistulam
ut iubeas hunc reddere illis; ob eam si quid postulat
sibi mercedis, dabitur: aliud quidquid ibi est habeat sibi.
GRIPUS Nunc demum istuc dicis, quoniam ius meum esse [intellegis:
dudum dimidiam petebas partem.

TRACALIONE Per ora lo è, ma la prova verrà fuori da qui! (*Indica il baule*)

DEMONE Gripo, ascolta! (*A Tracalione*) E tu spiega in poche parole quello che vuoi.

TRACALIONE L'ho già fatto ma, se non hai capito, te lo rispiegherò. È giusto che queste due ragazze recuperino la libertà. Questa qui (*indica Palestra*) fu rapita da piccola in Atene.

GRIPO Spiegami che cosa c'entra col baule il fatto che queste due siano serve o libere.

TRACALIONE Tu vuoi che torni da capo a ripetere ogni cosa, canaglia, perché passi tutto il giorno!

DEMONE Non dir parolacce e chiariscimi quel che ti ho domandato.

TRACALIONE Ho detto che in questo baule c'è certamente una cassettina di legno che contiene le prove con le quali costei avrà la possibilità di riconoscere i suoi genitori. Sono le cose che aveva con sé quando fu rapita da piccola ad Atene, come ho appena finito di dire!

GRIPO Che Giove e tutti gli dei ti maledicano! Che vai raccontando, mascalzone? Queste due sono mute, che non possono parlare in proprio favore?

TRACALIONE Tacciono perché una donna silenziosa val più di una chiacchierona.

GRIPO Allora tu, per Polluce, per me non sei né uomo né donna, per quanto mi riguarda.

TRACALIONE Perché?

GRIPO Perché non vali niente né quando taci né quando parli. (*A Demone*) Per favore, verrà o non verrà il mio turno di parlare?

DEMONE Se oggi dirai ancora una sola parola, ti taglierò la testa.

TRACALIONE Come ti dicevo, vecchio, ti prego di ordinare a costui di restituire la cassetta alle donne. Se poi quello lì vuole in cambio un compenso, gli sarà dato; e tutto il resto che il baule contiene, se lo tenga pure.

GRIPO Adesso ti decidi a dir questo perché riconosci che è mio diritto. Prima pretendevi di avere la metà.

TRACHALIO Immo etiam nunc peto.
GRIPUS Vidi petere milvom, etiam quom nihil auferret tamen.
DAEMONES Non ego te comprimere possum sine malo?
GRIPUS Si istic
[tacet,
ego tacebo; si iste loquitur, sine me pro parti loqui.
DAEMONES Cedo modo mihi istum vid[u]lum, Gripe.
GRIPUS Concredam
[tibi:
ac si istorum nihil sit, ut mihi reddas.
DAEMONES Reddetur.
GRIPUS Tene.
DAEMONES Audi nunciam, Palaestra atque Ampelisca, hoc
[quod loquor.
Estne hic vid[u]lus ubi cistellam tuam inesse aiebas?
PALAESTRA Is est.
GRIPUS Perii hercle ego miser! Ut priu' quam plane aspexit ilico
eum esse dixit!
PALAESTRA Faciam ego hanc rem ‹ex proclivi pla›nam tibi.
Cistellam isti inesse oportet caudeam in isto vidulo.
Ibi ego dicam quidquid inerit nominatim: tu mihi
nullum ostenderis; si falsa dicam frustra dixero,
vos tamen istaec quidquid istic inerit vobis habebitis;
sed si erunt vera, tum opsecro te ut mea mihi reddantur.
DAEMONES [Placet.
Ius merum oras meo quidem animo.
GRIPUS At meo hercle ‹iniuriam›.
Quid si ista aut superstitiosa aut hariolast atque omnia
quidquid insit vera dicet? Idne habebit hariola?
DAEMONES Non feret nisi vera dicet: nequiquam hariolabitur.
Solve vidulum ergo, ut quid sit verum quam primum sciam.
GRIPUS Hoc habet, solutust.
DAEMONES Aperi. Video cistellam. Haecinest?
PALAESTRA Istaec est. O mei parentes, hic vos conclusos gero,
huc opesque spesque vostrum cognoscendum condidi.
GRIPUS Tum tibi hercle deos iratos esse oportet, quisquis es,
quae parentes tam in angustum tuos locum compegeris.

TRACALIONE Ma la pretendo anche adesso.

GRIPO Ho visto anche un nibbio[96] cercar di arraffare qualcosa, pur non potendo portar via nulla!

DEMONE Devo proprio costringerti a tacere con le cattive?

GRIPO Tacerò se tace anche lui. Se invece parla, lascia che anch'io, per parte mia, parli.

DEMONE Basta! Dammi questo baule, Gripo.

GRIPO A te posso consegnarlo, ma se non contiene niente di quel che dicono, rendimelo.

DEMONE D'accordo.

GRIPO Va bene.

DEMONE Adesso mi rivolgo a voi, Palestra e Ampelisca: ascoltate! È questo il baule, Palestra, in cui dicevi che c'era la tua cassetta?

PALESTRA Sì.

GRIPO Tutto è perduto, per Ercole! Ha detto subito di riconoscerlo prima di averlo guardato bene.

PALESTRA Ti renderò la cosa facile. In questo baule deve esserci una cassettina di legno. Io ti citerò a uno a uno tutti gli oggetti che contiene senza che tu me li mostri; se sbaglierò, avrò perso e voi vi terrete tutto quello che c'è dentro. Ma se dirò la verità, ti prego allora di rendermi la mia roba.

DEMONE Va bene. A mio parere chiedi soltanto ciò che è in tuo diritto.

GRIPO A parer mio, no. E se questa qui è una strega o una veggente, e indovina tutto quello che c'è nel baule? Allora sarà tutto suo?

DEMONE Non otterrà nulla se non dirà la verità: sarà inutile cercare di indovinare. Sbrigati, sciogli le cinghie del baule. Voglio vedere subito che c'è di vero.

TRACALIONE Ha avuto il fatto suo: il baule è stato slegato.

DEMONE Aprilo ora. Vedo una cassettina. (*A Palestra*) È questa?

PALESTRA Oh, sì. Genitori miei, vi porto qui racchiusi! Qui ho nascosto i mezzi e le speranze per potervi riconoscere.

GRIPO Allora gli dei devono essere adirati con te, illustre sconosciuta, che hai schiacciato in un ripostiglio così stretto i tuoi genitori!

DAEMONES Gripe, accede huc; tua res agitur. Tu, puella,
[istinc procul
dicito quid insit et qua facie, memorato omnia.
Si hercle tantillum peccassis, quod posterius postules
te ad verum convorti, nugas, mulier, magnas egeris.
GRIPUS Ius bonum oras.
TRACHALIO Edepol hau te orat, nam tu iniuriu's.
DAEMONES Loquere nunciam, puella. Gripe, animum
[advorte ac tace.
PALAESTRA Sunt crepundia.
DAEMONES Ecca video.
GRIPUS Perii in primo proelio.
Mane, ne ostenderis.
DAEMONES Qua facie sunt? Responde ex ordine.
PALAESTRA Ensiculust aureolus primum litteratus.
DAEMONES Dice dum,
in eo ensiculo litterarum quid est?
PALAESTRA Mei nomen patris.
Post altrinsecust securicula ancipes, itidem aurea,
litterata: ibi matris nomen in securiculast.
DAEMONES Mane.
Dic, in ensiculo quid nomen est paternum?
PALAESTRA Daemones.
DAEMONES Di inmortales, ubi loci sunt spes meae?
GRIPUS Immo
[edepol meae?
TRACHALIO Pergite, opsecro, continuo.
GRIPUS Placide, aut ite in
[malam crucem.
DAEMONES Loquere matris nomen hic quid in securicula siet.
PALAESTRA Daedalis.
DAEMONES Di me servatum cupiunt.
GRIPUS At me perditum.
DAEMONES Filiam meam esse hanc oportet, Gripe.
GRIPUS Sit per
[me quidem.
Qui te di omnes perdant, qui me hodie oculis vidisti tuis,
meque adeo scelestum, qui non circumspexi centiens,

DEMONE Vieni qui, Gripo! Sei tu interessato a questo. E tu, ragazza, stando lì, a distanza, elenca le cose che sono qui contenute, descrivi la loro forma: di' tutto, insomma. Se sbaglierai, sia pur di pochissimo, anche se poi cerchi di correggerti, sprecherai la tua fatica.

GRIPO È giusto.

TRACALIONE La giustizia non ti riguarda. Tu sei un uomo ingiusto.

DEMONE Su, ragazza, parla. Tu, Gripo, sta' attento e taci.

PALESTRA Vi sono dei giocattoli.

DEMONE Eccoli qui.

GRIPO Siamo appena all'inizio e ho già subito un colpo mortale! (*A Demone*) Ma aspetta! Non mostrarglieli!

DEMONE Come son fatti? Elencameli.

PALESTRA Per prima cosa c'è uno spadino d'oro con un'iscrizione.

DEMONE Che dice quest'iscrizione?

PALESTRA È il nome di mio padre. Poi in un altro angolo c'è una piccola scure a due lame, anch'essa d'oro, anch'essa con un'iscrizione: si tratta del nome di mia madre.

DEMONE Aspetta. Dimmi qual è il nome di tuo padre che sta scritto sullo spadino.

PALESTRA Demone.

DEMONE O dei immortali, dove sono le mie speranze?

GRIPO E le mie?

TRACALIONE Non perdete tempo! Continuate.

GRIPO Calma invece! Oppure andatevene alla malora!

DEMONE Di' qual è il nome di tua madre inciso sulla piccola scure.

PALESTRA Dedale.

DEMONE Gli dei vogliono che io sia salvo!

GRIPO ... e io perduto!

DEMONE Gripo, questa dev'essere mia figlia!

GRIPO Per me, che lo sia! (*A Tracalione*) Ma quanto a te, gli dei ti maledicano, perché oggi mi hai scoperto! E non risparmino nemmeno me, così deficiente che non mi son

priu' me ne quis inspectaret quam rete extraxi ex aqua!
PALAESTRA Post sicilicula argenteola et duae conexae
[maniculae et
sucula –
GRIPUS Quin tu i dierecta cum sucula et cum porculis.
PALAESTRA Et bulla aurea est pater quam dedit mi natali die.
DAEMONES Ea est profecto. Contineri quin complectar non
[queo.
Filia mea, salve. Ego is sum qui te produxi pater,
ego sum Daemones et mater tua eccam hic intus Daedalis.
PALAESTRA Salve, mi pater insperate.
DAEMONES Salve. Ut te amplector
[lubens!
TRACHALIO Volup est quom istuc ex pietate vestra vobis
[contigit.
DAEMONES Capedum, hunc si potes fer intro vidulum, age,
[Trachalio.
TRACHALIO Ecce Gripi scelera! Quom istaec res male evenit tibi,
Gripe, gratulor.
DAEMONES Age eamus, mea gnata, ad matrem tuam,
quae ex te poterit argumentis hanc rem magis exquirere,
quae te magi' tractavit magi'que signa pernovit tua. –
PALAESTRA Intro eamus omnes, quando operam promiscam
[damus.
Sequere me, Ampelisca. –
AMPELISCA Quom te di amant voluptati
[est mihi. –
GRIPUS Sumne ego scelestus qui illunc hodie excepi vidulum?
Aut quom excepi, qui non alicubi in solo apstrusi loco?
Credebam edepol turbulentam praedam eventuram mihi,
quia illa mihi tam turbulenta tempestate evenerat.
Credo edepol ego illic inesse argenti et auri largiter.
Quid meliust quam ut hinc intro abeam et me suspendam
[clanculum,
saltem tantisper dum apscedat haec a me aegrimonia?

guardato intorno cento volte per vedere se qualcuno mi spiava, prima di tirar su la rete dall'acqua!

PALESTRA Poi c'è una piccola falce d'argento e due manine strette tra loro e una porcellina.

GRIPO Va' all'inferno[97] tu, la tua porcellina e i tuoi maialini!

PALESTRA E c'è anche una piccola sfera[98] d'oro che mio padre mi regalò per il mio compleanno.

DEMONE È lei! Non ci sono dubbi! Non posso più trattenermi dall'abbracciarla. Ti saluto, figlia mia! Sono io tuo padre, quello che ti ha generato! Io sono Demone e dentro casa c'è tua madre, Dedale!

PALESTRA Salve padre mio, insperatamente ritrovato!

DEMONE Salve! Con quale gioia ti abbraccio!

TRACALIONE È un piacere vedere quel che vi è accaduto. Il vostro reciproco affetto lo meritava.

DEMONE Su, Tracalione, prendi questo baule, per favore, e portalo in casa.

TRACALIONE Guarda che disastro Gripo voleva combinare! Mi compiaccio, Gripo, che ti sia andata male!

DEMONE Su, figlia mia, andiamo da tua madre che ti farà raccontare tutto, ti chiederà altre prove, lei che ti conosce meglio perché ha avuto più stretti contatti con te.

PALESTRA Entriamo in casa tutti, perché in questa faccenda siamo tutti coinvolti. Seguimi, Ampelisca.

AMPELISCA Gli dei sono benevoli con te e io ne sono felice. (*Resta in scena solo Gripo*)

GRIPO E io, che oggi ho pescato il baule, che male ho fatto? Perché, quando l'ho avuto tra le mani, non l'ho nascosto in un luogo isolato? Me l'aspettavo, per Polluce, che questa preda sarebbe stata un evento sconvolgente, dato che mi era venuta dal mare sconvolto dalla tempesta! Credo che lì dentro ci sia una bella quantità di argento e d'oro. Che mi resta da fare? Entrare in casa, nascondermi e impiccarmi... sì, almeno finché questo sconforto non mi passa!

DAEMONES

Pro di inmortales! Quis me est fortunatior,
qui ex inproviso filiam inveni meam?
Satin si quoii homini di esse bene factum volunt,
aliquo illud pacto optingit optatum piis?
Ego hodie neque speravi neque credidi:
is inproviso filiam inveni tamen;
et eam de genere summo adulescenti dabo
ingenuo, Atheniensi et cognato meo.
Ego eum adeo arcessi huc ad me quam primum volo
iussique exire huc eiius servom, ut ad forum
iret; nondum egressum esse eum, id miror tamen.
Accedam, opinor, ad fores. Quid conspicor?
Uxor complexa collo retinet filiam.
Nimi' paene inepta atque odiosa eius amatiost.

DAEMONES TRACHALIO

DAEMONES Aliquando osculando meliust, uxor, pausam fieri;
atque adorna, ut rem divinam faciam, quom intro advenero,
Laribus familiaribus, quom auxerunt nostram familiam.
Sunt domi agni et porci sacres. Sed quid istum remoramini,
mulieres, Trachalionem? Atque optume eccum exit foras!
TRACHALIO Ubi ubi erit, iam investigabo et mecum ad te [adducam simul
Plesidippum.
DAEMONES Eloquere ut haec res optigit de filia;
eum roga ut relinquat alias res et huc veniat.
TRACHALIO Licet.
DAEMONES Dicito daturum meam illi filiam uxorem.
TRACHALIO Licet.
DAEMONES Et patrem eiius me novisse et mihi esse cognatum.
TRACHALIO [Licet.

Scena V
DEMONE

Per gli dei immortali, chi è più fortunato di me che ho ritrovato mia figlia quando meno me l'aspettavo? È proprio vero che, quando gli dei vogliono far del bene a un uomo, a costui, se è pio, capita in un modo o nell'altro quel che desidera. Io oggi non nutrivo nessuna speranza, non me l'aspettavo di certo: e tutt'a un tratto ho ritrovato mia figlia. La darò in moglie a un nobile giovane, di stimatissima famiglia, mio parente.[99] Voglio farlo venire qui al più presto e per questo ho detto al suo servo di uscire di casa e raggiungermi qui, per spedirlo poi al foro. Mi stupisce che non l'abbia ancora fatto. Allora andrò io alla porta. Ma che vedo? Mia moglie che abbraccia strettamente mia figlia. Le sue manifestazioni d'affetto mi paiono po' esagerate e sconvenienti![100]

Scena VI
DEMONE TRACALIONE

DEMONE E basta con questi baci, moglie mia! Pensa piuttosto a ornare l'altare dei Lari famigliari per l'atto di ringraziamento che rivolgerò loro appena in casa, per aver accresciuto la nostra famiglia. Abbiamo agnelli e porci destinati al sacrificio. Ma perché voi donne trattenete Tracalione? Meno male! Eccolo che esce.

TRACALIONE Intendo andare a cercare dove si è ficcato Plesidippo e poi portartelo qui insieme a me.

DEMONE Raccontagli che cosa m'è capitato: il ritorno di mia figlia! Pregalo di lasciare tutti gli altri suoi affari e venire qui.

TRACALIONE Certo.

DEMONE Annunciagli che gli darò mia figlia in sposa.

TRACALIONE Bene.

DEMONE Digli che conosco suo padre e sono a lui legato da parentela.

TRACALIONE Bene.

DAEMONES Sed propera.
TRACHALIO Licet.
DAEMONES Iam hic fac sit, cena ut curetur.
TRACHALIO [Licet.
DAEMONES Omnian licet?
TRACHALIO Licet. Sed scin quid est quod te volo?
Quod promisisti ut memineris, hodie ut liber sim.
DAEMONES Licet.
TRACHALIO Fac ut exores Plesidippum ut me ‹manu› emittat.
DAEMONES [Licet.
TRACHALIO Et tua filia facito oret: facile exorabit.
DAEMONES Licet.
TRACHALIO Atque ut mi Ampelisca nubat, ubi ego sim liber.
DAEMONES [Licet.
TRACHALIO Atque ut gratum mi beneficium factis experiar.
DAEMONES [Licet.
TRACHALIO Omnian licet?
DAEMONES Licet: tibi rusum refero gratiam.
Sed propera ire in urbem actutum et recipe te huc rusum.
TRACHALIO [Licet.
Iam hic ero. Tu interibi adorna ceterum quod opust. –
DAEMONES Licet.
Hercules istum infelicet cum sua licentia!
Ita meas replevit auris quidquid memorabam 'licet'.

GRIPUS DAEMONES

GRIPUS Quam mox licet te compellare, Daemones?
DAEMONES Quid est negoti, Gripe?
GRIPUS De illo vidulo:
si sapias, sapias; habeas quod di danunt boni.

DEMONE Ma sbrigati!
TRACALIONE Bene.
DEMONE Fallo venir qui subito perché si possa pensare alla cena.
TRACALIONE Bene.
DEMONE Ma tu rispondi sempre "bene"?
TRACALIONE Sì. Ma sai che cosa voglio da te? Che ti ricordi quello che hai promesso, cioè che oggi io sia reso libero.
DEMONE Bene.
TRACALIONE Prega Plesidippo di impormi la mano per liberarmi.
DEMONE Bene.
TRACALIONE E di' a tua figlia che si unisca alla preghiera: lo persuaderà facilmente.
DEMONE Bene.
TRACALIONE Chiedi anche in sposa Ampelisca per me, quando sarò libero.
DEMONE Bene.
TRACALIONE E ch'io mi accorga dai fatti che la mia collaborazione è stata apprezzata.
DEMONE Bene.
TRACALIONE Dici sempre "bene"?
DEMONE Sì. Ti rendo la pariglia. Ma adesso corri in città e torna qui subito.
TRACALIONE Bene. Sarò qui in un baleno. Tu intanto prepara tutto il necessario.
DEMONE Bene. Che Ercole lo maledica con tutti i suoi "bene"! Mi ha riempito le orecchie, rispondendo "bene" a ogni cosa che dicevo!

Scena VII
GRIPO DEMONE

GRIPO Quando ti posso parlare, Demone?
DEMONE Qual è il problema, Gripo?
GRIPO Si tratta di quel baule. Se hai buon senso, usalo: tieniti quel bene che gli dei ti mandano.

DAEMONES Aequom videtur tibi, ut ego, alienum quod est
meum esse dicam?
GRIPUS Quodne ego inveni in mari?
DAEMONES Tanto illi melius optigit qui perdidit;
tuom esse nihilo magis oportet vidulum.
GRIPUS Isto tu pauper es quom nimi' sancte piu's.
DAEMONES O Gripe, Gripe, in aetate hominum plurumae
fiunt trasennae, ubi decipiuntur dolis.
Atque edepol in eas plerumque esca imponitur:
quam si quis avidus poscit escam avariter,
decipitur in trasenna avaritia sua.
Ill' qui consulte, docte atque astute cavet,
diutine uti bene licet partum bene.
Mihi istaec videtur praeda praedatum irier,
ut cum maiore dote abeat quam advenerit.
Egone ut quod ad me adlatum esse alienum sciam
celem? Minime istuc faciet noster Daemones.
Semper cavere hoc sapientis aequissumumst
ne conscii sint ipsi malefici suis.
Ego mihi conlusim nil moror ullum lucrum.
GRIPUS Spectavi ego pridem comicos ad istunc modum
sapienter dicta dicere, atque is plaudier,
quom illos sapientis mores monstrabant poplo:
sed quom inde suam quisque ibant divorsi domum,
nullus erat illo pacto ut illi iusserant.
DAEMONES Abi intro, ne molestu's, linguae tempera.
Ego tibi daturus nihil sum, ne tu frustra sis.
GRIPUS At ego deos quaeso ut, quidquid in illo vidulost,
si aurum, si argentum est, omne id ut fiat cinis. –
DAEMONES Illuc est quod nos nequam servis utimur.
Nam illic cum servo si quo congressus foret,
et ipsum sese et illum furti astringeret;
dum praedam habere se censeret, interim
praeda ipsus esset, praeda praedam duceret.
Nunc hinc intro ibo et sacruficabo, postibi
iubebo nobis cenam continuo coqui. –

DEMONE Ti sembra giusto che io affermi essere mio quello che appartiene ad altri?

GRIPO Ma che sono stato io a trovare in mare!

DEMONE Tanto meglio per chi lo ha perduto. Non per questo è giusto che tu ti tenga il baule.

GRIPO Per questo sei povero! Perché sei troppo onesto!

DEMONE O Gripo, Gripo! Gli uomini, durante la loro vita, incappano in moltissime trappole tese loro con l'inganno. Dentro, per Polluce, quasi sempre c'è un'esca. E se uno, ingordo e avido, vi abbocca, casca nella trappola proprio a causa della sua avidità. Invece colui che se ne guarda bene, grazie al suo giudizio, alla sua saggezza e astuzia, può vivere sempre tranquillo con quello che si è onestamente procurato. A me pare che questa preda venga per far preda a sua volta e per andarsene poi portando via più di quello con cui è venuta.[101] Io dovrei nascondere una cosa che mi è stata portata e che so essere d'altri? Demone non farà mai una cosa simile! La cosa più giusta è che il saggio si guardi sempre dall'essere complice dei suoi servi[102] in azioni malvagie. A patto di imbrogli[103] non voglio nessun guadagno.

GRIPO Mi è altre volte capitato di assistere a commedie[104] in cui gli attori dicevano parole sagge di questo genere, raccogliendo applausi, per il fatto appunto di indicare alla gente una condotta saggia. Ma poi, quando ognuno degli spettatori tornava a casa sua, nessuno si comportava nel modo che costoro avevano suggerito.

DEMONE Adesso io rientro in casa. Smettila di annoiarmi e tieni a freno la lingua. Soprattutto, non illuderti! Io non ti darò niente!

GRIPO E io prego gli dei che tutto il contenuto di quel baule, oro o argento che sia, finisca in cenere.

DEMONE Ecco che cosa significa avere dei cattivi servi. Se costui avesse fatto comunella con qualche altro servo, ambedue si sarebbero resi colpevoli di furto. Credendo di avere tra le mani la preda, sarebbe diventato preda lui stesso: la preda avrebbe fatto preda a sua volta. Ora rientro in casa per compiere l'atto di ringraziamento agli dei e poi ordinerò subito che si prepari la cena.

PLESIDIPPUS TRACHALIO

PLESIDIPPUS Iterum mihi istaec omnia itera, mi anime, mi [Trachalio,
mi liberte, mi patrone potius, immo mi pater.
Repperit patrem Palaestra suom atque matrem?
TRACHALIO Repperit.
PLESIDIPPUS Et popularis est?
TRACHALIO Opino.
PLESIDIPPUS Et nuptura est mi?
TRACHALIO Suspicor.
PLESIDIPPUS Censen hodie despondebit eam mi, quaeso?
TRACHALIO [Censeo.
PLESIDIPPUS Quid? Patri etiam gratulabor quom illam invenit?
TRACHALIO [Censeo.
PLESIDIPPUS Quid matri eiius?
TRACHALIO Censeo.
PLESIDIPPUS Quid ergo censes?
TRACHALIO Quod [rogas
censeo.
PLESIDIPPUS Dic ergo quanti censes?
TRACHALIO Egone? Censeo.
PLESIDIPPUS Adsum equidem, ne censionem semper facias.
TRACHALIO [Censeo.
PLESIDIPPUS Quid si curram?
TRACHALIO Censeo.
PLESIDIPPUS An sic potius placide?
TRACHALIO [Censeo.
PLESIDIPPUS Etiamne eam adveniens salutem?
TRACHALIO Censeo.
PLESIDIPPUS Etiam [patrem?
TRACHALIO Censeo.
PLESIDIPPUS Post eiius matrem?
TRACHALIO Censeo.

Scena VIII
PLESIDIPPO TRACALIONE

PLESIDIPPO Raccontami ancora tutto da capo, anima mia. Tracalione mio, liberto mio, anzi, mio padrone, o meglio, padre mio! È possibile che Palestra abbia trovato suo padre e sua madre?
TRACALIONE È così.
PLESIDIPPO Ed è mia concittadina?
TRACALIONE Così credo.
PLESIDIPPO E sarà mia sposa?
TRACALIONE Lo suppongo.
PLESIDIPPO Credi che suo padre oggi me la prometterà?
TRACALIONE Penso di sì.[105]
PLESIDIPPO Devo congratularmi con lui per averla ritrovata?
TRACALIONE Penso di sì.
PLESIDIPPO E anche con sua madre?
TRACALIONE Penso di sì.
PLESIDIPPO Che cosa pensi?
TRACALIONE Quel che tu mi chiedi, io lo penso.
PLESIDIPPO E in che misura lo pensi?
TRACALIONE Io? Ho detto che lo penso e basta.
PLESIDIPPO Ma io sono presente. È inutile che continui a pensare a me come se fossi assente.[106]
TRACALIONE Lo penso.
PLESIDIPPO E se mi mettessi a correre?
TRACALIONE Penso che vada bene.
PLESIDIPPO E se invece camminassi adagio?
TRACALIONE Anche questo va bene.
PLESIDIPPO E devo salutarla, quando arrivo?
TRACALIONE Penso di sì.
PLESIDIPPO E salutare anche suo padre?
TRACALIONE Penso di sì.
PLESIDIPPO E sua madre?
TRACALIONE Penso di sì.

PLESIDIPPUS Quid postea?
Etiamne adveniens complectar eius patrem?
TRACHALIO Non censeo.
PLESIDIPPUS Quid matrem?
TRACHALIO Non censeo.
PLESIDIPPUS Quid eampse illam?
TRACHALIO [Non censeo.
PLESIDIPPUS Perii! Dilectum dimisit. Nunc non censet quom [volo.
TRACHALIO Sanus non es. Sequere. –
PLESIDIPPUS Duc me, mi patrone, [quo lubet. –

PLESIDIPPO E poi? Dovrò abbracciare suo padre, al momento dell'incontro?
TRACALIONE Questo penso che tu non debba farlo.
PLESIDIPPO E la madre?
TRACALIONE No, penso di no.
PLESIDIPPO E lei, posso abbracciarla?
TRACALIONE No, no, penso di no.
PLESIDIPPO Dannazione! Ha finito di accogliere pensieri positivi! Ora che vorrei che pensasse di sì, non lo fa più!
TRACALIONE Sei proprio pazzo! Vieni con me.
PLESIDIPPO Conducimi dove vuoi, mio protettore!

ACTUS V

LABRAX

Quis me est mortalis miserior qui vivat alter hodie,
quem ad recuperatores modo damnavit Plesidippus?
Abiudicata a me modo est Palaestra. Perditus sum.
Nam lenones ex Gaudio credo esse procreatos,
ita omnes mortales, si quid est mali lenoni, gaudent.
Nunc alteram illam quae mea est visam huc in Veneris fanum,
saltem ut eam abducam, de bonis quod restat reliquiarum.

GRIPUS LABRAX

GRIPUS Numquam edepol hodie ad vesperum Gripum
[inspicietis vivom
nisi vidulus mihi redditur.
LABRAX Perii quom mentionem
fieri audio usquam viduli: ‹est› quasi palo pectus tundat.
GRIPUS Istic scelestus liber est: ego qui in mari prehendi
reti atque excepi vidulum, ei darei negatis quicquam.
LABRAX Pro di inmortales! Suo mihi hic sermone arrexit auris.
GRIPUS Cubitum hercle longis litteris signabo iam usquequaque,
si quis perdiderit vidulum cum auro atque argento multo,
ad Gripum ut veniat. Non feretis istum, ut postulatis.
LABRAX Meum hercle illic homo vidulum scit qui habet, ut
[ego opinor.
Adeundus mihi illic est homo. Di, quaeso, subvenite.

ATTO V

Scena I
LABRACE

Esiste oggi al mondo un uomo più disgraziato di me? Plesidippo mi ha appena trascinato davanti ai giudici[107] e mi ha fatto condannare: così Palestra mi è stata sottratta. Sono finito! Io credo che i lenoni siano prole della Gioia: se capita loro qualcosa di male, tutti gioiscono.[108] Ora andrò a cercare qui nel tempio di Venere l'altra ragazza che mi appartiene, per portarmi via almeno lei, l'ultimo bene che mi resta.

Scena II
GRIPO LABRACE

GRIPO Gripo non lo vedrete più vivo ora di stasera, per Polluce, se quel baule non mi vien restituito!

LABRACE Mi prende un colpo quando sento nominare da qualche parte un baule. Come se mi dessero una bastonata in pieno petto!

GRIPO (*tra sé*) Quel mascalzone[109] è libero: e a me, che ho tirato su dal mare e recuperato un baule, non date[110] niente!

LABRACE Per gli dei immortali! Quel che dice costui mi fa drizzar le orecchie!

GRIPO (*tra sé*) Voglio andare a scrivere dappertutto, per Ercole, in lettere cubitali, che, se qualcuno ha perso un baule pieno d'oro e d'argento, si rivolga a Gripo. Voi non ve lo terrete, come pretendete di fare.

LABRACE Sta' a vedere che quell'uomo sa chi è in possesso del mio baule! Devo andare a parlargli. O dei! Aiutatemi!

GRIPUS Quid me intro revocas? Hoc volo hic ante ostium [extergere.
Nam hoc quidem pol e robigine, non est e ferro factum,
ita quanto magis extergeo rutilum, atque tenuius fit.
Nam quidem hoc venenatumst verum: ita in manibus [consenescit.
LABRAX Adulescens, salve.
GRIPUS Di te ament cum inraso capite.
LABRAX [Quid fit?
GRIPUS Verum extergetur.
LABRAX Ut vales?
GRIPUS Quid tu? Num medicus, [quaeso, es?
LABRAX Immo edepol una littera plus sum quam medicus.
GRIPUS [Tum tu
mendicus es?
LABRAX Tetigisti acu.
GRIPUS Videtur digna forma.
Sed quid tibi est?
LABRAX Hac proxuma nocte in mari ‹mi› et alii
confracta est navis, perdidi quidquid erat miser ibi omne.
GRIPUS Quid perdidisti?
LABRAX Vidulum cum auro atque argento [multo.
GRIPUS Ecquid meministi in vidulo qui periit quid ibi infuerit?
LABRAX Quid refert, qui periit?
GRIPUS Tamen –
LABRAX Sine hoc, aliud [fabulemur.
GRIPUS Quid si ego sciam qui invenerit? Volo ex te scire signa.
LABRAX Nummi octingenti aurei in marsuppio infuerunt,
praeterea centum minaria Philippea in pasceolo sorsus.
GRIPUS Magna hercle praedast, largiter mercedis indipiscar;
di homines respiciunt: bene ego hinc praedatus ibo.
Profecto est huiius vidulus. Perge alia tu expedire.
LABRAX Talentum argenti commodum magnum inerit in [crumina,
praeterea sinus, cantharus, epichysis, gaulus, cyathus.

GRIPO (*rivolto verso l'interno della casa*) Perché mi richiami dentro? Voglio restar qui, davanti alla porta, a ripulire quest'affare: è fatto di pura ruggine, per Polluce, non di ferro. Più lo strofino e più diventa rosso e si assottiglia. È uno spiedo certamente stregato: mi si consuma tra le mani.

LABRACE Salve, giovanotto!

GRIPO Che gli dei ti proteggano, capellone![111]

LABRACE Che si fa?

GRIPO Si pulisce uno spiedo.

LABRACE E a salute, come va?

GRIPO E che t'importa? Sei forse un medico?

LABRACE A dir la verità, per Polluce, ho un lettera in più del medico!

GRIPO Allora sei un mendico?

LABRACE Hai messo il dito sulla piaga!

GRIPO Ne hai tutta l'aria! Ma infine che hai?

LABRACE La notte scorsa, la nave mia e dei miei compagni ha fatto naufragio e per mia disgrazia ho perso tutto quel che ci avevo sopra.

GRIPO Che cosa hai perso?

LABRACE Un baule, pieno d'oro e d'argento.

GRIPO E ti ricordi bene del contenuto di quel baule che hai perso?

LABRACE A che pro, quando è andato perduto?

GRIPO Tuttavia...

LABRACE Lascia andare! Parliamo d'altro.

GRIPO Che diresti se io sapessi chi l'ha trovato? Voglio che tu me ne descriva le caratteristiche.

LABRACE C'era dentro una borsa con ottocento monete d'oro e, a parte, un sacchetto di cuoio con cento filippi.[112]

GRIPO (*tra sé*) Bel bottino, per Ercole! Ne potrò ottenere una lauta mancia. Gli dei si ricordano di guardar giù! Di qui uscirò ricco: certamente il baule appartiene a costui. (*Forte*) Su! Dammi altri particolari!

LABRACE In un borsellino ci deve essere un talento d'argento, di quelli grandi,[113] giusto giusto, e poi un vaso, un boccale, una brocca, una tazza tonda, un ciato.[114]

GRIPUS Papae! Divitias tu quidem habuisti luculentas.
LABRAX Miserum istuc verbum et pessumum est, 'habuisse'
[et nihil habere.
GRIPUS Quid dare velis qui istaec tibi investiget indicetque?
Eloquere propere celeriter.
LABRAX Nummos trecentos.
GRIPUS Tricas.
LABRAX Quadringentos.
GRIPUS Tramas putidas.
LABRAX Quingentos.
GRIPUS Cassam
[glandem.
LABRAX Sescentos.
GRIPUS Curculiunculos minutos fabulare.
LABRAX Dabo septingentos.
GRIPUS Os calet tibi, nunc id frigefactas.
LABRAX Mille dabo nummum.
GRIPUS Somnias.
LABRAX Nihil addo.
GRIPUS Abi igitur.
LABRAX [Audi:
si hercle abiero hinc, hic non ero. Vin centum et mille?
GRIPUS [Dormis.
LABRAX Eloquere quantum postules.
GRIPUS Quo nihil invitus addas:
talentum magnum. Non potest triobolum hinc abesse.
Proin tu vel aias vel neges.
LABRAX Quid istic? Necessum est, video:
dabitur talentum.
GRIPUS Accede dum huc: Venus haec volo
[adroget te.
LABRAX Quod tibi libet id mi impera.
GRIPUS Tange aram hanc Veneris.
LABRAX [Tango.
GRIPUS Per Venerem hanc iurandum est tibi.
LABRAX Quid iurem?
GRIPUS Quod
[iubebo.

GRIPO Accidenti! Avevi veramente un tesoro!
LABRACE "Avevo" e non "ho"! Che tristezza dover usare questa brutta parola!
GRIPO Che cosa saresti disposto a dare a chi scoprisse una traccia del tuo tesoro e te la indicasse? Sbrigati! Sputa una proposta!
LABRACE Trecento nummi.
GRIPO Sciocchezze!
LABRACE Quattrocento.
GRIPO Schifezze!
LABRACE Cinquecento.
GRIPO Noccioline!
LABRACE Seicento.
GRIPO Vermicelli!
LABRACE Te ne darò settecento.
GRIPO Ti scotta la bocca e te la rinfreschi con queste freddure!
LABRACE Ti darò mille nummi.
GRIPO Te lo sogni!
LABRACE Basta. Nemmeno un nummo di più.
GRIPO E allora vai!
LABRACE Ascoltami: se me ne andrò... non sarò più qui! Ti vanno mille e cento?
GRIPO Stai sempre sognando.
LABRACE Allora dimmi quanto vuoi.
GRIPO Perché tu non debba più disturbarti ad aggiungere qualcosa, ecco: voglio un talento grande. E non devono mancarci nemmeno tre spiccioli. Adesso a te: devi solo dire sì o no.
LABRACE A questo punto, che fare? Ci sono costretto, me ne rendo conto. Avrai il talento.
GRIPO Avvicinati un po'. Voglio che la Venere di questo tempio garantisca il tuo giuramento.
LABRACE Comandami quello che vuoi.
GRIPO Metti le mani sopra l'altare di Venere.
LABRACE Fatto.
GRIPO Adesso devi giurare in nome di Venere.
LABRACE Che cosa devo giurare?
GRIPO Quel che ti dirò io.

LABRAX Praei verbis quidvis. [Id] quod domi est, numquam [ulli supplicabo.
GRIPUS Tene aram hanc.
LABRAX Teneo.
GRIPUS Deiera te mi argentum daturum
eodem die, ‹tui› viduli ubi sis potitus.
LABRAX Fiat.
GRIPUS Venu' Cyrenensis, testem te testor mihi,
si vidulum illum quem ego in navi perdidi
cum auro atque argento salvom investigavero
isque in potestatem meam pervenerit,
tum ego huic Gripo, inquito et me tangito –
LABRAX Tum ego huic Gripo (dico, Venus, ut tu audias)
talentum argenti magnum continuo dabo.
GRIPUS †si† fraudassis, dic ut te in quaestu tuo
Venus eradicet, caput atque aetatem tuam.
Tecum hoc habeto tamen, ubi iuraveris.
LABRAX Illaec advorsum si quid peccasso, Venus,
veneror te ut omnes miseri lenones sient.
GRIPUS Tamen fiet, etsi tu fidem servaveris.
Tu hic opperire, iam ego faxo exibit senex;
eum tu continuo vidulum reposcito. –
LABRAX Si maxume mi illum reddiderit vidulum,
non ego illic hodie debeo triobolum.
Meus arbitratust lingua quod iuret mea.
Sed conticiscam: eccum exit et ducit senem.

GRIPUS DAEMONES LABRAX

GRIPUS Sequere hac.
DAEMONES Ubi istic lenost?
GRIPUS Heus tu, em tibi!
[Hic habet vidulum.

LABRACE Pronuncia prima tu la formula che vuoi. (*Tra sé*) Tanto io, per quel che riguarda la mia roba, non rivolgerò mai preghiere a nessuno.[115]

GRIPO Tieni le mani sull'ara.

LABRACE Ce le ho.

GRIPO Giura che mi darai il denaro lo stesso giorno in cui rientrerai in possesso del tuo baule.

LABRACE Lo giuro.

GRIPO O Venere di Cirene, ti chiamo solennemente a testimonio, se mai troverò intatto quel baule pieno d'oro e d'argento che ho perso con la nave e potrò rientrarne in possesso, che io a Gripo qui presente... Dillo e toccami!

LABRACE ... io allora a questo Gripo (lo dico ad alta voce, perché tu lo senta, Venere) consegnerò subito un talento d'argento grande.

GRIPO E se mancherai di parola, chiedi a Venere di mandare all'aria tutto il guadagno dei tuoi traffici e di annientare la tua persona. (*Tra sé*) E che ciò ti capiti comunque, non appena avrai giurato!

LABRACE Se mancherò in qualcosa a quel che ho giurato, ti prego, Venere, di mandare in miseria tutti i lenoni!

GRIPO (*tra sé*) Questo avverrà in ogni caso, anche se manterrai il giuramento. (*Forte*) Tu aspetta qui che io chiamerò fuori il vecchio: appena arriva tu chiedigli il baule. (*Entra in casa*)

LABRACE Se anche mi rende il mio baule, a quello oggi io non sgancerò nemmeno tre soldi. Decido io di quello che la mia lingua giura. Ma adesso taccio: eccolo che esce di casa con il vecchio.

Scena III
GRIPO DEMONE LABRACE

GRIPO Seguimi.

DEMONE Ma dov'è 'sto lenone?

GRIPO (*al lenone*) Ehi, tu! Ehi, dico a te! Ecco, è questo qui che ha il tuo baule!

DAEMONES Habeo et fateor esse apud me, et, si tuos est,
[habeas tibi.
Omnia, ut quidquid †infuere†, ita salva sistentur tibi.
Tene, si tuost.
LABRAX O di inmortales! Meus est. Salve, vidule.
DAEMONES Tuo'ne est?
LABRAX Rogitas? Si quidem hercle Iovi' fuit,
[meus est tamen.
DAEMONES Omnia insunt salva; una istinc cistella excepta est
[modo
cum crepundiis, quibu'cum hodie filiam inveni meam.
LABRAX Quam?
DAEMONES Tua quae fuit Palaestra, ea filia inventast mea.
LABRAX Bene mehercle factum est. Quom istaec res tibi ex
[sententia
pulchre evenit, gaudeo.
DAEMONES Istuc facile non credo tibi.
LABRAX Immo hercle, ut scias gaudere me, mihi triobolum
ob eam ne duis, condono te.
DAEMONES Benigne edepol facis.
LABRAX Immo tu quidem hercle vero.
GRIPUS Heus tu! Iam habes
[vidulum.
LABRAX Habeo.
GRIPUS Propera.
LABRAX Quid properabo?
GRIPUS Reddere argentum
[mihi.
LABRAX Neque edepol tibi do neque quicquam debeo.
GRIPUS Quae
[haec factio est?
Non debes?
LABRAX Non hercle vero.
GRIPUS Non tu iuratus mihi es?
LABRAX Iuratus sum, et nunc iurabo, si quid voluptati est mihi:
ius iurandum rei servandae, non perdendae conditum est.
GRIPUS Cedo sis mihi talentum magnum argenti, peiiurissume.
DAEMONES Gripe, quod tu istum talentum poscis?

DEMONE Ce l'ho e ammetto che si trova qui; se è tuo, lo riavrai. Tutto quel che vi era contenuto ti sarà riconsegnato intatto. Prenditelo, se è tuo.

LABRACE O dei immortali! È il mio! Salve, baule!

DEMONE È proprio il tuo?

LABRACE E lo chiedi? Anche se fosse stato di Giove, è comunque mio.

DEMONE Dentro c'è tutto, com'era. Dal contenuto è stata sottratta solo una cassettina con dei giocattoli, grazie ai quali oggi ho potuto ritrovare mia figlia.

LABRACE Di chi parli?

DEMONE Quella che è stata la tua Palestra si è rivelata essere mia figlia.

LABRACE Molto bene, per Ercole! Se questo evento ha soddisfatto un tuo desiderio, ne sono lieto.

DEMONE Mi è difficile crederlo.

LABRACE Figurati! Anzi, perché tu sia convinto che io mi compiaccio di ciò, ti esonero dal darmi anche pochi spiccioli per lei!

DEMONE Ben gentile!

LABRACE Ma no, lo sei tu, per Ercole!

GRIPO Oh, tu! Adesso hai il tuo baule!

LABRACE È vero.

GRIPO Sbrigati, allora.

LABRACE A far che?

GRIPO A darmi la somma che mi devi.

LABRACE Non ti do niente e non ti devo niente.

GRIPO Che è questa storia? Non mi devi niente?

LABRACE Assolutamente niente.

GRIPO Ma come? Non me lo avevi giurato?

LABRACE Ho giurato e tornerò a giurare, se ne ho voglia! Il giuramento è stato istituito per conservare la propria roba, non per perderla!

GRIPO Dammi subito un talento grande d'argento, spergiuro maledetto!

DEMONE Gripo, che roba è questo talento che stai chiedendo?

GRIPUS Iuratust mihi
dare.
LABRAX Lubet iurare. Tun meo pontifex peiiurio es?
DAEMONES Qua pro re argentum promisit hic tibi?
GRIPUS Si vidulum
hunc redegissem in potestatem eiius, iuratust dare
mihi talentum magnum argenti.
LABRAX Cedo quicum habeam
[iudicem,
ni dolo malo instipulatus sis sive etiamdum siem
quinque et viginti annos natus.
GRIPUS Habe cum hoc.
LABRAX Aliost opus.
DAEMONES Iam ab istoc auferre haud ausim, si istunc
[condemnavero.
Promisistin huic argentum?
LABRAX Fateor.
DAEMONES Quod servo ‹meo›
promisisti meum esse oportet, ne tu, leno, postules
te hic fide lenonia uti: non potes.
GRIPUS Iam te ratu's
nactum hominem quem defrudares? Dandum huc
[argentum est probum:
id ego continuo huic dabo adeo me ut hic emittat manu.
DAEMONES Quando ergo erga te benignus ‹ego› fui atque
[opera mea
haec tibi sunt servata –
GRIPUS Immo hercle mea, ne tu dicas tua.
DAEMONES (Si sapies, tacebis) tum te mihi benigne itidem
[addecet
bene merenti bene referre gratiam.
LABRAX Nemp' pro meo
iure oras?
DAEMONES Mirum quin tuom ius meo periclo aps te expetam.
GRIPUS Salvos sum, leno labascit, libertas portenditur.
DAEMONES Vidulum istunc ille invenit, illud mancupium
[meum est;
ego tibi hunc porro servavi cum magna pecunia.

GRIPO Ha giurato di darmelo.

LABRACE Io giuro a mio piacimento. Tu saresti il pontefice,[116] per rinfacciarmi il giuramento?

DEMONE Per qual motivo costui ti ha promesso del denaro?

GRIPO Ha giurato che, se gli avessi fatto recuperare il suo baule, mi avrebbe dato un talento grande d'argento.

LABRACE Indicami uno che ti rappresenti davanti al giudice[117] per discutere se il tuo patto non sia un imbroglio e anche per accertare se ho già compiuto venticinque anni![118]

GRIPO (*indicando Demone*) Prenditi lui!

LABRACE No, deve essere un'altra persona.

DEMONE (*tra sé*) Non avrò il coraggio di sottrarglielo, se lo condannerò.[119] (*A Labrace*) È vero che gli hai promesso del denaro?

LABRACE Lo ammetto.

DEMONE Quello che hai promesso a un mio servo spetta a me, tanto perché tu, lenone, la tua lealtà da lenone non creda di poterla far valere qui: no, non puoi!

GRIPO Pensavi di aver trovato un uomo da imbrogliare? Qui devi tirar fuori del denaro buono: e io lo consegnerò subito a costui (*indica Demone*) perché mi dia la libertà.

DEMONE (*al lenone*) Dato che io mi sono comportato benevolmente verso di te e per merito mio le tue cose ti son state ridate intatte...

GRIPO Veramente, per Ercole, il merito è mio, non tuo!

DEMONE (*a Gripo*) Se hai buon senso, taci! (*al lenone*)... allora ti conviene restituirmi di buon grado la cortesia che ti ho fatta.

LABRACE È evidente che la tua è solo una preghiera, ma il diritto sta dalla mia parte.

DEMONE Sarebbe assurdo che io, a mio rischio, non riconoscessi il tuo diritto.

GRIPO Sono salvo! Il lenone comincia a tentennare! La mia libertà si avvicina!

DEMONE Lui ha trovato questo baule e lui è mio schiavo; io te l'ho conservato con tutto il denaro che c'è dentro.

LABRAX Gratiam habeo et de talento nulla caussa est quin feras, quod isti sum iuratus.
GRIPUS Heus tu! Mihi dato ergo, si sapis.
DAEMONES Tacen an non?
GRIPUS Tu meam rem simulas agere, tibi mu‹nis viam›.
Non hercle istoc me intervortes, si aliam praedam perdidi.
DAEMONES Vapulabis verbum si addes isto unum.
GRIPUS Vel hercle enica, non tacebo umquam alio pacto nisi talento comprimor.
LABRAX Tibi operam hicquidem dat. Tace.
DAEMONES Concede hoc tu, leno.
LABRAX Licet.
GRIPUS Palam age, nolo ego murmurillum neque susurrum fieri.
DAEMONES Dic mihi quanti illam emisti tuam alteram mulierculam, Ampeliscam?
LABRAX Mille nummum denumeravi.
DAEMONES Vin tibi condicionem luculentam ferre me?
LABRAX Sane volo.
DAEMONES Dividuom talentum faciam.
LABRAX Bene facis.
DAEMONES Pro illa altera, libera ut sit, dimidium tibi sume, dimidium huc cedo.
LABRAX Maxume.
DAEMONES Pro illo dimidio ego Gripum emittam manu, quem propter tu vidulum et ego gnatam inveni.
LABRAX Bene facis, gratiam habeo magnam.
GRIPUS Quam mox mi argentum ergo redditur?
DAEMONES Res soluta est, Gripe. Ego habeo.

LABRACE E io te ne ringrazio. Quanto al talento che ho promesso a costui con giuramento, non ho motivo di negartelo.

GRIPO Un momento, caro mio! A me devi darlo, se ragioni.

DEMONE Vuoi tacere o no?

GRIPO Eh, no! Tu fai finta di fare il mio interesse e intanto prepari la strada al tuo.[120] Ho già perduto il resto del bottino, non vorrai defraudarmi anche di questo!

DEMONE Se aggiungi ancora una sola parola, ne prenderai un sacco!

GRIPO Ammazzami pure, se vuoi, ma non chiuderò la bocca a nessun patto se non sarò zittito col talento.

LABRACE Ma il tuo padrone sta dandoti una mano. Taci!

DEMONE Senti un po', lenone. Vieni qui in disparte.

LABRACE Subito.

GRIPO No, no! Tratta alla luce del sole! Non voglio sussurri e sotterfugi!

DEMONE Dimmi, a quanto l'hai comprata quell'altra tua donnetta, Ampelisca?

LABRACE Ho sborsato mille nummi.

DEMONE Vuoi che ti faccia una proposta molto vantaggiosa?

LABRACE Ben contento!

DEMONE Quanto al talento, facciamo a metà.

LABRACE Benissimo!

DEMONE Metà a te, per liberare l'altra ragazza, e metà a me.

LABRACE Accetto.

DEMONE Con la metà che mi spetta io darò la libertà a Gripo che ha il merito di aver fatto ritrovare a te il baule, a me la figlia.

LABRACE Son contento e ti ringrazio molto.

GRIPO Ebbene? Quando mi si danno questi soldi?

DEMONE La questione è risolta, Gripo. Li ho in mano io.

GRIPUS At ego me [hercle mavolo.
DAEMONES Nihil hercle hic tibi est, ne tu speres. Iuris iurandi [volo
gratiam facias.
GRIPUS Perii hercle! Nisi me suspendo, occidi.
Numquam hercle iterum defrudabis me quidem post hunc [diem.
DAEMONES Hic hodie cenato, leno.
LABRAX Fiat, condicio placet.
DAEMONES Sequimini intro. Spectatores, vos quoque ad [cenam vocem,
ni daturus nihil sim neque sit quicquam pollucti domi,
nive adeo vocatos credam vos esse ad cenam foras.
Verum si voletis plausum fabulae huic clarum dare,
comissatum omnes venitote ad me ad annos sedecim.
Vos hic hodie cenatote ambo.
LABRAX, GRIPUS Fiat.
DAEMONES Plausum date.

GRIPO Ma preferirei averli io in mano.

DEMONE Qui non c'è niente per te! Non illuderti! Voglio che tu condoni quel giuramento.

GRIPO Per me è finita, per Ercole! Se non mi impicco, muoio! Ma d'ora in avanti non mi imbroglierai più!

DEMONE Vieni a cena da me, oggi, lenone!

LABRACE Grazie dell'invito. Accetto.

DEMONE Seguitemi in casa. Anche voi, spettatori, inviterei volentieri a cena se avessi qualcosa da darvi, almeno gli avanzi delle vittime sacrificate:[121] ma non ho niente e certamente sarete già stati invitati a cena fuori. Però se vorrete dedicare un forte applauso a questa rappresentazione, venite pure tutti a farvi una bella mangiata da me... tra sedici anni. Quanto a voi due, vi confermo l'invito per oggi.

LABRACE e GRIPO Grazie.

DEMONE Applaudite.

NOTE

Menaechmi

1 *Peniculus* è vocabolo latino, diminutivo da *penis*, "coda", e significa "pennello" o "spazzola", oggetti costituiti appunto dai peli della coda di un animale. Per quale motivo Plauto abbia attribuito questo nome al parassita si evince dai vv. 77-78, in cui il personaggio si confessa un gran mangiatore, capace di "spazzolare" la mensa. Menecmo invece è nome greco, costituito dai vocaboli μένος, "forza", e αἰχμή, "lancia" o "lotta", e significa "forte nella lotta". Sosicle si riconduce alla radice del verbo σώζω, "salvo", completato dalla terminazione -κλῆς, comune a molti nomi greci: corrisponde al nostro "Salvatore". Erozio è nome tipico da cortigiana, sia per la sua derivazione da ἔρως, "amore", sia per la forma diminutiva. Cilindro deriva dal verbo κυλίνδω, "voltolo", "mi aggiro", e può ugualmente alludere al mattarello per impastare la farina di cui il cuoco si serve, come al frenetico correre e agitarsi del personaggio. Messenione è nome da schiavo che denota, come in molti altri casi, la provenienza dell'uomo: in questo caso dalla Messenia. La matrona, non meglio qualificata nell'elenco dei personaggi, è la moglie di Menecmo I, come il vecchio ne è il suocero.

2 L'*argumentum* acrostico, attribuito ad Aurelio Opillo, grammatico del II secolo a.C., è qui, come nella maggior parte delle commedie, unico. Sulle sue caratteristiche e sulla possibilità che un altro, di più tarda fattura, vi sia giustapposto cfr. nota 2 al *Miles gloriosus* e nota 2 all'*Amphitruo* (trad. G. Faranda, Mondadori, Milano 2000).

3 Poi chiamata Dyrrachium (Durazzo). In genere questa era la sorte dei nomi che vagamente evocavano nei Romani un cattivo auspicio (cfr. v. 267). Per esempio al Mar Nero, che aveva un nome che per i Greci suonava come ἄξενος ("inospitale", "contrario agli stranieri"), in considerazione del fatto che gli stranieri (ξένοι) erano proprio loro, i Romani, fu mutato il prefisso in εὐ e divenne Pontus Euxinus.

4 In questa, come in altre commedie plautine (e già, dopo Euripide, tragedia e commedia adottarono spesso un'analoga soluzione), chi recita il prologo non solo non è un personaggio che fa parte della rosa degli at-

tori impegnati nella commedia stessa, ma nemmeno una divinità o un'entità astratta, bensì la figura anonima del Prologo, completamente avulsa dall'azione che seguirà. La distingue un particolare abbigliamento, l'*ornatus prologi*, come ci informa Terenzio, e il ruolo è di solito sostenuto da giovani attori.

[5] Anche in questo prologo troviamo citato il *cognomen* Plautus come in *Casina* 34. Circa la questione riguardante il nome completo dell'autore, cfr. nota 9 a *Mercator* (trad. G. Faranda, Mondadori, Milano 2000).

[6] Il verso comincia con un *atque* che supporrebbe una continuità o una leggera opposizione con quanto prima si è detto, cosa che invece non si verifica. Questo ha indotto alcuni a ipotizzare la caduta di qualche verso. Quanto all'abitudine di collocare sempre l'azione in Atene, la cosa non riguarda Plauto, che ambienta le sue commedie in diverse città greche.

[7] *Graecissat... atticissat... sicilicissitat*: cfr. *patrissat* (*Pseudolus* 442). Queste formazioni verbali hanno avuto in italiano esiti come "grecizzare", "patrizzare" ecc. e non sono estranee al greco: cfr. σικελίζω.

[8] Il fatto che l'azione abbia origine in Sicilia aveva portato a credere che il modello greco, di cui Plauto non fa parola, fosse Epicarmo, autore siculo di mimi, vissuto tra il VI e il V secolo a.C. Ma, oltre alla considerazione che solo l'antefatto ha luogo in Sicilia, è stato dimostrato, in base ai frammenti di opere rimaste, che molti furono gli autori della Commedia di Mezzo e Nuova che trattarono l'argomento dei gemelli identici tra loro. In genere poi, quando si parla di questa commedia di Plauto, si suole ricordare come l'autore sfrutti il tema del "doppio" anche nell'*Amphitruo*; ma non bisogna trascurare il caso del *Miles gloriosus* ove all'etera Filocomasio viene addirittura inventata una gemella identica, impersonata dalla stessa attrice per farsi gioco del *miles*.

[9] Misura usata dai commercianti o in genere da chi somministrava alimenti, specie in granaglie. Evidente è l'incongruenza con quanto espresso al v. 6, ove si promette la maggior stringatezza possibile. Il che, secondo alcuni, fornisce uno degli argomenti per sostenere che il prologo sia stato rimaneggiato in tempi successivi.

[10] Sia la nutrice che la vera madre vengono chiamate *mater*, e solo la spiegazione giustapposta diversifica le due funzioni.

[11] Questo inciso, diversamente da quanto detto nella nota 9, non sarebbe in contraddizione con quanto detto ai vv. 22-23, ma alluderebbe al costume di far ricercare le persone scomparse tramite banditori (cfr. *Mercator* 663).

[12] Battuta di spirito di chi sta parlando, come se l'immaginario spostamento fosse reale. In seguito (v. 56) si alluderà al ritorno al luogo di partenza, chiarendone questa volta il carattere fittizio.

[13] Indica una delle case che costituiscono lo sfondo della scena; l'altra è quella di Erozio.

[14] *Habitat* è emendamento dello Schoell. Chi legge *agitat* traduce: «ora uno fa la parte del lenone, ora...» ecc. Dal codice A (Ambrosiano) sembra potersi dedurre che non manchi più di un verso alla conclusione del prologo.
[15] La scarsa coerenza del verso con il precedente fa supporre una lacuna tra i due.
[16] Probabilmente perché debitore insolvente. Infatti il debitore che non risarciva la somma dovuta veniva aggiudicato dal pretore al creditore.
[17] Durante tali festività, che si svolgevano dal 12 al 19 aprile, si offrivano banchetti al popolo nel Circo Massimo.
[18] A proposito dell'ingordigia dei convitati che li spinge a dimenticare le buone maniere e a protendersi goffamente verso il centro della tavola, piegandosi in due, cfr. *Miles gloriosus* 762.
[19] Gioco di parole in cui i "cari" non sono i parenti stretti ma i cibi: tanto più cari perché costosi, come subito Penicolo precisa. Infatti l'aggettivo, nell'uso comune, se riferito a oggetto in vendita, ha un'accezione uguale alla nostra (cfr. *Aulularia* 373-75).
[20] Come militari che, non appena schierati (*instruontur*), disertino le file, i cibi preziosi disertano la tavola per scomparire nel ventre.
[21] I codici hanno questa lezione che taluni rifiutano. Di fatto Menecmo non parla mai di Erozio in termini spregiativi e in più il verso successivo appare in aperta contraddizione con questo. Comunque il neutro può benissimo significare il concreto, tanto di più se si tratta di una cortigiana.
[22] *Catameitus* è forma greca per "Ganymedes", da tempo infiltratasi nel latino.
[23] Evidentemente Menecmo ha indossato l'indumento femminile sotto il proprio mantello che ora sta aprendo.
[24] Il parassita ha espresso il timore che, dopo il litigio con la moglie, non vi sia più l'occasione di cenare a casa di Menecmo. Ma quest'ultimo rassicura Penicolo incoraggiandolo a pensare ad altro luogo ove andare a concludere festosamente il giorno. Il v. 152, però, non si regge da solo. C'è quindi chi ipotizza la caduta di un verso precedente e chi fa dipendere la frase dal *perge* del v. 150, lasciato in sospeso. Quanto all'immagine del funerale da fare al giorno (che del resto è già per metà trascorso, cioè mezzo morto, v. 154), si pensi alla nostra espressione "ammazzare il tempo".
[25] *Captum sit collegium*: nei codici Palatini tutta la risposta di Penicolo è inintelligibile; dall'Ambrosiano si ricavano queste tre parole da cui si cerca di trarre un senso.
[26] Altre lacune intervengono a corrompere il testo.
[27] La "stella diurna" è Lucifero, la prima che appare nel cielo a indicare il nascere del giorno.

[28] La casa di Erozio occupa evidentemente l'altro lato della scena, antistante a quello ove è la casa di Menecmo.
[29] *Samiae*, "fatte con la terra di Samo". Infatti nell'isola di Samo abbondava l'argilla con cui si plasmavano vari oggetti e in particolare anfore che costituivano materia di fiorente commercio; da qui il detto "portar vasi a Samo" per indicare un'azione inutile.
[30] Fu appunto una delle fatiche di Ercole, non fra le più citate, la guerra contro le Amazzoni, allo scopo di sottrarre alla regina la famosa cintura.
[31] *Glandionidam* e *pernonidam* sono comicamente foggiati da *glandium* e *perna* al modo dei patronimici; *sincipitamenta* è enfatico al posto di *sinciput* (da *caput*) come al v. 209 troviamo *scitamenta*, sostantivo derivato dall'aggettivo *scitus*, "raffinato".
[32] *Milvina* corrisponde al nostro concetto di "fame da lupo". Il nibbio è considerato uccello particolarmente vorace, tant'è che proprio un nibbio ruba il boccone di bocca al povero Euclione (*Aulularia* 316).
[33] È stato notato che solo qui uno schiavo di casa ha la funzione specifica di cuoco, mentre in tutte le altre commedie in cui il personaggio del cuoco ricorre, questo viene assoldato per l'occasione, come appunto si riscontra in *Aulularia*, *Casina*, *Mercator*, *Pseudolus*.
[34] Per i Romani l'Adriatico era il mare del nord, mentre il Tirreno quello del sud.
[35] Modo di dire proverbiale per definire una ricerca inutile come "cercare un ago in un pagliaio": all'ago del resto Messenione ha già fatto allusione ai vv. 238-39.
[36] *Viaticati* è apax plautino da *viaticum*, "mezzi di sostentamento per il viaggio". Dato che per *marsuppium* si intende non la valigia ma la borsa dove si tengono i soldi, con equipaggiamento "estivo" si allude alla leggerezza del contenuto.
[37] Spiritosa la rozza etimologia del servo!
[38] La breve lacuna non nasconde il senso della domanda.
[39] Messenione, che non conosce Penicolo, intende il nome del parassita nel suo significato di "spazzolina" e dice di averla con sé nel corredo da viaggio.
[40] Cfr. G. Giacomelli, *op. cit.* nella bibliografia.
[41] *Cyathisso* da *cyathus*, specie di mestolo con cui si attingeva il vino dal cratere e lo si versava nel bicchiere; la formazione del verbo è analoga a quella di *graecissat* e di altri. Cfr. vv. 11-12.
[42] Indica la casa di Menecmo I, accanto alla sua.
[43] Formula enfatica, tratta dal linguaggio epico, ridicola in bocca a un servo. Ma Plauto ama sottolineare il rapporto dei cuochi col dio del fuoco: cfr. *Aulularia* 359, ove Stafila chiama Congrione "seguace di Vulcano".
[44] Quando sosteneva che Epidamno era piena di imbroglioni e donne di malaffare (cfr. v. 260 sgg.).

[45] Evidentemente comparse che rappresentavano uomini dell'equipaggio che seguivano i due in qualità di facchini. A essi si allude anche ai vv. 436 e 445.
[46] Inizia qui un breve *canticum* sul ritmo di giambi e anapesti.
[47] Secondo l'opinione dei più, *tam* è usato per *tamen* e la formula va completata così: «No, grazie, ma fa' come se avessi accettato». Chi non intende in questo modo non so come possa giustificare la domanda successiva di Erozio.
[48] I pali servivano per stendere e tirare le pelli da conciare.
[49] Come spesso avviene in Plauto, le informazioni non quadrano con la realtà storica. Non sappiamo se per noncuranza o, molto più probabilmente, a bella posta, l'autore accumuli nomi di personaggi alcuni dei quali non solo non governarono Siracusa ma nemmeno ebbero qualcosa a che fare con la città. Appigliarsi all'indizio offerto dalla data in cui si concluse il regno di Ierone II, cioè il 215 a.C., come termine *ante quem* per datare la commedia, ci porterebbe a collocarla troppo indietro nel tempo (anche se certo non fu tra le ultime composte). Tale accenno dovrebbe dunque esser dedotto dall'originale greco, che si pensa potersi attribuire a Posidippo di Cassandrea. Per altre informazioni di cui si ritiene Plauto gli sia debitore, cfr. P. Grimal, *op. cit.* in bibliografia.
[50] Veramente *phrygio* è il ricamatore, ma qui sembra che l'intervento richiesto dalla donna sul capo di vestiario non si limiti al ricamo.
[51] Corruzione nel testo che ci sottrae la risposta di Menecmo e l'ulteriore domanda di Messenione.
[52] Cfr. nota 45.
[53] È un preludio a tutte le invettive contro il πρῶτος εὑρετής che troveremo in Tibullo, Virgilio, Orazio ecc.
[54] Alcuni ritengono spuri i vv. 453-54 per alcune imperfezioni formali e per la mancanza del soggetto nell'espressione *census capiat*. Il compito di multare i cittadini per mancanze di questo genere spettava comunque ai censori. Dei due versi successivi restano solo tre parole che non aiutano a integrare il senso.
[55] Per incontrare Menecmo, non già per godere del pranzo! Parole dette probabilmente con amara ironia, perché, se la mensa era stata sparecchiata, non v'era più modo di usufruire nemmeno degli avanzi, come i vv. 469-70 confermano.
[56] Menecmo parla del mantello ma il parassita da lontano equivoca sull'oggetto e ritiene si parli della parte che gli sarebbe spettata nel banchetto.
[57] Il poeta riprende una metafora che già aveva usato, a proposito del giorno, ai vv. 152-55. Continuando l'immagine, dopo aver parlato di un funerale fatto al pranzo, Penicolo parla di un'eredità che così gli sa-

rebbe stata sottratta e riprende la parola *heres* pronunciata da Menecmo al v. 477, nella frase sul significato della quale egli aveva equivocato.

58 Menecmo continua a negare e il parassita teme che questo atteggiamento possa impedirgli di sostenere la sua accusa e avere la desiderata vendetta.

59 *Spinter* è un particolare braccialetto che stringeva in alto il braccio sinistro in cui veniva infilato. La parola è greca (σφιγκτήρ) mentre i braccialetti in genere erano chiamati *armillae* (cfr. v. 536); greco è anche il termine usato al v. 542 per "orecchini" prima detti genericamente *inaurea* (v. 541) e poi precisati come *stalagmia*, "pendenti", da σταλάζω, "gocciolo".

60 Menecmo II tenta un altro colpo. L'integrità morale dei gemelli appare sempre più incrinata. Veniamo a sapere che il primo aveva sottratto alla moglie non solo il mantello ma anche un braccialetto; quanto al secondo, egli rivela qui in pieno la sua natura furfantesca. Non contento di quello che ha già goduto a sbafo e arraffato, tenta di avere altri braccialetti e poi dell'oro. Non sembra perciò molto giustificato il disprezzo che al v. 553 esprimerà per il luogo da cui vuole (e opportunamente) fuggire.

61 La scena si apre con un *canticum*, posto in bocca a Menecmo I, il cui contenuto è certamente estraneo al modello: vi si mettono infatti in rilievo istituzioni e costumi prettamente romani, come il rapporto tra *patronus* e *cliens* che tante volte la satira, da Orazio a Giovenale, condanna come piaga della società.

62 Vari tipi di giudizio in relazione alla materia del contendere e alla sua gravità. In tribunale si discuteva in genere davanti al pretore, ma anche gli edili potevano esser chiamati a giudicare, come nel nostro caso (cfr. v. 590).

63 A partire da questo punto fino al v. 645 non tutti gli editori concordano sulla sequenza delle battute e sulla loro attribuzione.

64 Tentativo di Menecmo di vezzeggiare la moglie, che si ripeterà senza risultato al v. 626.

65 Il significato non è perspicuo. Il Camerarius corregge il *non* in *nunc*, nel qual caso si dovrebbe tradurre: «adesso sarebbe al sicuro», che non mi appare molto più convincente.

66 *Exclusissumus*: il superlativo di un termine che non sia l'aggettivo fa parte di quelle colorite licenze del linguaggio parlato che danno vigore all'espressione. Cfr. *ipsissimus* in *Trinummus* 988 e nota (trad. G. Faranda, Mondadori, Milano 2000).

67 Il mito della trasformazione di Ecuba in cagna lo ritroviamo in Ovidio, *Metamorfosi* XIII, 565 sgg., dopo una lunga descrizione delle ultime sventure che la portarono a una sanguinaria follia. Tali vicende co-

stituiscono l'argomento di due tragedie euripidee a noi rimaste: *Le Troiane* e l'*Ecuba*.

68 Avo di Deianira, moglie di Ercole. Probabilmente è il primo nome astruso che viene in mente a Menecmo per significare la sua assoluta mancanza di conoscenza e contatti con la donna. Più sotto (v. 748), per analogo scopo, citerà un altro vecchio, più famoso questo, ma altrettanto remoto nel tempo: Calcante, l'indovino che accompagnò i Greci durante la spedizione a Troia.

69 La scena si apre con un *canticum* messo in bocca al vecchio padre della moglie di Menecmo I. All'arrivo del vecchio, Menecmo II resta in disparte e non sarà coinvolto nel discorso che al v. 810.

70 La frase mi sembra in contraddizione con l'ordine dato al servo al v. 737: «ita rem esse dicito». Veramente la lezione dei codici non è sicura ma comunque qualcosa il servo doveva pur aver riferito.

71 Nel testo manca un verbo che regga i due dativi.

72 La donna crede di individuare il sintomo di un travaso di bile, come più sotto (v. 833) quello di un attacco di epilessia.

73 È appellativo di Bacco da βρέμω, "fremere", "rumoreggiare". Così l'urlo εὐοῖ era proprio delle Baccanti quando, in preda al delirio, si lanciavano nei boschi di notte, agitando fiaccole (cfr. v. 841).

74 I manoscritti sono a questo punto corrotti e la lezione tradita è senza senso, ma anche le correzioni proposte convincono poco. Il capro è comunque un animale legato al culto di Bacco.

75 Molti editori preferiscono la correzione *Tithonum*, cioè Titone, il vegliardo marito dell'Aurora, che meglio si adatterebbe per l'età al soggetto in questione, ma che risulta figlio di Laomedonte, re di Troia: incoerenza che a un pazzo si potrebbe perdonare.

76 Ricorda il delirio di Carino nel *Mercator*, quando simula di partire per l'estero alla ricerca della sua bella e descrive il suo salire su un carro in un verso molto simile a questo (*Mercator* 931).

77 L'esclamazione conclude una considerazione, presumibilmente d'ordine generale, andata perduta, cui segue l'esempio specifico del caso di Menecmo, introdotto da *vel*.

78 Dio della medicina, figlio di Apollo che, pure lui, a essa presiede. Che razza di pazienti può vantare il dottore! Ma sembra che il vecchio alluda alle statue dei due dei, stando alla battuta del verso seguente.

79 Si dibatte se questa scena sia appartenuta all'originale, sia stata attinta da altra commedia per contaminazione o addirittura introdotta da Plauto. I medici greci sarebbero comparsi a Roma solo dopo l'inizio della seconda guerra punica. Cfr. W. Steidle, *op. cit.* nella bibliografia, ma anche E. Woytek e L. Baumbach (*opp. citt.*).

80 Il primo termine, da *larva*, "fantasma", "spettro", è un apax, mentre *cerritus* si ritrova in *Amphitruo* 776, *Poenulus* 528, *Rudens* 1006 (circa il

suo significato cfr. nota 73 ad *Amphitruo*, trad. G. Faranda, Mondadori, Milano 2000).

81 Nel verso c'è una corruzione. Secondo l'Augello (*op. cit.* in bibliografia) il vocabolo *suspirabo* dovrebbe essere corretto in *insputabo* che illustrerebbe un metodo tradizionale di cura per la follia.

82 Naturalmente è Menecmo I che fa il suo ingresso ed è completamente estraneo alla scena precedente.

83 Anche Pseudolo vien denominato dal suo padrone «meus Ulixes» (*Pseudolus* 1063) ma con ammirazione per le sue trovate geniali, più che con ironia. Qui, invece, è quest'ultima a prevalere, insieme alla rabbia.

84 Il Lindsay accetta la lezione *iungere* da un *iungus* non altrove testimoniato, mentre i codici Italici recano *iugere* da *iugus*, *-eris*, ζυγόν, poi evoluto in *iugerum*, misura di superficie corrispondente a 25 are.

85 Il vino bianco era considerato lassativo mentre quello rosso astringente e compatibile con l'elleboro (cfr. A.D.F. Brown, *op. cit.* in bibliografia).

86 *Occeptat*, frequentativo di *occipio*, è usato da Plauto anche in *Rudens* 776: qui è rinforzato dall'avverbio *primulum*, diminutivo di *primum*, anch'esso proprio del linguaggio plautino.

87 Il vecchio re di Pilo, esempio di saggezza, a cui, durante l'assedio di Troia, si rivolgevano gli Achei per consiglio.

88 Messenione, che aveva a suo tempo (v. 435 sgg.) tentato di trattenere Menecmo II dall'entrare in casa di Erozio, ritorna in scena dopo aver eseguito gli ordini ricevuti e intona un *canticum* ove esalta i doveri del buon servitore. Il tema si ritrova altre volte in Plauto, ma soprattutto nella *Mostellaria*, ove le parole del servo Fanisco coincidono talora alla lettera con quelle di Messenione (*Mostellaria* 858-59 = *Menaechmi* 983a), tanto da aver indotto lo Hermann a espungerle nel nostro testo; vedi anche *Aulularia* 587 sgg., dove il servo di Liconide si dilunga in analoghe considerazioni.

89 Nel testo latino c'è un felice gioco di parole grazie all'accostamento di *verba* a *verbera*.

90 I vv. 983b-84 sono parzialmente corrotti.

91 Allude alla casa di Erozio davanti alla quale a malincuore aveva lasciato poco prima Menecmo II (v. 435 sgg.), intuendo che egli sarebbe stato facile preda della meretrice. L'espressione *saltus damni* ricorda quella del *Mercator* «*montes … mali*» (v. 617).

92 *Commetavi* nel senso di "misurare" è un apax plautino.

93 Tralascio i vv. 1041-42, che l'editore mette tra parentesi quadre, e che quindi intende espungere, perché mal costruiti e ripetitivi.

94 È la scena risolutiva nella quale, grazie all'intervento del servo, avviene l'ἀναγνώρισις, il "riconoscimento", che scioglie il nodo della vicenda secondo il modo più tipico e caro alla Commedia Nuova. V'è da no-

tare che di solito, perché questo avvenga, serve la scoperta di oggetti personali che permettano l'individuazione dei personaggi (come, per esempio, nel caso del *Rudens*) mentre qui la prova è costituita dai ricordi dell'infanzia, evocata dai due giovani sulla scorta dell'incalzante interrogatorio di Messenione.

95 Messenione si confonde e ritiene che il suo padrone sia Menecmo I, quindi continua a rivolgersi alternativamente alla persona sbagliata. Questo suscita la reazione di Menecmo II, il suo vero padrone, che gli dà del pazzo. Finalmente il servo si orienta tra i due Menecmi.

96 *Spem insperatam*: Plauto ama le figure etimologiche e vi gioca spesso. Su questa in particolare, imperniata sulla parola *spes*, insiste anche, e più a lungo, nel *Mercator* (vv. 598-99 e 842-43) ove appare anche il vocabolo inusitato *speratrix*.

97 Non è difficile immaginare che questo sia il concetto che la lacuna dei codici ci ha sottratto.

98 Secondo J. Brix, *Menaechmi*, Leipzig 1880, p. 89, il nuovo liberto, trovandosi a mani vuote, alluderebbe alla necessità di una sovvenzione da parte del suo ex padrone per iniziare confortevolmente la sua nuova vita. Mi pare probabile perché, quando per errore gli era stata data la libertà da Menecmo I, Messenione aveva affermato di voler continuare a vivere presso di lui (v. 1034).

99 La lezione dei testi è incerta. Probabilmente *quinquagesies* sta per *quinquagies aes*, perché il tono ironico della frase fa sì che ci si attenda una cifra insignificante. C'è chi invece di una piccola somma ne propone una spropositatamente grande. È certo, comunque, che l'intenzione è di scherzare.

Rudens

1 Arturo è il nome di una stella del Grande Carro e significa "guardiano dell'Orsa": infatti è composto da ἄρκτος, "orsa", e da οὖρος, "custode", "guardiano". Rappresenta una divinità che ha potere sul mare e, come negli altri casi in cui il prologo è messo in bocca a un'entità astratta o a un dio (eccezion fatta per il Mercurio dell'*Amphitruo*), non ha poi parte alcuna nell'azione. Cfr. *Aulularia*, nota 3 (trad. G. Faranda, Mondadori, Milano 2000). Sceparnione è un servo di Demone che lavora nei suoi campi e deriva il nome da σκέπαρνον, "ascia". Plesidippo è il giovane innamorato di Palestra; talora il suo nome è attestato come Pleusidippo (cfr. Pleusicle, nel *Miles gloriosus*) ma comunque lo si voglia scrivere, resta legato a πλέω, "navigo", e a ἵππος, "cavallo". Demone è il proprietario della fattoria e padre di Palestra (come risulterà dall'ἀναγνώρισις finale): δαίμων significa "genio tutelare", divinità minore garante di buona o cattiva fortuna. Può destare perplessità il fatto che questo nome appaia al plurale, forse a significare la varietà degli atteggiamenti positivi che il personaggio ha nei confronti del prossimo (perfino del lenone!); altri, trascurando questo particolare, ritengono che si voglia sottolineare la fortuna che tocca al personaggio stesso col ritrovamento della figlia. Palestra è la *virgo* al centro di tutta la vicenda e il suo nome (παλαίστρα) allude ai molteplici e travagliati casi della sua vita, a partire dal rapimento per finire col naufragio. Ampelisca (il nome è un diminutivo, da ἄμπελος, "vite") è la giovane che il lenone intende sfruttare insieme a Palestra: la sua condizione è certamente servile. Ptolemocrazia è la sacerdotessa del tempio di Venere che, malgrado l'avanzata età, svolge con fermezza il proprio compito: il nome deriva da πτόλεμος, "guerra" (il gruppo consonantico πτ, poi semplificatosi, è proprio dell'epica) e da κράτος, "forza". Traçalione, servo di Plesidippo, deve il suo nome a τράχηλος, "collo", e quindi deve essere ben dotato in questa parte del corpo. Labrace è il lenone, campione dei vizi e delle caratteristiche odiose inerenti al mestiere; l'appellativo deriva da λάβραξ, pericoloso pesce detto "lupo marino". Carmide è l'ospite di origine sicula,

compare del lenone: il nome (da χαίρω, "gioisco") non ne rispecchia le caratteristiche truffaldine, ma è comune nome di vecchio nella Commedia Nuova (cfr. *Trinummus*). *Lorarii* sono gli schiavi armati di *lora*, "staffile". Gripo (γριπεύς, "pescatore") è un servo di Demone che esercita appunto questo mestiere.

2 Cfr. *Menaechmi*, nota 2.

3 Sono gli elementi per il riconoscimento (ἀναγνώρισις, *agnitio*), che costituiva il lieto fine di molte commedie greche e che, in questa di Plauto, rappresenta il punto verso cui tutta l'azione converge in modo lineare.

4 Si è tentato di rendere l'effetto solenne ottenuto con la triplice allitterazione.

5 I vv. 17-20 sono a buona ragione da molti ritenuti spuri perché costituiscono una ripetizione del concetto appena espresso e in più non sembrano del tutto in armonia con lo stile di Plauto.

6 La lacuna ci toglie il contenuto dell'ammonimento, che dovrebbe costituire l'oggetto del *retinete* seguente. Ma è facile dedurre che debba trattarsi delle doti di pietà e di fede prima menzionate.

7 Qui Plauto, come fa raramente, indica il nome dell'autore greco a cui attinge. Si tratta di un poeta della Commedia Nuova, nato tra il 360 e il 350 a.C. a Sinope sul Ponto e vissuto per la maggior parte ad Atene; si dice che fosse dotato di più viva comicità rispetto a Menandro. Servì di modello a Plauto anche per la *Casina* (tratta dai Κληρούμενοι) e per la *Vidularia* (probabilmente derivata dalla Σχεδία), commedia per noi quasi interamente perduta.

8 Indica quella parte della scena in cui è posta la casa di Demone, mentre più tardi (v. 61) indicherà il luogo del tempio di Venere.

9 Dopo il sacrificio alla divinità, si soleva tenere un banchetto rituale.

10 Allude a qualche nemico in particolare? Difficile cogliere un indizio sicuro per datare la commedia.

11 Il mito era noto nell'ambiente latino. Alla tragedia di Euripide si rifece probabilmente Ennio e forse Rintone di Siracusa, in una delle sue ilarotragedie, che poi ispirò Plauto per l'*Amphitruo*. Si pensa che qui si voglia alludere al temporale durante il quale Alcmena partorì contemporaneamente il figlio di Anfitrione e quello di Giove (Ercole). Meno probabile appare l'ipotesi che il poeta si riferisca a un'esplosione della furia di Alcmena, scopertasi vittima dell'inganno; non escludo però che una scena di tal genere esistesse, dato che il nome della donna significa "forte nell'ira".

12 *Cribrum crebrius* è efficace paronomasia.

13 Dato che Demone ha avuto soltanto una figlia femmina, il giovane non è autorizzato a chiamarlo "padre". La spiegazione verrà poi (v. 106) per bocca di Demone stesso.

14 Sceparnione conosce l'uso dei banchetti che accompagnavano i sacri-

fici e che molti sfruttavano. Il lenone aveva ingannato Plesidippo, invitandolo a un pranzo del genere (cfr. vv. 61-62).

15 Alcuni propendono per l'attribuzione di questa battuta a Demone piuttosto che a Sceparnione, perché spetta al primo l'invitare a casa sua Plesidippo. Altri traducono: «Non ci perdi nulla se te ne torni a casa senza mangiare».

16 Poco comprensibile. Allude per scherno al naufragio, intendendolo come bagno in mare in occasione del sacrificio? Ma eventualmente il bagno purificatorio doveva esser fatto prima della cena e non dopo.

17 Nome assunto da Melicerta, figlio di Ino, a sua volta figlia di Cadmo e regina di Tebe, perseguitata come le sorelle (Agave e Autonoe) dalla maledizione di Bacco. Suo marito Atamante, preso da follia, dopo aver ucciso il primo figlio Learco, scambia la donna e il bimbo per una leonessa col cucciolo e li insegue per ucciderli; allora Ino si getta in mare col figlio tra le braccia e viene mutata come lui in divinità marina, prendendo il nome di Leucotea. Palemone, per volere di Zeus, raggiunge Corinto a dorso di delfino e in quella città vengono poi istituiti in suo onore i giochi Istmici.

18 Per giustificare l'appellativo di *Herculei socius*, che Plauto attribuisce a Palemone, oltre alla comune origine tebana (Ercole è figlio putativo di Anfitrione di Tebe) e alla comune metamorfosi da uomo in dio, si può pensare addirittura a un'identificazione, suggerita da una versione del mito: secondo questa la Pizia, consultata da Ercole a Delfi, lo avrebbe apostrofato come Palemone. Le vicende dei due hanno altre analogie: ad esempio, Ercole come il padre di Palemone, in preda alla follia, uccide la moglie Megara e i suoi figli.

19 Con mirabile efficacia e tecnica, che ricorda un po' quella usata nelle tragedie per la ῥῆσις ἀγγελικῆ, il servo descrive quello che gli spettatori non possono vedere, coinvolgendoli emotivamente nelle alterne vicende delle due naufraghe e allargando idealmente i limiti angusti della scena fino alla distesa del mare in burrasca. La continua evocazione del mare, appunto, è un elemento che rende unica questa commedia.

20 *Alteram illam* è presumibilmente la prima persona citata come *alteram* anche al v. 169 e qui precisata con *illam*, mentre la seconda sarebbe l'*altera* nominata al v. 173. Comunque si voglia intendere, mi sembra che il ricorrere del pronome renda efficacemente la concitazione del discorso e la difficoltà di fare una descrizione precisa di quello che avviene in rapida successione tra le onde del mare, in lontananza.

21 *Vesperi*: antico ablativo riferito al momento della cena, che si svolgeva appunto di sera. Un'espressione analoga troviamo in *Miles gloriosus* 995: «*de vesperi vivat suo*», che significa "vivere del proprio".

22 La fanciulla intona un *canticum* triste e commosso, teso a suscitare negli spettatori analoghi sentimenti, il che non è di solito uno dei fini a

cui Plauto mira. Altra eccezione sarebbe costituita dalla presenza parlante della *virgo* (la fanciulla è di ingenui natali) che altrove non appare sulla scena plautina. Ma si può obiettare che la ragazza è qui in veste di schiava del lenone e ancora non conosce la propria origine.

[23] La giovane accenna a se stessa e al suo misero stato.

[24] La lacuna nel testo, per altro anche altrove corrotto, è evidente dalla mancanza di due versi nel palinsesto Ambrosiano.

[25] Per tradurre così bisogna accettare l'emendamento del Seyffert di *diu* in *etiamdum*. Altri diversamente.

[26] Mi sembra difficile dare a *eduxerunt* il valore di "hanno messo al mondo", intendendo "i genitori"; meglio il più consueto valore di "hanno allevato", riferito ai gaglioffi nelle cui mani è caduta: il *sibi* sottolinea l'ingordigia di chi avrebbe voluto poi sfruttarla ma, col naufragio, l'ha perduta.

[27] Arriva anche lei sul lido ove già si trova Palestra, ma per un po' di tempo non si accorge della presenza dell'altra donna. Situazioni analoghe si verificano molto frequentemente sulla scena.

[28] In Plauto troviamo l'uso di *exanimales* sia in senso intransitivo, "privo di vita", che in senso transitivo, "che tolgono la vita".

[29] Il soggetto dell'azione può essere quella voce ancora ignota, a cui Ampelisca si rivolge, o la stessa Speranza invocata da Palestra. Non è inusuale in Plauto questo tipo di invocazione: cfr. *Mercator* 598 sgg. (e 892 sgg., che ripropongono quasi identici i precedenti, tutti giocati sulla figura etimologica e sul poliptoto) e *Menaechmi* 1081.

[30] Come è nello stile di Plauto in tali situazioni, il linguaggio della sacerdotessa è ricercato e prende in prestito vocaboli da quello della tragedia. La metafora evidentemente allude alla nave.

[31] I pescatori appaiono sulla scena e intonano un breve coro, l'unica testimonianza di tal genere nel teatro latino. Il coro era proprio della Commedia greca antica, ma già in quella Nuova esso, che pur serviva a dividere un atto dall'altro, era ridotto a ben poco: brevissimi intermezzi che prendevano il nome di χορικά (μέλη). La commedia latina invece non conosceva divisione in atti (successivamente introdotta) e quindi nemmeno intermezzi corali. Fu Plauto a variare la monotonia del susseguirsi di trimetri giambici e tetrametri trocaici (versi propri dei *deverbia* e vicinissimi alla prosa) con l'inserire *cantica*, in metri lirici vari, che però erano gli stessi attori a intonare, producendosi in monodie, duetti ecc. Così l'azione non subiva alcun arresto, ma continuava a procedere nel suo sviluppo.

[32] Come altrove il poeta si compiace di elencare con sottili distinzioni alimenti o erbe medicinali, qui sfoggia una lista di prodotti marini, di cui l'ultimo citato non ci suggerisce nessuna esatta corrispondenza.

[33] I bizzarri aggettivi *hamatilem* e *saxatilem* indicano una differenza rispetto alla pesca attuata con le reti.

[34] Sono pomposamente coniati alla greca gli appellativi fantasiosi e derisori con cui Tracalione si rivolge ai pescatori.
[35] La domanda canonica è: *"ut valetis?"*, alla quale il servo impertinente sostituisce l'opposto.
[36] Il vecchio maestro e compagno di Bacco, dall'aspetto simile a quello qui descritto, seguiva il dio viaggiando a dorso d'asino, in stato di perenne ebrezza.
[37] *Calator*, da *calo*, verbo di stampo greco (καλέω), significa precisamente "colui che grida", quindi "banditore", "messo"; ma in Plauto è usato genericamente come "servo".
[38] Quello che Tracalione sa è che Plesidippo si sarebbe recato al tempio di Venere. Da lì vede uscire Ampelisca e deduce che la donna debba aver visto il suo padrone.
[39] C'è chi vuole vedere un'incoerenza tra questa domanda di Tracalione e le affermazioni da lui fatte ai vv. 325-26. Ma anzitutto quelle erano pure supposizioni («Hariolus sum!») e poi si limitavano a prospettare la fuga del lenone, non il naufragio. Del resto il servo si ricorda della sua premonizione al v. 376.
[40] *Anancaeon*, vocabolo greco (ἀναγκαῖον) da ἀνάγκη, "necessità inderogabile": così veniva chiamato un grande boccale che i bevitori, che partecipavano a gare in cui si misurava la capacità di ingurgitare vino, dovevano tracannare fino in fondo.
[41] Gli edili controllavano tra l'altro la qualità delle merci vendute nei mercati. Tracalione, dicendo che tutto il carico della nave era da buttar via, include ironicamente anche le due ragazze, il che provoca la reazione di Ampelisca.
[42] Gli indovini di professione portavano i capelli lunghi.
[43] Altri, invece di dare a *multi* il valore di un genitivo di stima, lo intendono come soggetto di un *faciunt* sottinteso, traducendo: «fece come molti fanno». Ma questa soluzione mi piace meno.
[44] Il testo è corrotto.
[45] Mentre Ampelisca mostra la brocca, è chiaro che Sceparnione indica l'evidenza di un altro attributo, che la ragazza finge di ignorare, passando senz'altro alla richiesta dell'acqua.
[46] *Subita via* è proposta del Lindsay. *Alii alias*.
[47] *Praefiscine*, avverbio composto da *prae* e *fascinum*, si usa per attenuare il malaugurio che una vanteria può comportare.
[48] *Agasi* precede nel testo il nome Ptolemocrazia ed è attestato solo dal codex Turnebi, ora perduto. Alcuni ignorano il vocabolo, altri lo correggono in *exi* su suggerimento del Seyffert. Il Lindsay nella sua edizione lo accetta, ma non si è in grado di stabilire se, e in quale rapporto, stia *Agasi* con *Agasius* o *Agasia*, nomi gentilizi.
[49] È ignoto a quale mito il poeta si riferisca.

[50] Estremamente più efficace il testo latino con quei tre astratti *auscultatio... abitio... inscensio* di cui i due secondi di conio squisitamente plautino.
[51] Ai due erano state imbandite le carni dei figli. Il primo, fratello di Atreo, re di Micene, subì da parte di quest'ultimo l'atroce vendetta per avergli sedotta la moglie; il secondo, re di Tracia che si era preso in sposa Progne, principessa ateniese, pagò invece il fio per aver stuprato e mutilato la sorella della consorte, Filomela. La vicenda degli Atridi e la saga tracia, ambedue notissime, sono tra le più torbide del patrimonio mitologico greco e si concludono l'una col matricidio perpetrato da Oreste e l'altra con la metamorfosi in upupa del perfido re e in usignolo e rondine delle due donne.
[52] Dopo i rimbrotti, gli insulti e le rimostranze i due si scambiano una serie di battute che volgono al ridicolo la tragica situazione.
[53] Carmide tira in ballo i giunchi e poi (vv. 533-34) le anatre che, pur avendo contatti con l'acqua, non ne assorbono l'umidità.
[54] Soldati armati alla leggera che si muovevano con agilità sul campo di battaglia.
[55] *Manducus* è una delle maschere della farsa atellana, di matrice osca, che Plauto, sarsinate, certo ben conosceva, anche se non ci è noto in che misura vi attingesse. Infatti, al di là dei nomi di alcune maschere (*Buccus, Pappus, Maccus, Dossenus*), nulla ci è rimasto dei rozzi intrecci che la costituivano. Il personaggio che stava sotto la maschera doveva esasperarne le caratteristiche, quindi Labrace, col suo batter rumoroso di denti, avrebbe ben realizzato lo scopo.
[56] La parola è greca: σακκοπήρα, usata al diminutivo.
[57] Carmide suppone che Sceparnione gli voglia rubare le vesti.
[58] I vini greci erano per lo più ad alta gradazione alcolica e perciò si solevano mescolare con una o più parti d'acqua. Nei banchetti era il *rex convivii*, eletto per l'occasione, a stabilire con che criterio si dovesse bere o a permettere ai convitati libertà di scelta (cfr. Platone, *Simposio* 176b).
[59] I primi due versi sono identici a quelli con cui esordisce il racconto del sogno di Demifone nel *Mercator* (v. 225 sgg.). Il rapporto che intercorre fra questi due sogni e tra essi e gli eventuali modelli, la loro connessione con l'azione generale, la loro interpretazione ecc. sono stati indagati, suscitando non pochi problemi. Cfr. nota 27 al *Mercator*, trad. G. Faranda, Mondadori, Milano 2000.
[60] C'è una prima lacuna cui un'altra segue dopo il v. 603. Forse qui era contenuta la constatazione della vanità di ogni sforzo nei sogni.
[61] Allusione al mito (già accennato al v. 509: cfr. nota 51) che riguarda le due sventurate principesse, figlie di Pandione re dell'Attica. Per questo Demifone, anche lui attico, nel verso seguente chiama le rondini "con-

cittadine". Veramente solo da Filomela avrebbero avuto origine le rondini, perché Progne sarebbe stata mutata in usignolo. Ma la tradizione ha poi invertito i ruoli. Forse già ai tempi di Plauto esisteva un'incertezza, tanto da giustificare la doppia lezione che troviamo nel testo, peraltro corrotto e variamente emendato.

62 Erbe medicinali che il territorio di Cirene produceva in abbondanza e che venivano esportate in Italia. Al v. 633 si nomina poi *magydaris*, che è il seme di queste piante.

63 Spazientito, il vecchio augura allo schiavo quel che più frequentemente gli tocca subire. Si noti il vocabolo *virgidemia*, estrosamente coniato su *vindemia*. La schiena degli schiavi ispira a Plauto esilaranti metafore: cfr. ad esempio *Aulularia* 45: «stimulorum seges», e *Amphitruo* 1029: «ulmorum Accheruns».

64 I nomi dei due servi, chiamati a rinforzo, risalgono l'uno a *turba*, "tumulto", l'altro al verbo greco σπαράττω, "lacerare".

65 L'*ara* era sulla scena, fuori dal tempio, mentre il *signum* si trovava nell'andito più riposto di esso.

66 Il nome greco della dea, Afrodite, la dice appunto nata dal mare, emersa dalla spuma (ἀφρός).

67 Come altri, ritengo ingenuo pensare che il poeta alluda alle conchiglie raccolte sulla spiaggia (quando mai l'avrebbero fatto?) e offerte dalle fanciulle a Venere, bensì ai loro organi femminili.

68 *Follis* è un mantice, un otre, un pallone. Evidentemente negli allenamenti si usavano quei sacchi gonfi come ora si trovano appesi nelle palestre.

69 A proposito è scelto il mirto, pianta sacra a Venere.

70 Allusione al risentimento di Vulcano, tradito dalla consorte. Il lenone vuol procurarsi del fuoco per incendiare l'ara, supplici comprese, come poi dirà (v. 768).

71 Bizzarra metafora, ma spesso, quando si tratta di minacce corporee, Plauto si diverte con le espressioni più sbalorditive (cfr. nota 63). In questo caso i covoni sarebbero costituiti dai denti del malcapitato, scardinati a suon di pugni e ammassati nella bocca.

72 Il vocabolo *inhumanum* ha dato molto da pensare ai critici. La lezione appartiene al palinsesto Ambrosiano, mentre i codici Palatini recano *ut humanum*, altrettanto problematico. Il Lindsay («Classical Review», 18, 1904, p. 402) pensa a una corruzione dovuta al precedente *ignem magnum* a causa dell'omoioteleuto. Si rileva che in Apuleio, invece del valore di "disumano", l'aggettivo assume anche quello di "sovrumano", "divino". Anche ammesso che Apuleio abbia trovato questo valore in Plauto, il che sarebbe in armonia con le tendenze della sua epoca, allora bisognerebbe tradurre: «per fare a te stesso un sacrificio divino», che non convince. Chi accetta la lezione *humanum* si appella a Festo che ci

informa che *humanum* è il sacrificio che si fa in onore dei morti, ma come si possa arrivare alla traduzione «bruciare il tuo cadavere» non mi è chiaro. Se il valore di *humanum*, come sostantivo, è di "sorte umana", "umanità", preferisco attenermi semplicemente alla sua negazione, anche se l'espressione può apparire poco consona allo stile plautino.

73 Solo adesso Demone azzarda un'interpretazione del sogno esposto al v. 593 sgg. Diversamente nel *Mercator*, ove invece l'interpretazione del sogno è tentata subito (cfr. nota 59).

74 Cfr. nota 27 all'*Aulularia*, trad. G. Faranda, Mondadori, Milano 2000.

75 Allude ai *lorarii* che sono rimasti finora in scena, azzardando solo un modesto intervento al v. 764.

76 *Nervus* era uno strumento di tortura, ma il vocabolo è usato spesso per indicare genericamente la prigione (cfr. v. 889).

77 Evidentemente ironico, per sottolineare che Labrace aveva fatto di tutto per andare in prigione.

78 Allusione alla bevuta fatta durante il bagno involontario in seguito al naufragio della nave e, comunque, al fallimento dell'impresa. Noi diremmo: "Non abbocco".

79 *Columbar* era la gogna, strumento di tortura nel quale si infilavano le mani e il collo del condannato.

80 In contrapposizione alle nere previsioni del suo padrone, il pescatore entra allegro in scena, intonando un vivace *canticum*, composto di metri vari, che si conclude col ritmo veloce degli anapesti.

81 Come si è già detto (cfr. nota 30), quando propone il linguaggio di un supplice o di chi ha funzioni sacerdotali, solitamente Plauto eleva il tono e usa vocaboli e circonlocuzioni dotte e preziose, prese in prestito dall'epos o dalla tragedia, non senza cedere talora alla tentazione di introdurre sfumature parodistiche. In particolare si sbizzarrisce in immagini elaborate (anche al di fuori della preghiera: cfr. v. 942) quando l'argomento è il mare. Vedi ad es. *Trinummus* 820 sgg. e *Miles gloriosus* 411 sgg.

82 Il v. 927 è corrotto e la parte finale non dà senso. Il Lindsay propone questo emendamento: «... ut liberet extemplo praetor te».

83 Su chi sia questo personaggio si avanzano svariate quanto indimostrabili ipotesi. Basta dedurre che la sua ricchezza gli permetteva di viaggiare a piacere.

84 Dopo aver costruito, gradino per gradino, il suo castello da favola, Gripo (nota il reiterato uso dell'aggettivo *magnus*) torna bruscamente alla realtà della sua miserabile condizione di schiavo.

85 Solo in questo luogo di Plauto il vocabolo *rudens* appare al femminile; in compenso *retis* (v. 942) è usato al maschile!

86 Accanto all'espressione *manu mittere* (atto che consisteva nel dare la libertà agli schiavi, davanti al pretore, toccandoli su una spalla) esiste anche *manu adserere in libertatem*, che si ritrova in Svetonio.

87 Uno dei più noti filosofi presocratici, annoverato tra i sette sapienti. Battuta evidentemente ironica.
88 *Sequester* era la persona designata a conservare l'oggetto sino al momento del giudizio.
89 Ambedue i personaggi ammettono ironicamente di essere pazzi. Circa il vocabolo *cerritus* cfr. nota 73 all'*Amphitruo* (trad. G. Faranda, Mondadori, Milano 2000).
90 *Fruniscei* infinito da *fruniscor* per *fruor*. Il verbo è qui, come altrove in Plauto, costruito con l'accusativo.
91 *Proreta* è parola greca, πρῳράτης, meno usuale di *gubernator*.
92 Il verbo *facesso* può assumere anche un altro significato, cioè quello di "andarsene", se usato nella forma intransitiva come fa Plauto al v. 1062, realizzando un intraducibile gioco di parole.
93 Traduco così anche se qui il verbo *comprimo* è probabilmente inteso in senso osceno.
94 La versione che qui Tracalione offre è ben diversa dal motivo del precedente alterco con Gripo, quando gli contendeva parte dell'ipotetico tesoro. Questo ha fatto pensare che la terza scena di questo atto non sia appartenuta al modello greco ma sia un allargamento, frutto del tipico gusto plautino. Comunque, alla posizione precedente, Tracalione ritorna al v. 1123, con palese contraddizione con quanto ha appena detto.
95 Il verbo *aucupor* significa letteralmente "andare a caccia di uccelli".
96 La voracità del nibbio è volentieri citata. Cfr. l'episodio narrato in *Aulularia* 316 e l'espressione *mensam milvinam* in *Menaechmi* 212.
97 Per *dierecta* cfr. nota 24 del *Mercator* (trad. G. Faranda, Mondadori, Milano 2000).
98 Conteneva cenere di oggetti ritenuti potenti contro il malocchio; i giovani patrizi la portavano al collo fino al diciassettesimo anno d'età.
99 Demone sta pensando a Plesidippo. Dai vv. 103 sgg. sembrava invece che i due non si conoscessero. Questo ha provocato discussioni varie circa le parti "contaminate" senza troppa cura, o ha addirittura suggerito l'ipotesi che questo monologo di Demone sia stato aggiunto in tempi posteriori a Plauto. Il Paratore opina che su tutto (compresa la parentela con Plesidippo?) Demone sia stato informato in casa dalla figlia.
100 Demone che, appena ritrovata la figlia, pensa subito a come accasarla convenientemente, è l'espressione del pragmatismo maschile. Ai suoi occhi espansioni d'affetto e tenerezze fra madre e figlia sembrano sdolcinature sciocche e inutili.
101 Probabilmente Demone allude al danno morale che l'accettazione del bottino comporterebbe. Il concetto viene ripreso, col martellante ritorno della parola *praeda*, ai vv. 1261-62.
102 *Suis* sottintende un sostantivo che in questo caso sembra dover esse-

re "servi" e non "parenti". Chi accetta la lezione dei codici *maleficiis*, invece dell'emendamento *malefici*, traduce altrimenti.

[103] *Conlusim* sarebbe avverbio dal verbo *conludere*, proposto dall'Exon per dare un senso alla frase, altrimenti inintelligibile.

[104] Anche qui, come in altri punti delle commedie di Plauto, l'attore, estraniandosi dalla parte, parla del teatro con l'atteggiamento di chi lo vede dal di fuori.

[105] Da qui fino alla fine della scena, Tracalione risponde sempre *censeo* per manifestare la sua approvazione, finché, usando sempre lo stesso verbo, ma negato, la rifiuta. Sul vocabolo, che indica anche l'opera compiuta dai *censores*, il poeta gioca fino all'eccesso, come già aveva fatto, dal v. 1212 in avanti, col verbo *licet*.

[106] L'espressione scelta non rende giustizia al senso specifico del testo latino, ove *censionem facere* significa "infliggere una multa a chi non è presente". È la solita difficoltà che propongono i giochi di parole così frequenti in Plauto che, per la verità, in questo passo ci appaiono un po' freddi. Vedi al v. 1279 l'espressione *dilectum dimisit* che indica propriamente la cessazione da parte dei censori del procedimento di registrazione dei cittadini, cioè la fine dell'azione di *censere*, ma pretende, a mio parere, una diversa traduzione.

[107] *Recuperatores* erano giudici speciali, preposti alla restituzione dei beni estorti: inizialmente si occupavano solo di beghe tra cittadini e stranieri.

[108] Il concetto non è chiaro, il che ha spinto alcuni traduttori ad allontanarsi dal testo, improvvisando interpretazioni opinabili. Certo è che, stando alla spiegazione che Plauto ci fornisce, i lenoni sembrerebbero dover esser definiti genitori e non figli della Gioia.

[109] Sta parlando di Tracalione, che ritiene colpevole del furto del baule ai suoi danni.

[110] Gripo se la prende evidentemente col padrone e con gli altri che si trovano in casa, come continuerà a fare ai vv. 1296 e 1298.

[111] Probabilmente ironico, se ricordiamo la descrizione che del lenone si era fatta al v. 317, la cui prima caratteristica evidenziata era *recalvom*: a meno che alla spiazzata frontale Labrace tentasse di rimediare lasciandosi crescere i capelli sulla nuca, come è vezzo di certi anziani signori.

[112] Cfr. *Miles gloriosus*, nota 86 (trad. G. Faranda, Mondadori, Milano 2000).

[113] Cfr. *Aulularia*, nota 27 (trad. G. Faranda, Mondadori, Milano 2000).

[114] L'elenco è costituito da oggetti designati con termini prevalentemente greci. Il *cantharus* era un boccale dotato di due anse; l'*epichysis* aveva un collo lungo e stretto e derivava il suo nome da ἐπί e χέω, "verso"; il *cyathus* (κύαθος) era una specie di mestolo con cui si attingeva vino dal cratere posto in mezzo alla tavola.

[115] Frase non chiara che forse può essere in parte illuminata da quel che il lenone dice poi al v. 1374. Altri pensa che invece egli non alluda alle sue proprietà con l'espressione *quod domi est*, ma alla coscienza delle sue qualità furfantesche di spergiuro, per cui non ha bisogno di alcun suggerimento o aiuto altrui.
[116] Il *pontifex maximus*, oltre ad altre varie incombenze, aveva anche quella di giudicare gli spergiuri.
[117] Gli schiavi non erano persone giuridiche e i loro interessi dovevano essere sostenuti in tribunale da un uomo libero.
[118] A proposito di questa legge, cfr. *Pseudolus* 303 e nota relativa (trad. G. Faranda, Mondadori, Milano 2000). È chiaro che il lenone fa lo spiritoso essendo lui (vedi descrizione al v. 317) già in là con gli anni!
[119] L'oggetto non espresso deve essere il talento, ma c'è chi pensa invece al baule. E la persona di cui Demone parla chi è? Labrace o Gripo? O prima l'uno e poi l'altro?
[120] Il testo presenta una lacuna: l'editore accetta l'integrazione del Koch.
[121] In pochi versi il poeta, oltre al vocabolo *cena*, che non ha bisogno di spiegazioni, fa sfoggio di altri termini relativi al banchetto: vedi il sostantivo *polluctum* (v. 1419, da *polluceo*, "offrire un banchetto, specie sacrificale") che significa appunto "banchetto, offerta" e il supino *comissatum* (v. 1422), dal verbo *comissari*, che evoca l'idea di un festino chiassoso, di una gozzoviglia (cfr. il greco κωμάζω di analogo significato, da κῶμος, "processione orgiastica", "festa con canti, danze e gozzoviglia", cui è legata l'etimologia del vocabolo κωμῳδία).

INDICE